O PADRE

ALEX DAVIDSON

Elogios a *O PADRE*

"Assim que você começa a ler "The Padre", de Alex Davidson, é levado a um mundo de personagens profundos e vibrantes, mistério, realidade sem rodeios e ação de tirar o fôlego. Com um herói tão emocionalmente complexo quanto qualquer outro que já li nos últimos anos, simplesmente não consegui largar o livro e fiquei querendo mais. Na metade do livro, você começa a perceber que pode estar testemunhando o nascimento de uma nova grande voz na ficção americana. É tão bom assim. Alex é tão bom assim."

— JOHN GLENN, ROTEIRISTA, DIRETOR, PRODUTOR E SHOWRUNNER — CUJOS CRÉDITOS INCLUEM *EAGLE EYE, THE LAZARUS PROJECT, ALLEGIANCE* DA *NBC* E *SEAL TEAM* DA *CBS.*

"Alex Davidson é uma nova luz importante no cenário literário."

— GRADY HARP, MEMBRO DO HALL DA FAMA E UM DOS 100 MELHORES CRÍTICOS DA AMAZON.

* * *

Elogios a *RIFLE PRETO*

"Um mistério de assassinato eficaz e em ritmo acelerado que analisa a cultura das armas nos Estados Unidos de ambos os lados da barreira política. Um deleite para os fãs de Robert Ludlum e Joseph Wambaugh... 4,5 estrelas (de 5)."

— INDIEREADER.COM

"De cair o queixo... Com diálogos rápidos, personagens maiores que a vida e uma conspiração sinistra, mas crível, Black Rifle acerta em cheio como um thriller de alta potência com alguns

comentários incisivos sobre os impulsos mais sombrios do país.
★★★★½"

"Bem escrito. Algumas partes lembram Algren."

"As armas... são o terceiro protagonista na história realista de Davidson, desempenhando um papel tão importante quanto a humanidade de Cal e a ambição ardente de Lopez. Com personagens marcantes e ação memorável, os leitores ficarão grudados à medida que Cal e Lopez se aproximam de resolver o assassinato, com sua motivação saltando da página até o final... Os fãs de thrillers bem escritos com detetives memoráveis vão adorar este livro noir que não dá para largar."

"Davidson consegue construir um retrato complexo dos Estados Unidos que destaca as interseções entre corrupção, religião e poder governamental e explora o extremismo de direita, a radicalização da juventude branca e as leis frouxas sobre armas dos Estados Unidos. No final, o autor apresenta uma acusação muitas vezes poderosa da cultura americana das armas em todas as suas facetas, acompanhando o rifle que dá título ao livro, um AR-15 que muda de mãos ao longo da história."

Um Romance

PRÓLOGO

Eva viu a lâmina mergulhar na barriga da mulher grávida.

Houve um suspiro coletivo. Como se o ar tivesse sido sugado para fora da sala. Um choque tão profundo e repugnante que gelou os ossos, sacudiu o coração e revirou o estômago.

Existem imagens tão terríveis e chocantes neste mundo que não só ficam gravadas na memória, mas também na alma.

As Torres Gêmeas em 11 de setembro. As centenas de milhares de sapatos vazios em Bełżec. Os corpos gaseados de crianças sírias em Ghouta.

Um policial mexicano esfaqueando o útero de uma mulher grávida em uma rua movimentada no centro da Cidade do México.

Os transeuntes pararam, mas ninguém interveio.

Momentos antes, Eva caminhava pela rua no Centro Histórico, no centro da Cidade do México. Era sexta-feira à noite e as ruas estavam animadas. Ela se movia em seu vestido justo e sandálias de salto alto pela multidão, passando por bares e boates com filas que serpenteavam pela quadra.

A mulher grávida caminhava à sua frente. Eva achou tolice ela estar fora a essa hora da noite, com aquela aparência — maquiada e com um vestido curto que marcava sua barriga inchada. Dois policiais se colocaram no caminho delas. Eles presumiram que Eva e a mulher grávida estavam juntas. Mandaram que elas ficassem encostadas na parede.

A mulher grávida tremia como uma folha.

Fique calma, puta, pensou Eva. Policiais corruptos se alimentavam do medo. O truque era permanecer forte, firme e sem medo. Você não queria ser um alvo fácil. Você queria se tornar indigna do trabalho deles. Caso contrário, eles poderiam abusar da situação.

O primeiro policial era um cara de olhos sonolentos e barbicha. Ele apontou a lanterna para o rosto da mulher grávida. Era o rosto de uma mexicana de dezoito anos. Simples, nem bonita, nem feia. Totalmente esquecível em circunstâncias normais. Mas, naquela noite, era um rosto aterrorizado. Olhos no chão, lábios trêmulos sob o peso da luz interrogativa.

"Por que seu lábio treme?", perguntou o policial de olhos sonolentos em espanhol.

A mulher se esforçou, mas não conseguiu estabilizar o lábio. O policial mexicano frio e intimidador olhou para sua barriga, que se projetava sob o vestido de festa.

Eva assistiu ao interrogatório sem emoção.

"Olhe nos meus olhos", disse Olhos Sonolentos à mulher grávida, mas ela não conseguiu olhar para ele. Olhos Sonolentos gentilmente estendeu a mão e lentamente acariciou a barriga inchada da mulher. Predatório. Erótico. O olhar horrorizado da mulher se voltou para encontrar os olhos do policial.

"Quantos meses de gravidez você está, mami?", perguntou o policial.

O outro policial era um cara baixo, gordo e careca. *Chonchis*, Eva o chamou. Chonchis se aproximou de Eva para garantir que ela não tentasse fugir.

A mulher grávida balançou a cabeça impotente enquanto o policial continuava a acariciar sua barriga inchada. A mulher recuou, ficando cada vez mais chateada. Olhos Sonolentos deu um passo em direção a ela.

De repente, a mulher empurrou Sleepy Eyes para frente, fazendo-o perder o equilíbrio. Ela correu, mas Sleepy Eyes a derrubou no chão. A mulher grávida mordeu o antebraço de Sleepy Eyes. Com força. Rasgando a carne e fazendo sangrar. Ele gritou e soltou-a. Ela caiu de joelhos e empurrou-a para a frente enquanto Chonchis a agarrava pelo braço e a empurrava para trás. A mulher grávida gritou, chutou e se debateu enquanto Chonchis a segurava pelos braços por trás.

Quando Eva estava prestes a aproveitar a oportunidade para fugir, algo a impediu. Ela percebeu que a barriga inchada da mulher estava exposta. Ela observou preocupada enquanto Sleepy Eyes se levantava, com o antebraço pingando sangue e os olhos transbordando de ódio. Ela o viu se aproximar da mulher grávida — lentamente, ameaçadoramente. Ela o viu levantar o braço sangrando na direção do rosto da mulher grávida.

A mulher grávida chorava desesperadamente, sem mais resistir enquanto Chonchis a segurava.

Olhos Sonolentos sacou uma faca. Elegante. Brilhante. Maligna.

"Pinche puta!", ele disse, e enfiou a faca em sua barriga.

Então, houve um silêncio terrível. Do pior tipo. Era um silêncio sem ação. O mundo parou, e ninguém fez nada para intervir.

A mulher grávida lentamente, tristemente, baixou os olhos e olhou para a faca cravada em sua barriga.

O policial de olhos sonolentos tirou a faca da ferida.

A lâmina estava limpa.

Então, um pó branco saiu do furo. Nenhum dos policiais ficou surpreso.

"Parabéns", disse Olhos Sonolentos. "É cocaína."

A MULHER GRÁVIDA, que já não estava grávida, sentou-se no chão, algemada. Uma prótese estomacal perfurada e um quilo de cocaína estavam ao lado dela.

Agora era a vez de Eva ser interrogada. Ela ficou onde a mulher grávida estava antes, de frente para o policial de olhos sonolentos. Com hostilidade, Olhos Sonolentos apontou a lanterna para o rosto de Eva, mas ela permaneceu calma.

"Olhe nos meus olhos", disse Olhos Sonolentos.

"Não consigo", respondeu Eva.

"Por que não?", perguntou Olhos Sonolentos. "Você tem algo a esconder? Algo ilegal?"

"Não", respondeu Eva.

Olhos Sonolentos sacou sua faca e acariciou a bochecha de Eva com a lâmina. "Então por que você não consegue me olhar nos olhos, menina?"

Eva levantou a cabeça e apertou os olhos contra a luz forte da lanterna. "Você está apontando essa luz no meu rosto. Não consigo ver nada."

O policial de olhos sonolentos riu e desligou a lanterna. Eva passou no teste. Ela foi autorizada a sair, sem ser molestada, exceto pelos olhares lascivos dos dois policiais para seus seios fartos.

O problema era que...

Eva conhecia a mulher grávida. Seu nome era Juana e, mais cedo naquela noite, Eva havia dito a ela que era burra por achar que sua prótese de gravidez enganaria alguém em uma sexta-feira à noite no centro da Cidade do México.

Além disso, Eva era realmente um busto A.

PARTE I

O PAI

1
______

O sol nasceu sobre o assentamento apertado e labiríntico de estruturas desgastadas e decadentes nos arredores da Cidade do México. O bairro acordou.

Uma mãe dava banho em seu bebê ao ar livre, em uma banheira de aço enferrujada.

A polícia cobriu o cadáver de uma vítima de tiro.

Grupos rivais trocavam insultos.

Uma senhora idosa tirou roupas esfarrapadas do varal.

Havia uma igreja católica decadente, com paredes desmoronando em alguns pontos, minada por uma nova estrutura sendo erguida a partir da decadência, e uma figura solitária empoleirada, empunhando seu martelo, reconstruindo a estrutura sagrada.

Ele era robusto. Envelhecido.

Ele interrompeu seu trabalho para observar o nascer do sol. Pacífico e contente. Ele calmamente colocou o martelo no chão, pulou da estrutura da igreja e pegou uma bola de futebol que estava por perto.

No pátio de concreto em ruínas, ele jogou futebol com as

crianças pobres do bairro. Elas riram e aplaudiram e depois reclamaram quando ele disse que precisava ir embora. Mas elas sabiam que o veriam novamente amanhã, e no dia seguinte, e no outro.

Ele caminhou pelo bairro. Empobrecido e dominado pelo crime. Grafites e lixo. O cheiro sempre presente de detritos. Os moradores se animavam quando o viam. Eles acenavam, sorriam e gritavam: "Olá, padre!" Ele cumprimentava todos que via com cordialidade.

Ele entrou em uma loja de jardinagem. Várias plantas, flores e ferramentas estavam alinhadas nas paredes. O proprietário era um homem magro e esguio, com tatuagens borradas na pele enrugada que lembravam ao Padre uma uva-passa. Seus olhos estavam profundamente encovados em seu rosto ossudo. O Padre não sabia seu nome. Os moradores locais se referiam a ele simplesmente como El Floristerío, o Florista. Ele acenou friamente para o Padre por trás do balcão. Isso era o máximo de simpatia que o Florista demonstrava. O Padre acenou de volta, selecionou vários pacotes de sementes de vegetais de uma prateleira, bem como um grande saco de fertilizante. Ele pagou ao Florista e saiu para a rua.

A horta comunitária era um farol de luz em meio à decadência urbana. O senhor Vasquez era um velho jardineiro gentil. Magro e maltrapilho. "Olá, senhor Vasquez", disse o padre ao se aproximar com o saco de fertilizante e sementes.

O senhor Vasquez sorriu gentilmente, revelando os dentes que faltavam. O padre deu-lhe as sementes e o fertilizante e disse: "Tenho algo especial para você hoje." Ele entregou ao senhor Vasquez um pacote de sementes de alho.

O sorriso do senhor Vasquez se ampliou. "Gracias, padre!"

O padre sorriu e continuou seu caminho.

Na rua principal, vendedores ambulantes anunciavam seus produtos com gritos nas ruas. Um jovem gangster de aparência malvada operava uma barraca. Imitações de produtos de grife, joias baratas de gangsters, estátuas da Santa Muerte e do Ceifador. Ele estava vendendo anfetaminas para um colgado quando o padre se aproximou.

O garoto sorriu. "Padre!" Eles bateram as mãos e se abraçaram.

"Olá, amigo", disse o padre. "O que você tem para mim?"

O garoto enfiou a mão em uma caixa de papelão próxima e tirou alguns DVDs piratas. *"Lawrence da Arábia, E o Vento Levou* e *O Poderoso Chefão."*

O Padre aceitou os DVDs. "Gracias."

"Além disso, acabei de receber estes", disse o garoto. Ele mostrou sua coleção de fogos de artifício artesanais. De qualidade profissional. Tubos pintados com as listras verdes, brancas e vermelhas da bandeira mexicana . "Você não viu fogos de artifício de verdade até ver os fogos mexicanos, padre. Você poderia usá-los nos dias santos."

O padre deu ao garoto alguns pesos pelos DVDs. "Talvez da próxima vez."

Nesse momento, ele avistou Eva do outro lado da rua. Ela estava entrando em um esconderijo marrom e surrado. Com apenas 17 anos e totalmente focada nos negócios. Ela se comportava com a austeridade de uma vida difícil. E, apesar de seus esforços para o contrário, ela era linda.

O padre se dirigiu ao esconderijo, e o líder da turma do garoto dos DVDs se colocou em seu caminho. Seu rosto e corpo estavam cobertos de tatuagens demoníacas. Seus olhos eram contas pretas de ódio. Eles queimavam o padre. Assassinos e desconfiados.

E o Padre escureceu.

O Padre casualmente tirou um maço de cigarros, colocou um na boca, colocou outro aos pés de uma estátua de Santa Muerte próxima e manteve o olhar fixo no líder da gangue. O líder da gangue viu algo nos olhos do Padre. Algo com que ele se identificava. Algo frio, algo vazio. Ele aceitou o cigarro, acenou com a cabeça para o Padre e o deixou passar. Respeito.

O Padre chegou à casa de Maria por volta do meio-dia. A residência de dois cômodos era composta por paredes de tijolos opacos e um telhado de zinco enferrujado e ondulado. Lá dentro, Maria estava dormindo.

O Padre a conhecia de quando ela era bonita, mas sua beleza murchou como uma flor no inverno. Ela estava deitada na cama, com quarenta anos, parecendo ter oitenta. Ele odiava o ar daquele lugar. A morte tinha um cheiro azedo. Não como o cheiro de morte. A morte tinha um cheiro fresco, como gelo e aço. Mas a morte é azeda, ácida, estragada. O Padre deixou a porta aberta porque não havia janelas para abrir.

Maria acordou assustada e encontrou o padre ao lado da cama. Ele sorriu gentilmente. "Sou só eu."

Maria ficou aliviada ao vê-lo, mas seu alívio foi apenas momentâneo. Ao se recompor, seus olhos examinaram o quarto e se encheram de preocupação.

"Onde está Eva?", perguntou Maria.

"Eva chegará em casa em breve." O padre pegou um livro que estava por perto. *Harry Potter e o Prisioneiro de Azkaban*. Ele o abriu em uma página marcada. "Onde estávamos?"

O padre leu para ela em espanhol com sotaque gringo. Ele leu por horas e, por um tempo, Maria esqueceu sua dor. Esqueceu que estava morrendo.

O sol estava se pondo lá fora quando ele terminou o livro. "El fin", disse ele. "Devemos começar o próximo?"

O padre foi até a estante, onde havia mais livros de Harry Potter.

"Onde está Eva?", perguntou Maria novamente.

O padre tirou *Harry Potter y El Caliz de Fuego* da estante. Ao fazer isso, várias pinturas em aquarela caíram no chão. Ele se abaixou e as pegou. Cada pintura retratava uma terra ou paisagem urbana diferente — algumas ele reconheceu do bairro — emolduradas por uma janela.

"O que são essas?", perguntou o padre.

Maria viu as pinturas e sorriu afetuosamente. "Mis ventanas."

"Eva pintou isso?", perguntou o padre, impressionado.

"O que você está fazendo?"

O padre se virou e encontrou Eva parada na porta. Ela estava com os braços cruzados sobre o peito e uma expressão de raiva no rosto. Ele empilhou os desenhos cuidadosamente, colocou-os de volta na estante e marchou até a porta como um menino repreendido.

"Eu disse para você ficar longe!", disse Eva assim que chegaram lá fora.

"Você a deixou sozinha o dia todo. Ela ficava perguntando por você."

Eva baixou os olhos.

"Eu sei onde você estava. Assim como sei por que uma garota das favelas da Cidade do México sabe falar inglês", disse o padre. "Sua mãe precisa de conforto."

"Ela não precisa de você. Ela vai ficar bem. Apenas nos deixe em paz!", disse Eva, batendo a porta na cara dele. Ela caminhou suavemente e foi até a cozinha. Abriu um armário. Dentro havia cartas, um cartão postal da Estátua da Liberdade e um pequeno vaso.

"Eva?", chamou Maria do outro cômodo.

"Sim, mamãe?"

Eva pegou o vaso. Dentro havia um maço de dinheiro. Ela colocou o dinheiro que ganhou naquela noite no vaso e fechou o armário.

"¿Dónde estabas?"

"Estou aqui agora, mamãe", disse Eva, enquanto se deitava na cama ao lado de sua mãe doente.

Já estava escuro quando o padre chegou em casa. As crianças da vizinhança já haviam deixado o pátio há muito tempo. Pegando a bola de futebol, ele entrou na igreja em construção.

Subiu ao segundo andar, para o quarto onde dormia. Pendurou uma das aquarelas de Eva na parede. Era uma pintura do horizonte da Cidade do México enquadrado por uma janela.

Ele colocou o DVD de *Lawrence da Arábia* no aparelho de DVD. Deitou-se em seu catre ao lado de uma parede pela metade e assistiu ao filme em sua velha TV de tubo.

Lá fora, tiros ecoavam pelo bairro com a mesma naturalidade dos grilos em uma noite quente de verão.

Ele simplesmente apareceu um dia. Esse gringo, ocupando a velha igreja. Reformando-a. O pessoal do bairro passou a chamá-lo de Padre, embora ele não fosse padre. Eles não sabiam o que ele era, de onde tinha vindo ou para onde estava indo. Para eles, ele era apenas o Padre.

Mas esse nem sempre foi seu nome.

Ele já se chamava Cal. Na época em que era pago para matar pessoas. Mas ele nunca fez isso por dinheiro. Cal possuía o que os psiquiatras chamam de "vício em processos". O cérebro é maleável. Neuroplástico. Ele pode mudar sua própria estrutura. Por meio de treinamento e experiência, da interação perfeita entre natureza e criação, o cérebro pode ser reprogramado. O governo dos EUA treinou Cal para ser um assassino. Treinou-o para que seu cérebro recompensasse a violência da mesma forma que o cérebro de um viciado recompensa a heroína, ou da mesma forma que o cérebro de uma pessoa fiel recompensa ir à igreja. Cal leu uma vez que dois terços do cérebro de um tubarão são dedicados à percepção sensorial. Visão, audição, paladar, olfato, tato. Tudo o que é necessário para caçar e matar, deixando pouco espaço para qualquer outra coisa. Isso parecia certo.

Após uma longa carreira nas Forças Especiais, Cal ingressou no setor privado. Ele trabalhou para um homem chamado Pat Roti, um empreiteiro militar privado que lidava com as operações secretas mais obscuras para quem pagasse mais, incluindo a CIA. Em outras palavras, Pat Roti comandava assassinos.

No fim das contas, a humanidade de Cal prevaleceu. Ela podia ser aprisionada, mas não extinta, e acabou rompendo as paredes da prisão. Cal não queria mais matar. Ele não queria mais ser prisioneiro de seu vício. Ele queria viver.

Mas não se pode simplesmente desistir. Não no tipo de trabalho que ele tinha.

Cal sabia que era uma ponta solta. Que Pat Roti tentaria encontrá-lo. Tentaria matá-lo. Mas ele não estava preocupado. A dor é inevitável. O sofrimento é uma escolha. E, como costumava dizer a si mesmo: *"Se eu morrer, eu morro"*.

Até lá, ele viveria.

Até lá, Cal seria o Padre.

2

Uma das primeiras pessoas que Cal conheceu quando chegou ao bairro foi um morador de rua de 34 anos chamado Ángel. Cal subiu em um poste de telefone próximo, pegou um par de tênis Nike que estavam pendurados lá pelos cadarços e os calçou nos pés sujos e cheios de bolhas de Ángel.

Desde aquele dia, Ángel serviu como tradutor de Cal. Cal era proficiente em espanhol, mas não era fluente. Ele contava com Ángel para captar o espírito de suas palavras. As nuances e inflexões que só alguém do bairro compreendia.

Aos domingos, Cal ia à igreja. Seus fiéis se sentavam em círculo em cadeiras dobráveis na nave empoeirada.

"Obrigado a todos por terem vindo", dizia Cal. Ángel sentava-se ao lado dele, traduzindo suas palavras. "Vejo muitos rostos novos hoje. Eu, como muitos de vocês, lutei contra o vício."

Os participantes eram moradores locais. Paisas. Vivendo no dia a dia. Pessoas feridas e marginalizadas, apenas tentando sobreviver.

"Mas o vício é apenas um sintoma de um problema mais

profundo", continuou Cal. "A questão não é por que o vício? É por que a dor?"

Ángel repetiu as palavras de Cal em espanhol.

"Até que você identifique qual é essa ferida e a cure, você sempre a preencherá com as coisas erradas. Com vícios."

Um homem atarracado, com botas de trabalho, jeans e uma camisa de flanela desbotada — um trabalhador diarista desempregado, Cal supôs — levantou a mão e fez uma pergunta.

Ángel traduziu: "Ele quer saber como você consegue parar de usar?"

"Sempre que sou tentado, lembro-me do que é importante."

"Qué?", perguntou o homem.

"Essa é a questão, não é?", disse Cal. "Para mim, são todos vocês. Minha família. Meus amigos. Meus relacionamentos."

Uma mulher baixa e gordinha na casa dos cinquenta interrompeu: "Não temos emprego. Não temos como sair da pobreza", traduziu Ángel.

"Se você é pobre e acredita que a riqueza o fará feliz, isso não acontecerá. O dinheiro é apenas mais um vício", disse Cal. "Tudo o que as pessoas realmente têm é umas às outras."

"O que fazemos quando não há esperança?", perguntou o trabalhador diarista em espanhol.

Cal pensou sobre isso.

"Você a encontra."

Eva entrou nos correios e se aproximou do funcionário atrás do balcão.

"Caixa 117", disse ela.

O funcionário encontrou a caixa postal, retirou uma carta e a entregou a Eva. Eva leu o endereço do remetente no envelope e seu rosto se iluminou. Ela correu para casa.

"Recebemos uma carta da tia Sylvia e do tio Hector", exclamou ela ao entrar na casa da mãe.

Sentou-se ao lado de Maria na cama, abriu a carta e leu: "Queridas Maria e Eva. Finalmente nos estabelecemos em Houston, Texas. Rezo para que um dia vocês duas possam se juntar a nós. Com amor, Sylvia e Hector."

Eva sonhou acordada por um momento.

"Em breve, terei dinheiro suficiente."

Alguém bateu à porta. Eva foi atender e encontrou Cal parado na porta. Seu rosto ficou sério.

"Queria devolver isto", disse Cal, entregando a Eva a aquarela que tinha levado.

Eva pegou-a rapidamente. Surpresa.

"Está muito bom", disse Cal.

Eva assentiu. Reservada. Ela estava prestes a fechar a porta.

"Por que uma janela?"

"Minha mãe não pode sair de casa", disse Eva.

"Então, você deu a ela uma vista." Cal sorriu. Eva permaneceu distante. Desconfortável. Desconfiada. Ela fechou a porta.

Cal voltou para a igreja e empacotou sua TV, o DVD player e uma caixa de papelão com DVDs piratas. Ele carregou tudo pelo bairro até a casa de Maria. Ele bateu na porta e, mais uma vez, Eva atendeu. Ela viu a TV, o DVD player e os filmes piratas. Ela olhou para ele, surpresa. Ela se afastou para que Cal pudesse levar os itens para dentro da casa. Maria sorriu quando viu Cal.

"Janela", disse Cal, indicando a TV. "Ventana."

Cal montou a TV e o DVD player. Ele vasculhou a caixa de DVDs. "Que tal *El Mago de Oz*?" Ele tirou *O Mágico de Oz* da caixa, colocou no disco e apertou o play. Eva observou Cal, incerta.

Depois que o filme foi configurado, Eva disse que precisava ir trabalhar. Cal a acompanhou até a porta.

"Desculpe pela maneira como falei com você ontem", disse ela. "É que, quando ela vê você, ela acha que vai morrer."

"Eu entendo", disse Cal. "Por que você parou de pendurar suas pinturas para ela?"

"Porque isso não vai mudar nada."

"Acho que ajuda."

"Ela não tem ninguém para ajudá-la. Meu pai foi embora antes de eu nascer. Preciso levá-la para os Estados Unidos."

"Por quê?"

"Porque no Norte eles podem curá-la."

O padre mordeu a língua. O celular de Eva vibrou. Ela leu uma mensagem. "Estou atrasada. Tenho que ir."

"Estou reconstruindo a igreja", disse Cal. "Não tenho dinheiro para comprar vitrais, então pensei em fazer murais nas paredes. Santos e imagens sagradas. Se você pintá-los, pagarei o mesmo que os narcotraficantes estão pagando a você."

Eva olhou para ele com olhos tristes. "Padre, você não tem dinheiro para me pagar." Ela começou a se afastar.

"Eva..." Ela parou e olhou para ele. Cal gaguejou. Ele não sabia como dizer isso de outra forma. "Sua mãe está muito doente."

Eva balançou a cabeça. Negação. "Eu posso salvá-la", disse ela e então se afastou, determinada.

3

Maria não temia a morte.

Ela tinha treze anos quando conheceu Rodrigo. Ele tinha cabelos escuros e grossos, rosto de cantor de boy band, roupas de grife e uma motocicleta. Ele também era quase dez anos mais velho que ela.

A mãe de Maria sabia que era inevitável. Com a aparência que Maria tinha. Uma menina bonita a caminho de se tornar uma mulher deslumbrante. Ela só desejava que Maria tivesse mais tempo para crescer antes de chamar a atenção de um narcotraficante. O melhor que ela podia esperar agora era que o narcotraficante a tratasse bem.

E Rodrigo tratou. Ele a levava aos restaurantes mais exclusivos da Cidade do México. Dava-lhe dinheiro para fazer compras nas lojas mais caras. Ele estava perdidamente apaixonado por ela e, da mesma forma, ela por ele. Ele a pediu em casamento e ela disse sim. Eles planejaram um casamento grande e caro.

Mas havia problemas no trabalho. Era a década de 90. Sinaloa estava em guerra com Tijuana, e batalhas por procuração eram travadas em todo o país. Rodrigo era um jovem promissor, respeitado e, acima de tudo, leal. Ele permaneceu do lado perdedor e acabou morto.

O novo regime respeitava o noivo de Maria por sua lealdade ao chefe, e o novo líder não acreditava em matar mulheres ou crianças, a menos que fosse absolutamente necessário, então ele poupou a vida de Maria. Mas, como noiva de um de seus inimigos, ela tinha que ser punida. Ele a condenou a trabalhar em um de seus bordéis. Era um lugar caro que ele mantinha para VIPs — políticos, legisladores e qualquer outra pessoa que ele quisesse recompensar ou chantagear. Eles chamavam o bordel *de Celestial*. Somente as mulheres mais bonitas trabalhavam lá, e todas eram bem cuidadas. Relativamente falando.

Depois de perder Rodrigo, Maria era incapaz de sentir amor. Ela não tinha respeito pela vida. Sentia-se como se já estivesse morta. Então, aceitou o trabalho. Deixou *Celestial* ficar com o que restava de sua alma.

Ela viveu assim por vários anos. Todos os dias, ela visitava um santuário local dedicado à Santa Muerte. Ela se ajoelhava diante do esqueleto vestido com uma túnica, fazia uma oferenda, acendia uma vela e rezava para que a Senhora Ossuda lhe desse uma razão para viver ou tirasse sua vida. Finalmente, ela não aguentou mais o silêncio da sua santa. Ela visitou o santuário e rezou pelo que disse ser a última vez. Naquela noite, ela pretendia acabar com sua vida.

Ela guardava uma .38 niquelada em sua mesinha de cabeceira. Ela a carregou com uma única bala. Ela estava prestes a levar o cano à sua têmpora quando alguém bateu à sua porta.

Um homem estava parado na porta. Embora mais tarde ela acreditasse que ele não era um homem. Ele se movia sem sentimentos. Havia algo faltando. Ele estava vazio. Ou perdido, talvez. Perdido, como ela.

Ela o levou para o quarto, como já havia feito tantas vezes

com tantos outros homens antes. Sua pele era branca e fria como a neve.

Ele se despiu e ela caiu na cama. Ele a penetrou. Nunca tinha sido assim. Ela deixou seu corpo e foi para um lugar de cores vivas, flores e aromas doces.

Ele não disse uma palavra.

Dois meses depois, ela descobriu que estava grávida. Era um milagre. Disseram-lhe que era estéril. Ela *era* estéril. Mas estava grávida.

O bordel tinha protocolos para esse tipo de situação. Um médico para as garotas consultarem. Mas Maria recusou. Disseram-lhe que, se ela optasse por não consultar o médico, não poderia mais trabalhar. Eles controlavam sua conta bancária. Maria ainda tinha mais alguns anos de sua sentença e e e não havia saque para aposentadoria antecipada. Se ela quisesse manter seu dinheiro suado e ganho com muito esforço, teria que consultar o médico. *Por que não?* perguntaram-lhe. *Por que ela queria manter o bebê de um estranho?* Mas ela não podia abortar. Seria um sacrilégio. Santa Muerte lhe dera essa criança.

Eva. Ela era um milagre.

Maria deixou a profissão mais antiga do mundo e criou sua filha sem um tostão. Ela se preocupava com Eva, como qualquer boa mãe se preocuparia, mas nunca temeu verdadeiramente por ela. Era por isso que ela não temia a morte. Ela não temia deixar Eva. Porque sabia que Eva ficaria bem. Eva era forte e resiliente, mas não era só isso. O pai de Eva não era um homem; era um receptáculo da divindade.

Maria não temia a morte.

Porque sabia que Santa Muerte cuidaria de tudo o que ela tinha aqui na Terra.

. . .

Eva usava maquiagem, minissaia e uma blusa regata. Ela saiu do esconderijo com Javier. Ele era um homem na casa dos vinte anos. Bonito, vestindo jeans e uma jaqueta de couro. Eles entraram em um Chevy Suburban.

Quando o sol se pôs, o centro da Cidade do México ganhou vida. O ar se encheu de música e luzes de néon. Turistas barulhentos lotavam as ruas, bêbados e devassos.

O Suburban seguia em frente. Javier ao volante. Eva olhando impassível pela janela do lado do passageiro. Tudo a postos.

Uma viatura policial acendeu as luzes atrás deles. Javier olhou preocupado pelo espelho retrovisor. Encostou o carro.

Dois policiais da Cidade do México saíram da viatura e se aproximaram dos dois lados do Suburban. Eles bateram nas janelas com as pontas das lanternas. Javier e Eva abaixaram as janelas.

"Hola", disse o policial do lado do motorista. Ele era baixo e corpulento, com um bigode à la Pancho Villa.

Eles falavam em espanhol.

"Boa noite, senhor", disse Javier.

"Para onde vocês estão indo hoje à noite?", perguntou Pancho Bigode.

"Para a boate."

Eva olhou fixamente para a frente. Legal. Ela podia sentir os olhos lascivos do policial mexicano alto e magro em sua janela. Ele usava óculos escuros de aviador, mesmo sendo noite.

"Este é um bom carro para dois jovens", disse Pancho 'Stache.

"É do meu pai", respondeu Javier.

"É mesmo? Quem é seu pai? Tomás?"

Os olhos de Javier se voltaram para Pancho 'Stache ao ouvir o nome de Tomás.

"Aquele idiota nos deve muito dinheiro", disse Pancho.

Os policiais abriram as portas do carro. "Saia."

Javier e Eva saíram do Suburban para a rua iluminada por lâmpadas de sódio. Os policiais os revistaram. Pancho 'Stache encontrou uma pistola calibre 38 na cintura de Javier.

"O que é isso?", disse ele, tirando as algemas do cinto.

Enquanto Aviator Sunglasses revistava Eva, ele deu uma beliscada em sua bunda. Eva cerrou os dentes.

Pancho algemou Javier e revistou o Suburban. "Onde está a droga?", perguntou ele.

"Que droga?", disse Javier.

Pancho 'Stache lhe deu um soco no diafragma. Javier caiu para a frente, com os braços algemados atrás das costas. Ele respirou fundo.

"Não brinque comigo", disse o policial.

"Sim. Nós conhecemos o Tomás", Eva interrompeu. "Mas não estamos trabalhando agora."

Pancho Bigode olhou para Eva com raiva, tentando lê-la. Ele fez uma careta. Virou-se para Javier. "Vamos ver se o Tomás vai gostar de pagar a fiança por uma arma não registrada, idiota." Ele puxou Javier em direção à viatura policial.

"E a garota?", perguntou Aviators.

"Ela está com alguma coisa?"

"Não."

"Então deixe-a."

Os dois policiais entraram na viatura com Javier e foram embora. Eva sentou-se ao volante do Suburban. Ela dirigiu até uma boate. Estacionou do outro lado da rua. Saiu do Suburban e se aproximou. Havia uma fila dando a volta no quarteirão, mas o mexicano idiota de terno pequeno demais que guardava a porta conhecia Eva. Ela entrou sem problemas.

Lá dentro, a música eletrônica tocava alto. Mulheres com roupas curtas dançavam ao som da música. Idiotas vestidos com Hugo Boss e Diesel circulavam como abutres desesperados por restos. Eva empurrou a multidão.

O escritório do proprietário tinha vista para a festa lá embaixo. O dono da boate era um mexicano na casa dos trinta. Bem vestido. Com ar de playboy. Ele estava sentado atrás de sua mesa, cheirando uma linha de cocaína, quando Eva foi acompanhada por um segurança. O proprietário olhou para ela.

"Estou esperando", disse ele em espanhol.

Eva tirou a blusa, expondo seu corpo jovem e firme. Ela retirou meio quilo de cocaína de cada um dos mamilos falsos escondidos sob o sutiã e os colocou sobre a mesa dele. Ela se virou para sair.

"Espere um minuto", disse o proprietário.

Eva parou e olhou para ele. Ele sorriu. "Temos que ter certeza de que está bom."

O dono do clube enfiou um canivete em um dos quilos, retirou um pouco do pó e ofereceu a Eva. Eva balançou a cabeça, dizendo não.

"Se você não experimentar, não aceito a entrega."

Eva deu de ombros, pegou os dois quilos e se dirigiu para a porta.

"Ei. Espere um minuto." O proprietário a impediu de sair. "Por que você está tão tensa?"

Ele colocou as mãos nos ombros dela. Ela se afastou. Ele a agarrou, então ela o empurrou. Em uma raiva alimentada pela cocaína, ele lhe deu um tapa forte no rosto. Ela caiu no chão.

"Sua vadia maldita!"

Eva rastejou de quatro para longe dele. Ele abriu a braguilha. Agarrou-a. Levantou-a e bateu com a cara dela na secretária. Enfiou a mão por baixo da saia dela e rasgou-lhe as cuecas. Preparou-se para penetrá-la, quando...

Eva viu a faca de bolso coberta de cocaína em cima da mesa dele. Agarrou-a. Girou-a descontroladamente. A lâmina cravou-se na bochecha dele. Ele gritou. A faca saía da bochecha dele e o sangue escorria pelo queixo. Eva puxou a calcinha e correu para a porta.

Ela atravessou a pista de dança cheia de idiotas sorridentes e drogados. Saiu correndo da boate, atravessou a rua e pulou no Suburban. Ligou o motor e acelerou. Olhos no espelho retrovisor.

O Suburban atravessou o bairro e parou com um guincho em frente à casa de Maria. Eva saiu do veículo e correu para dentro.

"Mamãe! Nós temos que ir!", disse ela ao entrar pela porta. Ela parou no meio do caminho. Cal estava sentado ao lado da cama, ao lado do corpo sem vida de Maria. Ele olhou para ela, tristemente.

"Ela partiu em paz", disse Cal.

Os olhos de Eva se encheram de lágrimas. Ela balançou a cabeça. "Não. Não!" Ela correu para sua mãe. "Despierto! Por favor, mamá! Tienes que despertar!" Eva desabou em cima de sua mãe. Cal acariciou gentilmente sua cabeça enquanto ela chorava.

Lá fora, os faróis de um carro se aproximavam. Cal levantou-se lentamente, deixando Eva chorando ao lado do corpo da mãe.

Havia um Escalade preto estacionado do lado de fora. Cal ficou parado na porta da casa de Maria. Dois homens mexicanos se aproximaram. O primeiro tinha uma tatuagem de uma serpente enrolada em seu rosto. O segundo tinha a boca cheia de dentes de ouro. Ambos os homens carregavam pistolas.

"Aquela vadiazinha está aí dentro?", perguntou o cara com a tatuagem no rosto. "Saia da frente, padre."

Cal permaneceu firme, levantando os braços. "Sou um homem de paz. Por favor. Abaixem suas armas."

Dentes de Ouro apontou a arma para o rosto de Cal. "Saia da frente, porra."

Cal agarrou o cano da arma, bateu no pulso de Dentes de

Ouro com o antebraço e arrancou a arma de suas mãos. Antes que Tatuagem no Rosto pudesse levantar sua arma, Cal já apontava a pistola para sua testa. Tatuagem no Rosto e Dentes de Ouro ficaram chocados. Como o Padre sabia se mover assim?

Gold Teeth rangeu os dentes para Cal. "Isso não acabou." Gold Teeth e Face Tat recuaram para o Escalade e foram embora. Cal olhou para trás, para a casa, e viu Eva parada na porta, observando-o.

TOMAS MASTIGAVA UM CHARUTO. Ele tinha 1,65 m e 59 kg de pura raiva.

"Que merda é essa? Quem te repreendeu?", gritou em espanhol para Face Tat e Gold Teeth quando eles voltaram para o esconderijo.

Tomas reuniu seus homens. Eles carregaram pistolas, rifles e espingardas.

CAL LEVOU EVA PARA A IGREJA. Ela sentou-se na cama de Cal. Cal ficou em pé ao lado da parede em ruínas. Ele observou Tomas se aproximar do lado de fora com seu bando armado. Tomas bateu na porta da igreja.

"Fique aqui", disse Cal para Eva. Ele desceu as escadas, atravessou a nave e atendeu a porta.

"Entregue-a para mim", disse Tomás.

"Não posso fazer isso."

"O homem que ela atacou tem amigos muito poderosos. Isso precisa ser resolvido", disse Tomas. Ele apontou sua Beretta para o rosto de Cal. "Entregue-a para mim."

"Você realmente quer ser visto fazendo isso?", disse Cal.

Tomas olhou em volta. As pessoas do bairro tinham percebido. Tomas sabia o quanto Cal era querido. Atirar nele em público seria um erro. Ele baixou a arma.

"Que coragem, padre", disse Tomás, cuspindo e abaixando a arma. Ele e seus homens recuaram.

Cal voltou para Eva. Ela ainda estava sentada na cama, perto da parede destruída.

"Eles foram embora", disse Cal. "Você deveria dormir um pouco. É um longo caminho até o Texas."

"Não posso ir para o Texas. Ainda não", disse Eva. "Não tenho dinheiro suficiente."

"Não se preocupe com o dinheiro."

Os olhos de Eva se estreitaram. "Por que você está fazendo isso por mim?" Ela balançou a cabeça, incapaz de conter as lágrimas. "Eu não mereço isso. Por que desperdiçar seu tempo? Eu não consegui salvá-la. Como diabos eu vou conseguir me salvar?"

Cal a abraçou enquanto ela chorava. "Tudo bem."

Ela chorou a noite toda. Chorou nos braços dele.

Na manhã seguinte, eles fizeram um pequeno funeral atrás da igreja. Maria sempre foi reservada. Ela não tinha muitos amigos no bairro, mas as pessoas ainda apareceram para ajudar a enterrá-la. Eva chorou enquanto o caixão de Maria era baixado para o chão. Ela agarrou a mão de Cal e a apertou.

Do outro lado do cemitério, Cal avistou Dentes de Ouro e Tatuagem Facial, observando-os.

APÓS O FUNERAL, Cal acompanhou Eva até a rodoviária. Eles entraram em uma fila de imigrantes para embarcar em um ônibus velho.

"Venha comigo para El Norte", ela disse a Cal.

Cal balançou a cabeça.

"Você acha que Tomas vai simplesmente esquecer você? Ele não vai."

Cal olhou distante. Fantasmas em seus olhos. "Eu nunca poderei voltar."

O coiote responsável era um homem pequeno e arrogante na casa dos trinta. "Serão 55 mil pesos", disse ele em inglês.

"Isso vai levá-la ao Texas?"

"Sí, señor. Sem problema."

Cal pagou ao coiote. Ele se virou para Eva e lhe entregou um celular. "Quando você cruzar a fronteira, pegue um ônibus para a casa de seus tios. Ligue para mim quando chegar lá."

Eva assentiu. Ela era a próxima a embarcar no ônibus. Antes de entrar, ela se virou e deu um grande abraço em Cal. "Obrigada", disse ela.

Ela o soltou e entrou no ônibus. Ele a observou sentar-se. Acenou em despedida e o ônibus partiu.

No caminho de volta para a igreja, Cal desejou poder ter ido com Eva, mas sabia que era impossível. Não apenas porque Pat Roti estava atrás dele, mas também porque Tomás estava atrás dela. Ele precisava ficar para trás, não para se proteger, mas para proteger Eva.

Dentes de Ouro e Tatuagem Facial se colocaram em seu caminho. Olharam para ele com severidade.

"Ela se foi", disse Cal. "Acabou."

Cal passou por eles. Eles o observaram partir. Sorridentes.

$$4$$

Eva dormia, com a cabeça encostada na janela. O ônibus apertado balançava. Lá fora, estava escuro.

De repente, o ônibus parou bruscamente. Eva acordou.

Eles estavam estacionados do lado de fora de um prédio sem identificação. Sem janelas. Sem estradas. Eles estavam no meio do deserto. Uma dúzia de homens — cavalariços — saíram do prédio. O motorista abriu a porta do ônibus.

"Todo mundo para fora! Andem!", gritou o motorista em espanhol.

Os rapazes do estábulo entraram. Eles conduziram Eva e os outros para fora do ônibus.

Eva e os outros imigrantes ficaram em fila do lado de fora do prédio sem identificação. Eva olhou ao redor nervosamente.

Do outro lado da rua havia um ônibus de luxo, do tipo que as equipes esportivas profissionais usavam.

Uma mulher gringa de 55 anos, com botas de montaria, casaco de campo e chapéu Stetson, caminhou pela fila. Os rapazes do estábulo a chamavam de Ma. Ela parecia e se comportava como o tipo de pessoa que treinava cavalos puro-sangue de milhões de dólares.

Ma avaliou cada um dos imigrantes. Ela parou diante de um jovem de dezesseis anos, com aparência infantil e inocente. Ma clicou em um contador e um rapaz do estábulo agarrou o jovem pelo braço e o levou em direção ao ônibus de luxo.

Ma continuou a percorrer a fila, estudando cada imigrante. Ela parou novamente diante de uma bela mulher de 21 anos. Apertei o contador. Um rapaz do estábulo acompanhou a jovem até o ônibus de luxo.

Ma continuou. Chegou a Eva. Eva baixou os olhos. O olhar de Ma a agrediu, então — *Clique.* Eva foi escolhida. Um rapaz do estábulo pegou Eva pelo braço e a acompanhou até o ônibus de luxo.

Eva olhou para trás. Os imigrantes que não foram escolhidos foram levados de volta para o ônibus de baixa qualidade. Isso não parecia certo. Assustada, Eva se afastou do rapaz do estábulo. Correu pelo deserto escuro. Disqueu freneticamente o número que Cal lhe havia dado.

Ele estava em seu quarto na igreja. O toque do celular o acordou. Ele viu o identificador de chamadas.

"Eva?", disse Cal.

"Padre. Algo está errado."

Cal ouviu gritos ao fundo da linha.

"Conte-me o que está acontecendo", disse Cal.

"Eles nos tiraram do ônibus e todos os jovens estão sendo transferidos para outro ônibus."

Um rapaz gritou em espanhol num megafone. "Não há nada além de deserto por 80 quilômetros. Sem nós, vocês vão morrer."

"Não quero ir com eles!", sussurrou Eva ao telefone.

O feixe de luz de uma lanterna iluminou Eva. "Ela está aqui!", gritou um rapaz do estábulo em espanhol.

"Eva. Escute-me", disse Cal. "Vou levá-la para casa. Prometo."

Os rapazes do estábulo agarraram Eva. "Soltem-me!", gritou ela.

"Vou levá-la para casa!", gritou Cal. A linha caiu.

Cal correu para a rodoviária. Ele encontrou o Coyote carregando outro ônibus com imigrantes esperançosos. Cal marchou até ele.

"A garota que estava comigo."

O Coyote parecia confuso. "Que?"

"A garota que eu paguei para você levar."

"Lo siento. No Inglés."

"O quê? La niña! La niña!"

"Desculpe, senhor. Não sei quem você é."

Cal agarrou-o pela barra da camisa e, imediatamente, os guardas do coiote apontaram suas pistolas e rifles para ele.

O Coiote sorriu. "Você deveria ir agora, padre."

Cal olhou para os guardas que o cercavam. Ele soltou o Coiote e se afastou.

Ele voltou para a igreja. Depois que sua mãe morreu, Eva não quis levar nada da casa. Ela não queria guardar nenhuma lembrança dolorosa. Mas Cal conseguiu contrabandear suas aquarelas. Ele sentou-se ao lado da parede em ruínas de seu quarto e olhou para elas. O horizonte da Cidade do México. Uma montanha nevada, uma paisagem pastoral, uma selva tropical, o oceano, o deserto, o espaço sideral. Janelas para um mundo do qual ela foi privada.

Seus olhos escureceram. Algo estava despertando nele.

Algo perigoso.

5

____

O esconderijo era onde Tomás processava seus produtos em pequenas bolas e sacos para os traficantes locais.

Um mexicano com uma espingarda serrada guardava a porta. Na mesa de triagem, um homem com um tapa-olho trabalhava com Face Tat e Gold Teeth. Eles ensacavam quantidades de cocaína, cristal, lama mexicana e MDMA para venda a retalho.

Tomas sentou-se à sua mesa no fundo da sala com seu guarda-costas musculoso, contando dinheiro.

Quando Cal entrou, o homem na porta apontou sua espingarda para ele. Todos pararam o que estavam fazendo e olharam para ele.

"Eu a mandei embora", disse Cal. "Você poderia ter dito ao seu pessoal o que quisesse."

Tomas deu de ombros. "Os coiotes não são tanto coiotes, mas sim cães raivosos."

"O que você fez?"

Tomas sorriu cruelmente. "Padre, Padre, Padre. É assim que

todos te chamam, mas ninguém sabe seu nome verdadeiro, quem você é, de onde você vem."

"Para onde a levaram?"

"Eu não diria, mesmo que soubesse", disse Tomas. "Existem coisas muito piores neste mundo do que eu, senhor."

"Eu sei", disse Cal, baixando os olhos. Aquela escuridão latente fervilhando na superfície. "Quer saber como eu sei?"

"Como?"

"Porque eu vejo isso, todos os dias, toda vez que me olho no espelho."

Cal agarrou o cano da espingarda serrada do cara que se aproximava sorrateiramente por trás dele, empurrou a arma para frente e abriu um buraco no peito do Cara da Tatuagem no Rosto, depois deu uma cotovelada no nariz do Cara da Espingarda Serrada, arrancando a arma dele e atirando na garganta do Cara da Espingarda Serrada.

O Cara da Pala atacou, brandindo uma faca, que Cal desviou com calma. Seus movimentos eram calmos e calculados, um poema rítmico da morte. Cal agarrou o pulso do Cara da Pala, o quebrou e enfiou a lâmina em seu coração.

O guarda-costas musculoso se lançou sobre ele. Cal pegou um quilo de cocaína que estava por perto, cortou-o e jogou-o no rosto de Muscles. Muscles caiu para trás, tossindo, ofegando, desorientado.

Tomas alcançou sua pistola, levantou-a, mas Cal facilmente o desarmou e apontou a pistola para Tomas.

"Espere", disse Tomas.

Cal atirou nele antes que a palavra saísse da boca. Sem hesitação. Sem cerimônia. Cal apontou a arma para Muscles, que chiava, e mecanicamente atirou nele também. Gold Teeth se encolheu no canto, com as mãos levantadas.

"Por favor!", implorou Dentes de Ouro. "Você disse que era um homem de paz!"

“Não há paz sem guerra”, disse Cal, e puxou o gatilho.

Cal saiu do esconderijo, deixando destruição em seu rastro.

6

E ra meio-dia. Cal observou a rodoviária com uma mira ACOG. Ele viu o Coyote falar com um de seus guardas e depois caminhar até uma mesa próxima, onde havia uma garrafa de tequila. Ele tomou um gole e desapareceu no prédio principal. Cal contou sete guardas armados. Cada um deles bebia da garrafa de tequila comunitária enquanto patrulhava. Um dos guardas escoltou um homem algemado com algemas de metal até uma garagem. Cal abaixou a mira.

No final da rua, um gringo com dreadlocks observava Cal.

Ele o observou do lado de fora da rodoviária e depois o seguiu até o mercado negro, onde viu Cal conversar com o garoto que vendia DVDs em sua barraca. Cal entregou alguns pesos ao garoto e recebeu um pacote amarrado.

Do mercado negro, o gringo de cabelo afro seguiu Cal até a igreja em ruínas. Ele se escondeu em um beco do lado de fora, enquanto Cal entrava. Trinta minutos depois, Gringo Dreadhead viu Cal sair da igreja. Ele não carregava mais o pacote embrulhado. Em vez disso, carregava uma pasta de aço resistente.

Em seguida, o careca seguiu Cal até a loja de jardinagem. Ele esperou do outro lado da rua enquanto Cal entrava. Momentos depois, Cal reapareceu com um buquê de flores.

Era uma curta caminhada de volta à igreja.

Dreadhead espiou Cal no cemitério atrás da igreja. Ele viu Cal colocar o buquê de flores no túmulo de Maria.

Dreadhead seguiu Cal desde o túmulo de Maria pelo cemitério, mantendo uma distância segura. Ele perdeu Cal de vista atrás de um mausoléu. Dreadhead sacou uma Glock, aproximou-se e virou a esquina.

Num movimento rápido, Cal desarmou o gringo dreadhead e atirou-lhe no pé com a própria arma. Dreadhead gritou e caiu de joelhos.

"Ei, Tony", disse Cal casualmente.

Dreadhead, ou "Tony", segurou o pé ferido pelo tornozelo, olhando para Cal com olhos doloridos.

"Ei, Cal."

"Eles não me chamam mais assim", disse Cal. "Sinto muito pelo pé."

Tony deu de ombros. "Risco do trabalho, eu acho."

"Roti te promoveu?"

"Sim. Agora sou um assassino profissional."

"Parabéns."

"Obrigado." Ele apontou para a igreja. "Belo esconderijo. Uma contradição, se é que já vi alguma."

Cal sorriu tristemente. "Como você me encontrou?"

"Roti mandou todo mundo vasculhar o mundo procurando por você. Era inevitável que alguém acabasse encontrando você."

Cal assentiu.

"Eu vi você observando a rodoviária", disse Tony. "Você sabe que é uma armadilha, certo? Eles sabem que você está vindo."

"Eu sei", disse Cal. "Ei, Tony?"

"Sim?"

"Você não é bom nisso." Cal atirou em cada uma das mãos de Tony. "Encontre uma nova profissão." Cal tirou o pente, jogou a pistola, pegou sua pasta de aço e foi embora, deixando Tony gemendo de dor.

Quando Cal voltou à estação rodoviária, já era noite. Ele deslizou uma agulha de costura sob a pele do pulso interno, depois levantou a mira e examinou a estação. Os mesmos sete guardas armados estavam patrulhando. Cal os observou por quase uma hora, memorizando suas rotas de patrulha, depois se aproximou furtivamente do complexo.

Um guarda com uma velha AK-47 e uma camiseta camuflada parou para urinar. Cal se aproximou sorrateiramente por trás dele. Nesse momento, um guarda com uma camisa *do Club de Fútbol América* acendeu sua lanterna. Cal se escondeu atrás de uma pilha de pneus.

"Ei! O que você está fazendo aí?", gritou o camisa do clube de futebol em espanhol.

"Mijando", respondeu o de camiseta camuflada. "Por quê? Você está tentando ver meu pau?"

"É uma lanterna, não um microscópio."

O cara da camiseta camuflada riu. "Idiota."

O camisa do clube desligou a luz e continuou sua ronda. Quando a costa ficou livre, Cal contornou a lateral da casa principal do complexo. Ele avistou a garrafa de tequila comunitária a alguns metros de distância. Ele espiou pela janela.

Dentro da casa, o Coiote assistia futebol e bebia cerveja. Cal colocou sua pasta de aço no chão e se esgueirou furtivamente em direção à porta. Ele chegou do lado de fora e se preparou para invadir...

Um...

Dois...

Três!

Cal chutou a porta e entrou correndo. A coronha do rifle de alguém atingiu a base de seu crânio com um estrondo concussivo, e tudo ficou escuro.

"Salut!"

Cal acordou. Olhos turvos. Cabeça a rachar. Estava amarrado a uma cadeira. As mãos algemadas atrás das costas. Estava numa das garagens de autocarros. Perto dali, o Coiote e os seus guardas bebiam copos de tequila.

"Hola, Bela Adormecida", disse o Coiote, aproximando-se de Cal. "Você nem tinha uma arma quando te pegamos. O que você ia fazer? Rezar para nos matar?"

Seus homens riram. "Sim. Eu te reconheço", disse o Coyote. "Você é aquele gringo que chamam de 'Padre'. Mas você não é realmente um padre."

O Coiote riu maliciosamente.

Cal havia sido desarmado. O cinto com dinheiro que ele usava na cintura, cheio de notas de cem dólares, estava no chão à sua frente. Era o dinheiro que ele tinha para a viagem de volta a Los Angeles.

O Coiote pegou a garrafa de tequila. "Você quer um copo de tequila? Da destilaria do meu irmão. Coisa boa, cara."

O Coiote colocou a boca da garrafa na boca de Cal. Cal virou a cabeça para o lado.

"Eu realmente recomendo que você beba um pouco, senhor... Para o que vem a seguir", disse o Coiote com falsa preocupação.

Mas Cal não quis beber. "Como quiser", disse o Coiote, e

tomou outro gole. "Você sabe como fazem tequila? É feita da planta agave."

O coiote ergueu uma lâmina coa — um facão afiado com ponta arredondada — e passou-a pelo peito de Cal. "Eles precisam tirar o coração."

O Coiote olhou para Cal com severidade. Cal não se abalou. "Com uma lâmina coa, o agave é descascado. O coração é removido e assado. Sua seiva é fermentada." Ele ergueu a garrafa. "E este é o seu sangue." Ele bebeu.

"Eu tenho minha própria receita", disse Cal.

O Coiote riu com arrogância. "Ele fala!", disse o Coiote. "Ok, Padre que não é padre. Vá em frente. Conte-nos sua receita. Depois, vou arrancar seu coração e beber seu sangue."

"Ela vem de uma planta nativa de Guayabitos e La Penita. É chamada de mamona. Você colhe um grão, remove a casca, cozinha, amassa, filtra e adiciona solventes. Você sabe o que você tem?"

O Coiote fez uma careta. Uma dor no estômago.

"Ricina", disse Cal.

Três horas antes, Tony, o Dreadhead, seguiu Cal até a loja de jardinagem. Ele esperou do outro lado da rua e, após alguns minutos, viu Cal sair com um buquê de flores para o túmulo de Maria. Ele não viu o que mais Cal comprou lá dentro — o que o florista magro e tatuado guardava nos fundos da loja, no que ele carinhosamente chamava de "la casa del veneno", a casa do veneno.

Era lá que ele cultivava cicuta, beladona, erva-cobra, mamona, ervilha-de-rosário e oleandro.

Em seu tempo livre, o florista moía obsessivamente sementes de maçã, centenas de milhares delas, para produzir cianeto.

Pelo preço certo, ele até construía uma bomba de fertilizante para você.

Quando Cal saiu da loja de jardinagem com flores para Maria, Dreadhead Tony não sabia que, enquanto ele estava lá, Cal também havia comprado um frasco de algo especial do Florista.

O Coiote e seus homens estavam sentindo isso. Sem dúvida. O veneno queimando em seus estômagos.

"Vocês eram muitos para eu enfrentar diretamente. Estavam muito bem protegidos", disse Cal da cadeira. "Mas a tequila de vocês não estava."

Uma hora antes, Cal estava do lado de fora da porta do Coyote, se preparando para invadir. Mas antes de fazer isso, ele derramou o conteúdo do frasco da Florista na garrafa comunitária de tequila dos guardas.

Agora algemado a uma cadeira, Cal cutucava a agulha de costura escondida sob a pele de seu pulso.

"A questão então passou a ser: como chegar até você antes do veneno? Uma dose concentrada de ricina, como a que eu te dei, mata em poucas horas, e você não tem utilidade para mim morto", disse Cal. "Então, eu deixei você me pegar."

Atrás das costas, Cal removeu a agulha que escondia sob a pele e destrancou as algemas. O Coiote gritou, enfurecido, e desferiu uma facada em Cal. Cal girou os braços e segurou a lâmina entre as palmas das mãos. Os olhos do Coiote se arregalaram. Cal se levantou e empurrou o Coiote enfraquecido para o chão. Ao redor, os guardas caíam no chão, gravemente doentes.

Cal se ajoelhou ao lado do Coyote agonizante. "Você só tem

alguns minutos de vida", disse Cal. "Me diga o que eu quero saber e eu te darei o antídoto."

"Vá se foder!", gritou o Coiote.

"Então, adeus, 'Bela Adormecida'." Cal virou-se e começou a se afastar.

"Espere", disse o Coiote. "O que você quer?"

Cal mostrou a ele uma fotografia de Eva que havia tirado da casa de Maria. "A garota. Para onde você a enviou?"

O Coiote grunhiu de dor, segurando o estômago. "Todos os ônibus param perto da fronteira, onde são separados. Os sindicatos em El Norte pagam muito dinheiro por pessoas jovens e atraentes. A garota teria sido escolhida."

"E enviada para onde?"

"Não sei."

Cal virou-se para sair. "Espere! Eu juro! Eu não sei!", disse o coiote. "Sou apenas um elo numa longa cadeia."

"Eu acredito em você."

"Então, me dê o antídoto!"

"Não há antídoto." Cal se afastou enquanto o Coiote e seus guardas morriam em agonia.

Lá fora, no pátio da rodoviária, Cal pegou sua pasta de aço, exatamente onde a havia deixado. Ele entrou na fila do ônibus. Imigrantes esperançosos se amontoavam como sardinhas. Só havia lugares em pé. Cal embarcou. Os outros passageiros o olharam estranhamente. Quem é esse gringo?

O ônibus partiu na noite escura.

7

Ainda estava escuro lá fora quando o ônibus parou bruscamente em frente ao mesmo prédio anônimo no meio do deserto. Cal segurou sua pasta enquanto ele e outros imigrantes eram conduzidos para fora.

Ele ficou na fila, segurando sua pasta de aço. Do outro lado deles estava o ônibus de luxo.

Ma caminhou pela fila, avaliando cada imigrante. Clicando seu contador. Ela chegou até Cal. Olhou para ele de cima a baixo. Ma se virou e sussurrou algo para um de seus ajudantes, depois seguiu pela fila.

Os rapazes do estábulo agarraram Cal com violência. Pegaram sua pasta. Revistaram-no. Encontraram a foto de Eva. Entregaram-na a Ma.

Ma estudou a foto, depois olhou para Cal. "Levem-no para a detenção", disse ela.

Os rapazes do estábulo levaram Cal para dentro do prédio sem graça. O lugar era um armazém aberto. Várias pistolas, rifles, explosivos, tijolos de pólvora e pacotes de comprimidos transbordavam das prateleiras ou paletes. Os rapazes do estábulo trabalhavam duro, correndo pelas fileiras de prateleiras como ratos em um labirinto. Escaneavam etiquetas QR e carregavam caixas e engradados com armas ou drogas. Era como um centro de distribuição da Amazon no mercado negro.

Cal foi colocado em um cercado de arame com outros prisioneiros. Ma ficou na porta da jaula, ladeada por seus homens. Ela olhou para a foto de Eva. "Eu me lembro dessa. Bonita", disse ela.

Ma pegou a pasta de aço de Cal de um dos rapazes do estábulo e mexeu na fechadura. "Tem uma segurança bem forte nessa coisa." Ela ofereceu a pasta a Cal. "Abra."

Cal não pegou a pasta. Ele manteve o olhar fixo nela.

"Fomos informados de que um americano havia matado um grupo de coiotes na Cidade do México", disse Ma. "Nos pediram para ficar de olhos abertos."

Ma entregou a pasta a um rapaz do estábulo com cara de bebê. "Abra." O rapaz acenou com a cabeça e saiu correndo para pegar suas ferramentas.

"O que me importa se dois Coyotes foram eliminados?", disse Ma. "Eles sabiam dos riscos quando entraram nesse ramo, assim como todos nós."

Babyface voltou com uma furadeira elétrica. Ele perfurou a fechadura da pasta.

"Mas então eu vi você, Cal." Ma apontou para a agitação ao redor deles na instalação de triagem. "Armas. Drogas. Carne. É aqui que as coisas são separadas para seus destinos finais. Mas receio que você não possa ir além disso."

A broca fumegava contra a fechadura.

"Pat Roti colocou uma grande recompensa pela sua cabeça."

Babyface parou de perfurar. Ma olhou para ele. Ele balançou a cabeça, dizendo não. A broca não penetrava na fechadura.

"Qual é a combinação, Cal?" Cal permaneceu impassível.

"Bem, agora você despertou minha curiosidade", disse Ma. "Vamos fazer o seguinte: me dê a combinação e eu te mato rápido. Caso contrário, vou demorar."

Cal permaneceu em silêncio.

"Olho esquerdo", disse Ma para Babyface.

Os homens de Ma seguraram Cal. Babyface ligou a furadeira elétrica e a aproximou lentamente do olho esquerdo de Cal.

"Vamos abrir. Poupe-me o trabalho. Dê-me a combinação." Quando a furadeira elétrica estava prestes a penetrar sua íris, Ma ergueu a fotografia de Eva. "Caso contrário, vou procurar sua namorada e me apresentar."

Finalmente, Cal falou. "Seis. Seis. Seis."

Ma sorriu. "Assustador", disse ela zombeteiramente.

Babyface desligou a furadeira. Os homens soltaram Cal e se juntaram a Ma. Ma digitou a combinação na fechadura da pasta. Cal fechou os olhos com força. Ma abriu a pasta, revelando...

Tubos verdes, brancos e vermelhos. Os fogos de artifício mexicanos do garoto do DVD.

Os pavios tinham sido encurtados até ao mínimo e, quando a mala se abriu, uma pequena haste de cobre faíscou contra um pedaço de sílex, acendendo os pavios.

Uma enorme explosão de cores vibrantes e ofuscantes. Gritos e estrondos ensurdecedores. Calor abrasador.

Ma e seus homens foram jogados no chão. Cegos e surdos.

Caos. Os detidos fugiram da jaula. O resto dos rapazes estáveis de Ma não sabiam o que diabos estava acontecendo.

Cal marchou calmamente através da fumaça e dos fogos de artifício. Ele cuidadosamente selecionou uma espingarda Mossberg de uma palete, carregou-a calmamente enquanto...

Um rapaz do estábulo correu em sua direção...

Boom! — Cal atirou, derrubando o rapaz do estábulo. Cal terminou de carregar a espingarda. Engatilhou-a.

Ele pegou uma mochila e foi às compras enquanto o caos reinava ao seu redor. Uma submetralhadora Skorpion, algumas caixas de munição...

Boom! — Cal explodiu um rapaz armado e engatilhou a espingarda com uma mão enquanto continuava enchendo a mochila.

Uma AKM, uma carabina M4, uma Glock 22, uma Walther PPQ. Os rapazes do estábulo abriram fogo. *Boom! Boom! Boom!* Cal os abateu e continuou...

Granadas, Semtex, colete à prova de balas. *Boom! Boom!* Cal largou a Mossberg. Ele pegou uma granada incendiária verme-lha, com um ícone de risco de inflamabilidade na face, puxou o pino e a jogou para trás enquanto marchava em direção a Ma. Ela estava deitada no chão, desorientada. Seu rosto estava vermelho e ferido, as sobrancelhas queimadas. Cal a revistou e pegou de volta sua foto de Eva. Ao redor, as instalações queima-vam. Caixas de munição explodiam.

Cal ergueu a foto de Eva. "Para onde você a mandou? Diga-me, ou vou deixá-la aqui para morrer queimada."

Ma soltou uma risada desagradável. Cal sentiu um aperto no estômago, temendo a resposta dela. "Para onde você a enviou?", Cal perguntou novamente.

"Los Angeles", disse Ma. "Sua garota pertence ao Sindicato de L.A. agora."

Cal assimilou a informação. Era a última coisa que ele queria ouvir. Los Angeles era de onde Cal estava fugindo. Los Angeles era onde seria mais fácil encontrá-lo.

Lá fora, os rapazes do estábulo e os detidos fugiram para o deserto enquanto o edifício era consumido pelas chamas e explosões. Cal marchou, carregando Ma sobre os ombros. Deixou-a cair no chão. Pegou nas chaves do carro dela. Contornou a esquina do edifício, onde estavam estacionados vários carros e camiões. Cal pressionou o comando da chave de Ma. Um Ford F150 buzinou.

Cal entrou na picape. O veículo rugiu ao dar a partida. Cal acelerou para o deserto escuro, deixando o prédio em chamas para trás.

8

——————

Cal conseguiu encontrar o caminho. Marcas fracas de pneus na areia, entre arbustos, cactos e espinhos do deserto. Ele seguiu o caminho na F150. Após cerca de seis horas, o rio Rio Grande apareceu no horizonte, brilhando como uma miragem sob o sol da manhã.

Enquanto dirigia em direção ao Rio Grande, ele avistou um ônibus surrado estacionado nas margens do rio, descarregando imigrantes. Cal estacionou a caminhonete, julgando mais seguro permitir que o contrabandista cruzasse com sua carga humana antes de prosseguir. Ele observou à distância através de sua mira telescópica.

Os imigrantes formaram uma fila e seguiram o contrabandista até o rio. A profundidade aumentava cada vez mais. Uma senhora idosa lutava para manter sua posição na fila. Ela começou a ficar para trás. De repente, a correnteza a levou. Cal a observou se debater e gritar por socorro. Os outros pararam, mas o contrabandista gritou e gesticulou para que continuassem. Os imigrantes relutantemente seguiram em frente, abandonando a senhora idosa à sua sorte.

Cal engatou a marcha do F150, virou em direção ao rio e

acelerou. A caminhonete atravessou o deserto, levantando uma tempestade de areia. A caminhonete chegou à margem do rio. Cal saltou e mergulhou no rio.

Ele avistou a velha. Ela estava se afogando. A correnteza era forte ali. Cal nadou o mais rápido e forte que pôde, alcançou-a e a levantou acima da água. Ela respirou fundo.

Cal lutou com a velha até a margem oposta do rio. Seu corpo frágil desabou na lama. Ele cuidou da velha enquanto ela respirava com dificuldade, recuperando o fôlego. Ele sabia que não podiam ficar muito tempo. Este rio era patrulhado por agentes de fronteira dos EUA. Ele ajudou a velha a se levantar e a guiou até a floresta próxima.

Eles caminharam sob a cobertura de álamos, freixos do Texas e árvores de algaroba. A velha não disse uma palavra. Ela reservou todas as suas forças para a viagem. Cal a guiou ao longo do caminho. À frente, havia uma clareira. Cal gesticulou para que a velha se escondesse atrás de uma árvore próxima.

Na clareira, Cal avistou um SUV branco e verde da Patrulha de Fronteira estacionado na grama alta como um predador à espreita. O lugar era remoto. Não havia estradas. O veículo pareceu estranhamente fora de lugar para Cal. Cal rastejou cautelosamente em direção ao veículo parado. Ele não conseguia ver ninguém dentro, mas, ao se aproximar, percebeu que o SUV estava se movendo sobre os eixos.

Ele espiou pela janela. Um homem estava deitado, com as calças nos tornozelos. Uma mulher estava debaixo dele, com os olhos arregalados de terror. Seus olhos pousaram em Cal.

Cal rapidamente se abaixou.

"O que foi?", disse o homem, olhando por cima do ombro. "Você viu alguma coisa?" Ele puxou as calças, abriu a porta e saiu do SUV, ainda apertando o cinto. Ele usava um uniforme verde-floresta da Patrulha de Fronteira. Cabeça raspada. Calças enfiadas nas botas. Um aspirante a fuzileiro naval.

Cal se escondeu na grama alta, quase na cobertura da floresta. O agente da fronteira examinou a clareira em busca de qualquer sinal de vida. Ele cuspiu e voltou-se para a mulher no banco de trás.

"Tudo bem. Saia daí." A garota mexicana de dezoito anos saiu do banco de trás. Ela tristemente puxou as calças jeans com as mãos algemadas.

"Bem-vinda aos Estados Unidos, querida", disse o agente da patrulha de fronteira enquanto tirava as algemas dela. "Agora, vá embora."

Ela fugiu o mais rápido que pôde. O agente examinou a floresta uma última vez, certificando-se de que não fosse visto. Foi então que avistou a velha na floresta, olhando para ele com raiva por trás da árvore. Indignação em seus olhos.

O agente sacou sua arma. "Saia agora, senhora. Mãos onde eu possa vê-las. Não vou machucá-la."

Mas ele ia. E Cal sabia disso. Cal saltou da grama alta e correu os últimos cinco metros até a velha e a derrubou, enquanto o agente disparava uma rajada de balas em direção a eles.

Cal ajudou a velha a se levantar e os dois correram por entre os arbustos e espinhos. O agente de fronteira seguiu o caminho deles. Ele os avistou e abriu fogo, errando por pouco a velha, que desapareceu atrás de uma pedra. O agente deu a volta, seguindo-a, e Cal o atingiu na garganta. O agente largou a arma e ofegou, enquanto Cal batia a cabeça do agente contra a pedra, deixando-o inconsciente.

Cal esperava evitar as ruas até estar mais longe da fronteira, mas o deserto e a floresta não eram seguros — não para ele, mas especialmente para a senhora indefesa. Ele caminhou com ela por uma estrada escaldante no deserto. Eles estavam cansados. Os sapatos da senhora estavam gastos na sola. Eles estavam completamente expostos, mas pelo menos ali havia carros passando rapidamente. Testemunhas.

Um SUV da Patrulha de Fronteira que passava os avistou, acendeu os faróis e parou. Um agente latino da Patrulha de Fronteira saiu, sorrindo educadamente.

"Hola", disse ele gentilmente. "Posso ver seus documentos, por favor?"

9

____

O centro de detenção de imigrantes era composto por prédios austeros, cercados por cercas de arame farpado. O SUV da Patrulha de Fronteira passou pelo posto de guarda e estacionou do lado de fora do prédio de processamento. O agente latino da Patrulha de Fronteira saiu, abriu a porta traseira e conduziu Cal e a idosa para fora do banco de trás.

O prédio de processamento cheirava a suor e desespero. O ar era tão pesado que parecia que se podia mastigá-lo. Centenas de imigrantes estavam amontoados em cercas de arame.

O agente responsável por essa instalação tinha cerca de quarenta anos, 1,70 m de altura e era em forma. Um corpo esguio e musculoso sob um uniforme verde-militar engomado de agente de fronteira. Camisa enfiada nas calças, enfiadas nas botas de combate. Ele era bem cuidado, com uma juba de cabelos grossos e o rosto barbeado. Joel Osteen encontra G.I. Joe.

O G.I. Joel percebeu que o homem branco estava sendo trazido pelo agente de fronteira latino. Ele observou enquanto seus homens separavam o homem branco da velha mexicana e o levavam para um dos cercados masculinos. Uma vez lá dentro,

Cal passou de detento em detento com a fotografia de Eva, perguntando se eles a tinham visto. Eles balançavam a cabeça ou encolhiam os ombros. G.I. Joel bateu com o cassetete na cerca de arame e gritou para um detento: "Tire os dedos da jaula!" Ele chamou Cal: "Ei, você. Vá para o portão."

Cal encontrou o soldado Joel no portão. "Parece que estou jogando um jogo de 'qual dessas coisas não é como as outras'", disse o soldado Joel. "Como você foi parar aí?"

"Perdi meu passaporte", disse Cal.

"Você tem um número de segurança social?"

Cal assentiu. Joel destrancou o portão e o deixou sair. "Por aqui." Cal seguiu Joel até sua mesa. Joel sentou-se em uma cadeira e fez login em sua estação de trabalho. "Número do seguro social?"

"043-68-0286." Era um número falso, um dos muitos que Pat Roti havia criado para ele. Cal esperava que ainda estivesse ativo, mesmo que usá-lo alertasse Roti sobre seu paradeiro.

O soldado Joel digitou o número no computador. A foto e as informações de Cal apareceram na tela. "Aí está você", disse Joel. "Agora, vamos ver como tirar você daqui."

Momentos depois, Cal caminhava em direção à porta. Um homem livre. Mas seus problemas estavam apenas começando. Usar o número de telefone falso sem dúvida chamou a atenção de Roti. Agora, todos os assassinos da região que queriam receber a generosa recompensa que Roti havia oferecido por sua cabeça estariam a caminho. Ele precisava dar o fora dali. E rápido.

Foi quando o aspirante a fuzileiro naval entrou. O lado direito de seu rosto estava cortado, onde Cal o havia jogado contra a pedra.

Era tarde demais para mudar de rumo agora. Não sem parecer suspeito. Cal baixou os olhos e continuou em direção à porta. Estava a apenas alguns metros de distância. O aspirante a fuzileiro naval olhou para ele ao passar. Olhou duas vezes. Cal estava na saída quando o aspirante a fuzileiro naval parou e se virou. "Ei, você. Pare." O guarda na porta impediu Cal. "Vire-se."

Sem outra escolha, Cal obedeceu. O aspirante a fuzileiro naval viu o rosto de Cal e sacou sua arma. "Não se mexa, porra!"

Outros agentes perceberam e se aproximaram de Cal. "O que diabos está acontecendo aqui?", perguntou o soldado Joel.

"Este homem me agrediu!", disse o aspirante a fuzileiro naval.

O soldado Joel olhou para Cal. "Tem certeza de que foi ele?"

"Ele estava com uma senhora mexicana idosa", disse o aspirante a fuzileiro naval.

O soldado Joel deu de ombros. "Coloque-o na solitária."

Dois agentes da Patrulha de Fronteira agarraram Cal pelos braços, levaram-no para a ala de confinamento solitário, colocaram-no numa cela sem janelas de 1,80 m por 2,40 m e bateram a porta. Cal tinha um vaso sanitário de metal sujo e uma laje de concreto como cama.

E tempo.

A cada segundo que passava, seus inimigos se aproximavam e Eva se distanciava.

Segundos se transformaram em horas. Cal não tinha como saber exatamente quanto tempo havia passado, ou se era dia ou noite. Ele se sentou na laje, calmo e concentrado como um monge budista. Meditação consciente. Ele sabia que a solitária destrói a mente de um homem. Ele precisava manter suas forças. Diante dele estava a fotografia de Eva. Seu foco. Sua missão.

A porta da sua cela se abriu com um estrondo e o soldado Joel entrou com um sorriso presunçoso no rosto. Ele ficou parado na porta, batendo com o cassetete na palma da mão.

"Por que um homem precisaria entrar ilegalmente em seu próprio país?", perguntou Joel. Cal permaneceu sentado. "Acabei de receber uma ligação. Acontece que a Segurança Interna está realmente interessada em você. Eles vão enviar dois agentes para buscá-lo logo pela manhã. Isso é, oh, daqui a cerca de quatro horas."

Era Pat Roti. Suas conexões na CIA poderiam facilmente conseguir para ele credenciais falsas da Segurança Interna. De manhã, haveria agentes federais para buscá-lo, só que não seriam agentes federais. Seriam os homens de Roti. Seriam o que ele costumava ser — assassinos altamente treinados, na folha de pagamento de Roti. Eles o colocariam na parte de trás de um SUV preto e essa seria a última viagem que ele faria.

G.I. Joel avaliou Cal com curiosidade. "Então, o que você é? Algum tipo de terrorista?" Cal ficou em silêncio. G.I. Joel deu de ombros, pegou um celular e discou um número. "Um cara da Segurança Interna quer falar com você." Ele entregou o telefone a Cal.

A linha tocou e, em seguida, uma voz atendeu. "Olá, Cal." Era Pat Roti. Cal lembrou-se de seu antigo chefe. O velho italiano, sempre bem vestido com um terno italiano impecável. Seus olhos eram de um azul deslumbrante. Furacões vistos do espaço. Ele era sempre meticuloso, sempre no controle, nunca demonstrava fraqueza. O filósofo gangster. Inteligente demais para o crime organizado. Perigoso demais para fazer parte de um governo legítimo. Ele vivia na sombra.

"Pat", disse Cal.

"Achei que você tivesse ido para o México. Seu antigo território. Você poderia desaparecer lá. Você não deveria ter voltado", disse Roti.

Cal ficou em silêncio.

"Estou muito decepcionado com você, Cal", continuou Pat Roti. "Não sei o que aconteceu com você. Como você perdeu sua coragem. Seus princípios. Sua honra. É uma pena, realmente. Mas você conhecia as regras."

"Eu sabia", disse Cal.

"Essa foi sua escolha."

"Foi."

"Uma vez que você entra, você entra. Agora só há uma maneira de sair."

"Há duas", disse Cal.

Pat Roti fez uma pausa, sem esperar por isso. "É mesmo? Como assim?"

"Eu poderia matá-lo antes que você me mate."

Pat Roti riu. "Eu disse a eles para fazerem isso sem dor. Adeus, Cal."

A ligação foi encerrada. Cal devolveu o telefone ao soldado Joel.

"Você não vai matar ninguém, filho. Você vai ficar aqui pelas próximas quatro horas, depois será problema de outra pessoa", disse o soldado Joel, saindo da cela e trancando a porta atrás de si.

Cal não sabia o que fazer. Ele estava trancado em uma caixa de concreto, sem nenhum plano e apenas com as roupas que vestia. Ele limpou as emoções inúteis de sua mente — ansiedade, apreensão, pânico, medo — e se concentrou. Ele contou os segundos em sua cabeça até que os assassinos de Roti chegassem. Após três horas, quarenta e um minutos e vinte e dois segundos, a porta de sua cela se abriu silenciosamente e o aspirante a fuzileiro naval entrou.

Cal guardou a fotografia de Eva no bolso e olhou para o aspirante a fuzileiro naval com um olhar frio como gelo.

Seu filho da puta estuprador.

"Ouvi dizer que os chefões vão tirar você daqui", disse o aspirante a fuzileiro naval, parecendo preocupado. "Olha. Sinto muito que você tenha visto o que viu. Veja, não importa o que esses imigrantes ilegais dizem. Eles são ilegais. Ninguém vai dar ouvidos a eles. Eles não têm voz. Mas um cara como você, bem..." O aspirante a fuzileiro naval sacou uma faca. "Não vou acabar aparecendo na CNN."

Cal nunca foi uma pessoa muito espiritual. Ele sempre acreditou na psicologia. Mas, de vez em quando, ele se perguntava o quanto a meditação era realmente diferente da oração. Se a psicologia era apenas outro caminho para essa noção de algo chamado Deus.

Ele vinha pensando nisso repetidamente, imaginando como iria sair da cela antes que seus carrascos chegassem. Então, aquele homem entrou. Cal não sabia se era intervenção divina ou seleção natural, mas, de qualquer forma, a estupidez daquele homem acabou facilitando muito a manhã de Cal.

Cal levantou-se calmamente e encarou o aspirante a fuzileiro naval. Ele passou os braços por cima dos ombros e tirou a camisa.

O aspirante a fuzileiro naval franziu a testa. "O que você está fazendo?"

"Tire seu uniforme", disse Cal.

"O quê?"

"Tire seu uniforme."

"Por quê?"

"Porque não quero sujá-lo com sangue."

O aspirante a fuzileiro naval ficou tenso. Ele foi pego completamente de surpresa pela confiança fria de Cal. De repente, o aspirante sacou uma faca. Cal agarrou seu pulso, torceu-o e pegou a faca. O aspirante a fuzileiro naval gritou e segurou o pulso. Atordoado, seus olhos se arregalaram quando Cal se aproximou, agarrou sua cabeça e ombros e quebrou seu pescoço.

Cal saiu da cela, vestindo o uniforme da Patrulha de Fronteira do aspirante a fuzileiro naval. Ele caminhou até o portão de segurança, pegou o chaveiro do aspirante a fuzileiro naval e mexeu nas chaves. Havia dezenas delas no chaveiro. Cal tentou uma após a outra, sem sucesso.

Um agente de fronteira corpulento e careca se aproximou do outro lado do portão. Ele olhou para Cal com os olhos semicerrados. "Nunca vi você antes." Cal olhou para Portly. Ele notou o botão amarelo e vermelho com a inscrição "DURESS" na parede à direita de Portly.

O corpulento sorriu. "Também demorei uma eternidade para aprender as chaves aqui." O corpulento abriu o portão para Cal. "Não se preocupe. Você vai pegar o jeito." O corpulento deixou Cal passar pelo portão e continuou seu caminho.

Cal esperou alguns instantes até que Portly desaparecesse no corredor antes de apertar o botão de Coação. Alarmes soaram e luzes LED piscaram por todo o prédio.

Na área principal de detenção, os imigrantes foram retirados de seus cercados pelos agentes da Patrulha de Fronteira. Cal navegou calmamente pela multidão caótica, saiu para o estacionamento externo e examinou as fileiras de veículos estacionados. Ele encontrou o veículo FOB no chaveiro do aspirante a fuzileiro naval, pressionou o botão "Destravar" e uma Harley Davidson Sportster deu a partida. Cal montou na moto. Ligou o motor. Passou pela multidão de imigrantes que saía do centro de detenção, com luzes piscando e sirenes tocando. Acenou para o guarda na guarita, saiu e foi embora.

Quando estava a cerca de 800 metros do centro de detenção, ele percebeu que um Chevy Suburban preto o seguia.

10

Não havia como passar despercebido. Não ali. Não com nada além do deserto americano ao redor deles. Havia dois dos chamados "agentes especiais" no Suburban. Os assassinos de Pat Roti. Ambos tinham o físico de soldados de combate. Magros e musculosos. Um tinha cabelo espetado. O outro, um corte militar.

Cal estava desarmado. O aspirante a fuzileiro naval tinha apenas um quarto do tanque da Harley. Ultrapassá-los estava fora de questão. Cal dirigia a 100 km/h. O de cabelo espetado e o de corte militar mantinham uma distância segura.

Ainda havia veículos ocasionais passando rapidamente. Eles queriam pegá-lo sozinho. Ele poderia ficar nas estradas principais e rodovias. Isso o manteria vivo, mas também revelaria para onde ele estava indo.

Não. Ele teria que despistá-los no Texas. Ficar sozinho com eles. Girar o tambor. *Se eu morrer, eu morro.*

Ele os levou por uma estrada deserta no deserto. O calor tornava difícil pensar em qualquer outra coisa. O sol era ofuscante.

Atrás dele, ouviu o rugido do motor do Suburban. O Suburban acelerou. Os tiros começaram. Gritando atrás dele.

Cal acelerou. Olhou pelo espelho. A besta negra se aproximava. Ele não conseguiria fugir dela. Ele virou o guidão para a esquerda, saiu da estrada e entrou no chaparral do deserto. Seus pneus saltaram sobre pedras e arbustos, escorregando na areia. Ele foi lançado por cima do guidão. Seu corpo bateu no chão.

Ele olhou por cima do ombro. A estrada ficava a quinze metros atrás dele. O Suburban preto havia parado ali, no calor ondulante, como um predador à espreita. Cabelo Espetado e Corte à Escovinha desceram do carro. Cal os viu contornarem o veículo e se armarem com rifles. Ele correu para a floresta.

Ele correu por horas. Quando chegou ao rio Grande, pensou que talvez tivesse se livrado deles. Então ouviu um movimento no mato. Um galho quebrado. Um galho se movendo. Seus caçadores ainda estavam lá.

Ele pulou no rio e mergulhou. Ele ouviu sons abafados. Balas zuniam ao seu redor. Seus pulmões ardiam, mas ele não podia subir para respirar. Ainda não. Ele nadou com mais força. Sua visão estava embaçada. Ele se puxou para a margem oposta e se escondeu atrás de uma árvore enquanto Cabelo Espetado e Corte à Escovinha abriam fogo, perfurando a árvore com chumbo.

Os assassinos penduraram seus rifles nos ombros e atravessaram o rio a nado. Eles subiram na margem oposta.

Olharam para trás da árvore. Cal tinha desaparecido. Cabelo Espetado acenou com a cabeça para as pegadas de Cal. Seguiram-nas para longe do rio, até uma clareira no deserto.

A F150 estava exatamente onde Cal a havia deixado quando a abandonou para salvar a velha no rio. Ele correu como um louco em direção a ela. Cabelo Espetado e Corte à Escovinha abriram fogo. Cal ziguezagueou pelo deserto, com as balas passando por pouco dele. Ele se protegeu dentro da F150. Os assassinos miraram nos pneus e no bloco do motor e esvaziaram seus pentes.

Cal tentou ligar o motor da F150. Ele engasgou e morreu.

Os assassinos largaram seus rifles vazios e sacaram suas pistolas. Eles se aproximaram silenciosamente da picape crivada de balas. Cabelo Espetado fez um gesto para Cabelo à Escovinha se conter. Ele se aproximou d o caminhão, mas não conseguiu ver Cal através das janelas quebradas, então ele alcançou a maçaneta da porta do lado do motorista e a abriu.

Cal estava deitado no banco, com uma espingarda Mossberg apontada. Cal puxou o gatilho. A rajada rasgou o peito de Cabelo Espetado e o lançou para longe.

Antes que Crewcut pudesse reagir, Cal se levantou, apoiou uma carabina M4 no painel e segurou o gatilho. Uma rajada alta e constante de balas 5,56×45 mm estilhaçou o para-brisa e derrubou Crewcut onde ele estava.

Cal saiu da F150 com a grande bolsa de armas que havia comprado no centro de distribuição do mercado negro da Ma. Ele jogou a mochila sobre o ombro e começou a longa jornada de volta aos Estados Unidos.

11

Andrés parecia sempre zangado. A sua testa estava naturalmente franzida. O seu rosto tinha uma expressão carrancuda. Os brincos de plugue, os piercings nas sobrancelhas e nas bochechas, o piercing no lábio e o piercing no lábio não ajudavam a suavizar as suas feições. Entre as suas muitas tatuagens estavam os números "666" nas juntas dos dedos, um escorpião preto no pescoço e uma suástica no peito. Ele não sabia bem por que tinha feito a suástica. Sua pele morena não era exatamente a cara de um ariano, e ele não era membro de nenhum grupo nacionalista branco ou neonazista. Por alguma razão, ele simplesmente se identificava com ela. Ela simbolizava ódio, e ele tinha muito disso.

Andrés nasceu no Texas e era descendente de mexicanos. Um "latino-americano" ou "hispânico branco". Não era branco o suficiente para ser branco, nem espanhol o suficiente para ser mexicano.

Os mexicanos riam dele porque ele não sabia falar espanhol. Chamavam-no de pocho, um mexicano falso. Ele também já tinha sido chamado de wetback e beaner por não hispânicos em mais de uma ocasião. Ele não sabia qual identidade deveria odiar mais.

Às vezes, ele via sua mãe pela cidade. Ela se mudou quando ele tinha cinco anos e teve filhos com outros três homens da cidade antes mesmo de ele chegar à adolescência. Ele nem tinha certeza se ela ainda o reconhecia.

Seu pai era caminhoneiro e, quando ele era criança, viajava pelo país com ele em suas rotas. Dormia em uma pequena cama na parte de trás da cabine. Conhecia o país. Ele adorava. Seu pai era um bom pai, pelo menos por um tempo. Mas então ele começou a usar metanfetamina para ajudá-lo a ficar acordado durante as longas entregas. Andrés assistia impotente enquanto a droga deteriorava a mente de seu pai. Andrés amava seu pai, mas quando a metanfetamina acabou com ele, ele estava prostituindo Andrés em paradas de caminhões por sacos de maconha. Andrés tinha doze anos.

Foi quando ele aprendeu que as pessoas eram apenas carne.

Seu pai acabou sendo preso por tráfico de drogas e Andrés foi colocado sob os cuidados do Estado. A primeira vez que Andrés experimentou pookie foi com o estoque do pai. Depois que seu pai foi preso, Andrés manteve o hábito. Ele jurou que nunca deixaria isso destruí-lo como destruiu seu pai. Ora, aquela porcaria de Adderall que todos os universitários tomavam era apenas outra forma de metanfetamina, e eles pareciam estar bem.

Mas, no segundo ano do ensino médio, Andrés abandonou a escola e fugiu do lar adotivo. Ele fazia biscates — trabalhos não qualificados — principalmente com trabalhadores indocumentados do México. Foi lá que ele ouviu pela primeira vez o termo "pocho".

Quando dormia, o que estava se tornando cada vez menos frequente, ele ficava na casa de amigos e, depois que o uso de drogas o alienou, em bancos de parque, em abrigos para sem-teto ou em carros destrancados. Ele mendigava nas ruas e se tornou um frequentador assíduo da loja de penhores local. Ele roubava e vendia tudo que não estava preso. Qualquer coisa por mais um saquinho de maconha. Ele tinha dezesseis anos e sua vida era composta por pequenos crimes para conseguir drogas baratas.

Foi quando ele conheceu Ma.

Ela usava os traficantes locais para encontrar talentos. Os viciados eram bons candidatos porque estavam desesperados. Eles faziam tudo o que ela mandava, independentemente do risco. Sem fazer perguntas. E sempre precisavam de dinheiro. Os critérios para o trabalho eram simples — tudo o que uma pessoa precisava era de uma carteira de motorista válida nos EUA e uma conta bancária.

Andrés era um bom contrabandista. Seu trabalho era pegar os migrantes quando eles cruzavam a fronteira, evitar a polícia local e levá-los para um esconderijo. Ele não lidava com Las Sementales, os garanhões. Os jovens como Eva. Eles eram investimentos muito lucrativos. Os guardas de fronteira eram comprados e pagos. Andrés ficava com los pollos e los chivos, as galinhas e as cabras.

Na sua opinião, os Estados Unidos construírem um muro na fronteira era ótimo para ele. Tirar o sorriso do rosto desses mexicanos malditos. Pocho isso, filhos da puta. Além disso, um muro seria uma mina de ouro para o negócio dos coiotes.

Aos 21 anos, Andrés estava no comando de seu próprio esconderijo. Seu trabalho era manter os migrantes em El Paso até que o próximo pagamento fosse transferido por seus parentes ou amigos no México. Ele os alimentava e vigiava até que fossem buscados e levados para a próxima etapa de sua jornada.

Andrés ganhava um bom dinheiro. Ele não sentia mais a necessidade de ficar chapado o tempo todo. Ele reduziu o consumo de metanfetamina ao nível de uso recreativo. Ele creditava tudo isso à Ma. Antes de ser apresentado a ela, ele não tinha nada. Ela lhe deu um emprego. Ela colocou dinheiro no bolso dele. Mas, acima de tudo, ela lhe deu o que ele nunca teve e sempre desejou.

Ela lhe deu um lugar ao qual pertencer.

Então, quando Andrés soube do ataque ao centro de distribuição, ele entrou em sua Dodge Ram azul escura e atravessou a fronteira em alta velocidade.

O prédio foi reduzido a escombros fumegantes e cinzas. Uma marca negra no chão do deserto. Andrés encontrou Ma deitada na terra, com queimaduras em quase todo o corpo. Ela tentou falar, mas ele a silenciou suavemente.

Ele gentilmente a colocou na caçamba da picape e a levou ao Centro Médico Universitário em El Paso. Ela estava gravemente desidratada e sofria de sepse e hipotermia.

Ela contou a ele sobre o homem chamado Cal. Contou sobre Eva e como ela foi enviada para o Sindicato de Los Angeles. Como Cal estava determinado a recuperá-la. Contou sobre a recompensa de cinco milhões de dólares pela cabeça de Cal. Andrés não se importava com o dinheiro. Esse homem a havia queimado. Deixado para assar no deserto. Não. Não se tratava de dinheiro.

Ma morreu após dois dias no hospital. Andrés estava ao lado dela.

Andrés passou os últimos seis anos trabalhando com o Cartel de Juarez e gangues de rua locais. Ele conhecia a vida e, como qualquer bom texano, sabia manusear uma arma. Com a morte de Ma, ele não queria mais trabalhar para ninguém. Ele havia economizado uma boa quantia trabalhando como coiote ao longo dos anos. Ele havia sido fazendeiro. Agora, decidiu que queria tentar a sorte na caça. Então, ele empacotou suas armas e sua metanfetamina e partiu para o oeste.

CAL JÁ TINHA estado em Slab City antes. Passou por lá a caminho de matar um proxeneta obeso chamado Kilo, que se escondia numa caravana no meio do deserto.

Ele estava na última etapa de sua longa viagem do Texas a Los Angeles e achou que aquele era o lugar perfeito para parar e descansar durante a noite. Slab City ficava a 320 km de Los Angeles. Uma cidade de invasores fora da rede, em uma base militar abandonada e em ruínas. Viciados em drogas, artistas, fugitivos e pessoas em má sorte. Não havia lei ali. Era onde os perdidos iam para não serem encontrados.

O sol do deserto havia se posto e estava ficando frio. Cal caminhou com a Harley pelo complexo de barracas, trailers e cabanas enferrujadas. Em algum lugar, um cantor folk dedilhava seu violão e um viciado em drogas murmurava para si mesmo nas sombras. À frente, Cal avistou uma fogueira.

Uma mulher com dreadlocks, piercings no nariz, axilas peludas e mau cheiro estava sentada em uma cadeira de jardim enferrujada, debaixo de um cobertor. Um homem emaciado, com feridas no rosto, estava sentado à sua frente, em um sofá manchado e rasgado. Ela deu uma tragada em seu cachimbo de vidro e, em seguida, passou-o para seu cúmplice.

"Você sabe como você está?" Axilas Peludas gritou para Cal. "Como se tivesse atravessado o deserto em um cavalo sem nome."

Cal se aproximou e estacionou sua bicicleta. "Você poderia me dar um pouco de fogo?"

"Não precisa perguntar, cara", disse Feridas no Rosto, exalando fumaça de maconha. "Fique à vontade." Ele ofereceu o cachimbo a Cal. Cal recusou educadamente.

"Aqui", disse Hairy Pits, entregando-lhe um cobertor. "Faz frio aqui nesta época do ano." Cal acenou com a cabeça em agradecimento, enrolou-se no cobertor e deitou-se ao lado da sua bicicleta, usando o seu saco de viagem com armas como almofada.

Face Sores e Hairy Pits continuaram sua conversa. "O que eu estava dizendo, pense nisso", disse Face Sores para Hairy Pits. "Você vai para Las Vegas, olha para a avenida principal, é como se você pudesse ir a qualquer lugar do mundo, Caeser's Palace, Paris, eles têm castelos, circos, Treasure Island, todos lugares e épocas diferentes, mas o que está faltando?"

"Não sei", disse Axilas Peludas. "O quê?"

"O espaço sideral", disse ele. "Imagine isso. Um cassino em forma de nave espacial em Cabo Canaveral, apontando para as estrelas. E para onde ele está indo? Para o sol. Comemore esta noite. Não precisa se preocupar com o amanhã."

Cal tinha adormecido.

ELE SONHOU COM a noite em que conheceu Maria, há dezessete anos. Ele tinha vinte e seis anos e acabara de sair das Forças Especiais. Era um pistoleiro contratado pelo Cartel. Seu chefe era um fiel Santa Muertero. Um devoto da Santíssima Morte.

E a Morte era tudo o que Cal conhecia. Era uma companhia solitária. Na noite em que conheceu Maria, ele se lembrou da necessidade avassaladora que sentia de estar com alguém. De sentir a vida. Mesmo que fosse por apenas algumas horas. Como o melhor assassino do chefe, Cal tinha um passe vitalício para *o Celestial*. Ele foi lá apenas uma vez. E foi lá que conheceu Maria. Na cama dela. Sem palavras. Ela não significava nada para ele. Pelo menos naquela época.

Ele soube que ela estava grávida, mas deixou o México para trabalhar para Pat Roti. Para viajar pelo mundo, matando pessoas. Ele partiu e esqueceu-se dela. Uma década e meia depois, ele já não queria matar mais. Ele foi à procura da sua alma. Ele foi à procura dela.

Quando ele voltou como O Padre, Maria o reconheceu imediatamente. Ela não estava zangada com ele por ter partido. Ela sabia que estava morrendo. Ela sabia que a Santa Morte o havia enviado para cuidar de Eva depois que ela se fosse.

Ela não contou a Eva quem ele era.

Cal acordou com gritos. "Saia daqui com essa besteira falocêntrica!", gritou Hairy Pits. "Um foguete em direção ao sol? Pênis e destruição. É por isso que o mundo está nesse estado. Precisamos ser como os bonobos."

"Os o quê?"

"Bonobos. Como os chimpanzés."

"Os macacos matam uns aos outros o tempo todo."

"Macacos, não macacos. E não os bonobos. A sociedade deles é governada por fêmeas. Elas governam através do sexo. Elas transam com homens, mulheres, crianças. Elas fazem orgias enormes. Amor livre, não destruição. É assim que devemos viver."

"Eu não transo com crianças", disse Face Sores, dando uma tragada no cachimbo.

O vício é apenas um sintoma de um problema mais profundo, pensou Cal. *A questão não é por que o vício. É por que a dor?*

Identifique a ferida e cure-a, caso contrário, você só vai preenchê-la com coisas destrutivas. Viciamentos.

Cal entendeu que Eva era sua ferida. Sem ela, ele era capaz de qualquer coisa. Um viciado. Se ele quisesse salvar sua alma, precisava primeiro salvá-la.

Ele também sabia que sua reabilitação era única. Porque ele precisava se entregar ao vício para vencê-lo. Ele entendeu que sua jornada para salvar Eva o colocara em um curso inevitável de colisão com mais violência. Ele conseguiria chegar perto o suficiente da borda sem cair? Ele conseguiria tocar o ponto sem volta sem cruzá-lo?

Ele não tinha escolha. Ele tinha que continuar, mesmo que isso significasse uma sentença de morte. Porque, atrás dele, não havia nada pelo que viver.

A FILHA

Eva estava trancada no luxuoso apartamento há quase uma semana. Ela estava a mil pés acima das ruas. Suas janelas do chão ao teto davam vista para o centro de Los Angeles. Ela podia ver as pessoas lá embaixo, em uma cidade com uma população diurna de mais de 200.000 habitantes, mas estava completamente sozinha. Seu único contato com o mundo exterior eram as empregadas, nenhuma das quais falava com ela, e um mexicano mudo, de rosto impassível, vestindo um terno de grife e com uma longa trança, chamado Delfino. Ele trazia suas refeições. Salmão selvagem fresco. Filé mignon. Frango gourmet. Tudo era preparado por um chef e acompanhado de vinhos caros. Ela comia como uma rainha.

Havia sempre uma garrafa de Veuve Clicquot Brut gelada. Delfino também lhe fornecia produtos de beleza de grife. Kiehl's, La Mer, Elizabeth Arden, Tom Ford. E ela nunca ficava sem toalhas limpas ainda quentes da secadora.

O condomínio tinha um pacote completo de TV a cabo, mas sem acesso à internet. Uma pequena academia e banheira de hidromassagem. Ela demorou um pouco para descobrir como funcionava o bidê.

Eva passava os dias bebendo champanhe para acalmar os nervos e observando o sol cruzar o céu de suas janelas com vista panorâmica de 360 graus. Em um dia claro, ela podia ver o letreiro de Hollywood ao norte, o aeroporto LAX ao sul e, às vezes, até mesmo o Oceano Pacífico ao oeste.

Um dia, Delfino entrou e disse: "Venha comigo". Era a primeira vez que ele falava com ela em toda a semana. Ele a acompanhou até o elevador, que se abria diretamente para o condomínio e só era acessível com um cartão-chave. Eles desceram de elevador até a garagem. Ela não viu mais ninguém. Ele a acompanhou até um Mercedes Benz E-Class preto e abriu a porta traseira para ela. Eva olhou em volta. Não tinha para onde ir. Não adiantava fugir. Ela entrou no carro.

Delfino fechou a porta. As janelas traseiras eram escurecidas, as maçanetas tinham sido removidas e as portas estavam trancadas. Havia uma divisória separando o banco traseiro do dianteiro. Ela ouviu Delfino entrar no banco do motorista.

Demoraram pouco mais de uma hora a chegar a San Pedro. Delfino deu a volta por trás de um edifício industrial e ficou parado à porta de uma grande garagem comercial com porta basculante. Passado um momento, a porta levantou-se e Delfino entrou no armazém. Estacionou, saiu e abriu a porta traseira do Mercedes para Eva.

Eles estavam em uma garagem vazia e sem janelas. Uma mulher vestida como uma enfermeira, com avental verde, protetor facial e máscara médica, estava esperando.

"Siga-me, por favor", disse ela. Eva hesitou. Delfino deu-lhe um empurrãozinho. Ela seguiu a enfermeira por um corredor escuro e sem características até o que parecia ser uma sala de exames. Havia uma balança, um quadro oftalmológico, uma pia e um dispensador de sabonete, uma mesa de exame, um estetoscópio, um otoscópio e vários outros instrumentos médicos. Eva olhou para a enfermeira, assustada. A enfermeira entregou-lhe uma bata médica. "Vista isso, por favor."

"O que está acontecendo?"

"O médico virá vê-la em breve."

"Espere..."

A enfermeira saiu, fechando a porta atrás de si. Eva tentou girar a maçaneta, mesmo sabendo que a porta estaria trancada. Ela sentiu o pânico subindo do estômago. Concentrou-se na respiração e empurrou o medo de volta para onde ele tinha vindo.

Agora não é hora de perder a cabeça. Pense, disse a si mesma. *É inútil resistir. Pelo menos, agora. Espere o momento certo. Pareça cooperativa, faça com que baixem a guarda. Espere pela sua oportunidade.*

Ela se despiu e vestiu a bata médica. Esperou na sala de exames por cerca de trinta minutos. Finalmente, a porta se abriu e um médico entrou. Ele era clínico e frio em seu jaleco branco. A enfermeira o seguia com uma prancheta. O médico era baixo e redondo, careca com uma coroa de cabelos brancos e dentes amarelados. Ele não se apresentou. Nem mesmo reconheceu Eva. Ele apenas a estudou através de óculos bifocais como se fosse uma cobaia. Seu hálito era sulfuroso. Ele começou a trabalhar.

O médico a fotografou. Iluminou seus olhos e boca com uma lanterna. Verificou sua pressão arterial com um estetoscópio. Ele coletou sangue com uma seringa, pesou-a e realizou um exame das extremidades. Durante todo o tempo, a enfermeira tomava notas. Finalmente, o médico tirou as luvas médicas e as jogou no lixo.

"Grau A", disse ele.

A enfermeira registrou a classificação e seguiu o médico para fora da sala. Eva ficou sentada ali, assustada e sozinha.

Delfino levou Eva de volta para o apartamento e sua rotina

recomeçou. Boas refeições. Amenidades de luxo. Nenhum contato com o mundo exterior. Certa manhã, enquanto estava distraída com uma taça de champanhe, ela pensou em tentar quebrar uma das janelas. Para fugir. Ela olhou para baixo, para o lado do prédio. Vidro liso e sem borda.

Quem estou enganando? ela pensou. *Não há como escapar por ali. Mas há outra opção. Eu sempre poderia pular.* Ela tirou a ideia da cabeça como se fosse água no ouvido. *Mantenha a calma.*

Mais alguns dias se passaram, então Delfino falou com ela novamente. "Vá ao banheiro e tire a roupa, ficando só de sutiã e calcinha", disse ele.

Eva sentiu um medo crescente no estômago, como se fosse vomitar. De repente, ela se arrependeu de não ter quebrado a janela e pulado.

Delfino percebeu a relutância nos olhos dela. Ele abriu uma faca, brilhante e maligna em sua mão. "Faça isso ou eu farei por você", disse ele.

Eva caminhou até o banheiro como se estivesse em seu próprio velório. Ela trancou a porta atrás de si e chorou. Então, respirou fundo.

Chorar não vai te salvar, disse a si mesma. *Pense.*

Ela se recompôs. Fez um inventário do banheiro. Levantou a tampa de porcelana do vaso sanitário. Era pesada e dura. Ela deu algumas tacadas de prática. Balançou a cabeça. Muito desajeitada. Ela nunca chegaria perto o suficiente para usá-la. Ela vasculhou seus produtos de beleza. Perfume. Era inflamável. Ela poderia jogá-lo nele. Acender. Mas como acender? Não. Algo pequeno. Afiado. Pinça? Cortador de unhas? *O que diabos vou fazer com isso? Pense!* Tesoura para nariz e orelhas. *Sim.* Era pequena e afiada. Se Delfino se aproximasse o suficiente dela, ela poderia enfiá-la em sua traqueia ou em sua órbita ocular, pegar seu cartão-chave e fugir. Mas ela teria que atraí-lo para perto, muito perto...

Eva tirou a roupa, ficando só de sutiã e calcinha. Segurou a pequena tesoura na mão. Onde escondê-la? Tentou no sutiã, na calcinha. Muito visível. Havia um roupão pendurado no gancho perto da porta. Ela o vestiu e enfiou a tesoura no bolso. Deixou a frente aberta. Olhou-se no espelho. Mostrando pele suficiente, apenas o suficiente para atraí-lo. Ela era uma predadora imitando uma presa.

Olhou para o seu rosto no espelho, preparou a sua mente, fortaleceu-se e disse a sua verdade.

Vou matar esse filho da puta.

Quando Eva saiu do banheiro, estava toda nervosa. Delfino estava parado no canto da sala e ela lançou-lhe seu melhor olhar de "transa comigo". Então, ao entrar completamente na sala, viu duas pessoas sentadas no sofá.

Uma era uma mulher na casa dos trinta anos. 1,63 m, tatuada e tonificada. Vibração HBIC. Ela usava um vestido vermelho justo com sapatos de salto alto. Estava sentada no sofá com as pernas cruzadas. Ela examinava um arquivo em seu colo e nem sequer olhou para cima quando Eva entrou na sala. Ela estava totalmente concentrada no trabalho. A outra pessoa era um homem branco, grande, com um sorriso caloroso. Ele vestia um terno preto conservador. Tinha o físico de um jogador de futebol americano. Tinha um toque de extravagância e o ar fofo de um cachorrinho. Acenou gentilmente para Eva.

Eva ficou em pé, de roupão, na frente deles. Insegura. Delfino espreitava no canto da sala, sem se mover. Finalmente, a mulher terminou de examinar o arquivo em seu colo, tirou os óculos de leitura Tom Ford e olhou para Eva.

"Eva. Boa tarde. Meu nome é Giselle." Ela apontou para o cachorrinho de 136 kg ao lado dela. "Este é Teddy. Teddy será seu motorista e guarda-costas."

"Enchanté", disse Teddy.

Giselle colocou os óculos de leitura de volta e examinou o

arquivo. "Seus exames de sangue parecem bons." Ela acenou para Teddy. "Prossiga."

Teddy se aproximou de Eva e gentilmente removeu seu roupão. Eva ficou paralisada. Ela ficou ali parada, de sutiã e calcinha.

Do sofá, Giselle examinou seu corpo. "Você precisa tonificar. Vamos providenciar um personal trainer."

Eva ficou ali parada. Vulnerável. Humilhada.

"As vantagens deste trabalho são boas", disse Giselle. "Trabalhamos apenas com clientes de primeira linha. Você recebe uma comissão de dez por cento. Assistência médica gratuita."

"Por favor. Deixe-me ir", disse Eva.

Giselle fez uma pausa, tirou os óculos de leitura, levantou-se e circulou Eva casualmente. "Você gosta deste apartamento?"

Eva conteve as lágrimas.

Giselle falou com firmeza. "Espero que sim. Porque é seu. Bem, não é seu. É onde você vai morar. Poderia ser muito pior. Lembre-se disso." Ela voltou para o sofá e cruzou as pernas. "Agora só falta a marca." Giselle estalou os dedos.

Delfino se aproximou. Ele usava luvas de nitrilo. Ele pressionou um estêncil contra o lado do pescoço de Eva. Eva se afastou dele.

Giselle suavizou o tom. Aproximou-se de Eva. Gentilmente, pegou suas mãos. "Querida. De onde você é? Tudo bem. Você pode falar comigo."

"Cidade do México", disse Eva.

"Eu sei como é assustador chegar a uma cidade nova sozinha. Eu me mudei para cá quando tinha apenas dezesseis anos, vinda de uma fazenda de gado em Nebraska."

Giselle acenou para Delfino. Delfino pegou uma máquina de tatuagem e começou seu trabalho, fazendo uma tatuagem no lado do pescoço de Eva. Eva choramingou. Giselle manteve o olhar fixo nela, distraindo-a, confortando-a. "Criávamos gado leiteiro, em vez de gado de corte", disse Giselle suavemente. "As vacas leiteiras têm uma vida longa e feliz porque dão leite."

A tatuagem começou a tomar forma. Era um código QR. A voz de Giselle endureceu. Seu abraço caloroso nas mãos de Eva se transformou em um aperto forte. "Essa marca significa que você é minha. Significa que ninguém pode mexer com você. Você pode se sair muito bem. Contanto que se lembre de uma coisa: você não é mais uma pessoa, e . A partir deste momento, você é gado. Você pode ser ordenhada ou abatida. A escolha é sua."

Giselle soltou as mãos de Eva e foi até a porta. "Vá trabalhar todos os dias, leve no cu por um salário. Faça isso por tempo suficiente e talvez você se aposente com um certo conforto. Você queria o sonho americano? Querida. É isso aqui."

Giselle passou seu cartão-chave, entrou no elevador e desapareceu atrás das portas.

Teddy balançou a cabeça e riu calorosamente. "Ela é do Vale, na verdade", disse ele.

Eva conteve lágrimas amargas enquanto a agulha da tatuagem rasgava sua pele.

13

Não é quem você é, é quem você conhece.

E se você fosse um criminoso em Los Angeles, Sly era o cara.

Se você conseguisse encontrá-lo.

Sly gostava de fazer seus negócios nos túneis. Há quilômetros de túneis abandonados sob as ruas do centro de Los Angeles. Antigas estações de metrô, túneis equestres, bares clandestinos subterrâneos da década de 1920. Em qualquer dia, você poderia encontrar Sly entre os tijolos em ruínas e máquinas enferrujadas, pintando as paredes do túnel com sua arte de rua.

Não havia lei nos túneis. Quanto mais fundo você ia, mais escuro ficava. Os viciados em metanfetamina se drogavam, os viciados em heroína se injetavam. Ocasionalmente, se você fosse fundo o suficiente, encontrava um corpo.

Mas Sly era limpo. Ele não matava e sua única droga era o café. Sly era um malandro. Chamavam-no de "Alfândega". Digamos que Joe Schmo quisesse roubar John Doe ou que uma gangue de assaltantes de Nova York estivesse na cidade e quisesse assaltar uma joalheria. Eles falavam com Sly. Sly consultava os chefes locais. Os russos e europeus do leste, asiáticos, mexicanos e sul-americanos, e assim por diante. Os forasteiros sabiam que precisavam primeiro acertar seus negócios em Los Angeles com Sly, para não acabarem entrando em uma guerra ou mortos.

Sly era o cara que você procurava para acertar tudo com a alta gerência de Los Angeles.

Eles chamavam isso de obter uma autorização de trabalho.

Sly não tinha muito poder e ninguém o temia, propriamente dito. Ele era magro e inteligente, do tipo nerd de quadrinhos. Usava óculos, brincos grandes e estava coberto de tatuagens de skatista. Mas não se tratava de quem ele era, e sim de quem ele conhecia. Quando um cara conhecia todo mundo, era provável que tivesse um ou dois amigos a temer.

Sly era intocável porque servia a um propósito.

Ele era como uma rede social viva e respirante para os bandidos. Ele mantinha as linhas de comunicação abertas. Ele mantinha a ordem, o equilíbrio, a paz. Mais importante ainda, ele mantinha a máquina de dinheiro do mercado negro lubrificada e funcionando.

Ninguém ousaria tocar em um fio de cabelo dele.

"Você é daqui ou está só de visita?", perguntou Sly, mal olhando para o homem com costeletas que acabara de se aproximar dele. Sly estava pintando com spray um mural incrível da vida marinha, que fazia com que o túnel escuro, sujo e velho parecesse o fundo de um recife de corais.

"Estou de visita. Preciso de um visto de trabalho", disse o homem de costeletas.

"Que tipo de trabalho?"

"Estou aqui para matar Vinny Amato."

"Vou encaminhar seu pedido", disse Sly. "Volte amanhã." Bigodes acenou com a cabeça e começou a se afastar. Sly gritou atrás dele: "A taxa de serviço ainda se aplica. Independentemente disso."

Muttonchops grunhiu em desaprovação e entregou a Sly uma nota de cem dólares.

Uma hora depois, Sly saiu de um túnel para o leito seco e pavimentado do rio L.A. O sol estava nascendo. Ele subiu em direção às ruas. Estava no Arts District, no centro de Los Angeles. Passou por galerias, cafeterias e padarias hipster e prédios industriais abandonados do século XX.

Sly destrancou e abriu um portão enferrujado e atravessou o terreno baldio em direção a um armazém abandonado e em mau estado. Ele destrancou outra fechadura, abriu uma pesada porta de aço e entrou.

Sly morava no que parecia ser um armazém industrial abandonado. Apesar da manutenção desgastada e precária, Sly levava a segurança desse lugar a sério. Cada centímetro da propriedade era coberto por um m em um banco de monitores de segurança. Mainframes e equipamentos de computador de última geração contrastavam com o ambiente industrial sujo. Uma rampa de skate e jogos de fliperama. Ele era uma mistura estranha de skatista e técnico.

Sly encheu uma cafeteira Moka com grãos moídos e água e colocou-a no fogão. Ele se virou e sentou-se em sua cadeira de gamer. Ele fez login em sua estação de trabalho. Sly trabalhava em seu terminal. Atrás dele, a cafeteira Moka borbulhava enquanto preparava o café.

Era fácil para ele hackear o Departamento de Água e Energia de Los Angeles para manter as luzes e a água ligadas no local. Sly percebeu que a porta do banheiro estava entreaberta e a luz acesa. Ele espiou com curiosidade. Sly era um cara de hábitos. Como muitos hackers, ele era quase obsessivo-compulsivo com certas coisas. Ele não teria deixado a porta do banheiro aberta e nunca teria esquecido de desligar a luz. Sly pegou uma lata de spray de pimenta e se aproximou.

Ele entrou no banheiro. Havia uma leve camada de névoa nos espelhos, mas não o suficiente para torná-los opacos. Esse cômodo era anteriormente um vestiário dos funcionários. Chuveiros estavam alinhados na parede esquerda. Um deles pingava. Havia uma poça embaixo dele. Ele sentiu o ralo. A água ainda estava morna.

Alguém havia tomado banho recentemente.

De repente, na outra sala, a cafeteira Moka parou de borbulhar. Sly se afastou dos chuveiros e voltou para sua estação de trabalho. Ele encontrou Cal, recém-saído do banho, servindo duas xícaras de café da cafeteira Moka. Os olhos de Sly se arregalaram de medo.

"Que lugar legal", disse Cal. "Parece que ser mensageiro de assassinos, traficantes de drogas e cafetões compensa." Cal entregou uma das xícaras de café a Sly. "Você sabe quem eu sou?"

Sly assentiu lentamente.

"Qual é o preço pela minha cabeça até agora?"

Sly limpou a garganta seca. "Acabou de subir para dez milhões."

Cal ergueu as sobrancelhas, surpreso. "Tanto assim?"

"Dizem que você matou dois caras na fronteira. Profissionais."

"Parece que quanto mais eu mato, mais eu valho." Cal tomou um gole lento de seu café, sem tirar os olhos de Sly. "Preciso que você encontre alguém." Cal mostrou a ele a fotografia de Eva. "Ela é da Cidade do México. Foi sequestrada na semana passada."

"Não é assim que funciona. Preciso autorizar..." Cal jogou o café quente no rosto de Sly. Sly gritou e esfregou os olhos freneticamente.

Cal colocou sua xícara na mesa e jogou sua mochila sobre o balcão. Abriu o zíper, revelando o tesouro de guerra dentro dela. "Você é pintor, certo? Gosta de arte de rua e essas coisas?" Cal tirou a Mossberg. "Vamos ver você pintar sem as mãos." Ele chutou Sly no chão, pisou em seu pulso e pressionou o cano na palma da mão dele.

"Espere! Por favor! Eu vou encontrá-la!", disse Sly. "Se eles a trouxeram para Los Angeles, ela estará no banco de dados. Na dark web. Lá estará escrito quem é o dono dela agora."

Cal tirou o pé do pulso de Sly. "O nome dela é Eva."

"Não importa qual é o nome dela", disse Sly. "Eles dão novos nomes para os clientes. Internamente, eles as identificam por números atribuídos."

"Então, como você vai encontrá-la?"

"Essa foto é recente?"

Cal deu de ombros. "Atual o suficiente."

Sly escaneou a foto com seu smartphone e fez uma pesquisa. Um resultado apareceu no monitor do computador — Eva parecia infeliz na foto que o médico tirou durante o exame físico.

"É ela", disse Cal.

Sly leu o arquivo do caso dela. "Parece que ela pertence à Giselle."

"Quem?"

"Ela é uma madame. Não é alguém com quem você queira se meter."

"Ok. Agora me diga como mexer com ela."

"Ela vai dar um evento amanhã à noite", disse Sly. "Em um rancho particular em Malibu. Alta segurança. Muitos VIPs."

"O endereço."

Sly anotou para ele. Cal levantou sua espingarda.

"Eu não mereço isso", disse Sly. "Sou um artista."

"Você ajuda pessoas que traficam carne humana."

"Eu posso mudar." Ele caiu de joelhos e choramingou. "Se você me deixar viver, eu juro que vou mudar." Era uma cena familiar. Cal já tinha visto isso muitas vezes antes. Ele nunca se comoveu. Mesmo nesse momento, ele não se comoveu. Mas algo o fez parar.

Ele era um artista. Eva também.

Ele sabia que era tolice deixar uma testemunha. Um erro de principiante. Assim que Cal saísse, Sly poderia ligar para Pat Roti, contar que Cal tinha estado lá e para onde ele estava indo. Cal não tinha treinamento em misericórdia. Não tinha treinamento nem prática.

Então, por que ele hesitou em puxar o gatilho?

Foi por causa da fé. Fé e esperança. Ele queria acreditar que as pessoas podiam mudar. Que ele próprio podia mudar.

"Por favor", implorou Sly. "Eu vou mudar." Ele fechou os olhos com força, antecipando a bala.

Se você pode mudar, então eu também posso, pensou Cal.

Sly abriu os olhos e Cal tinha desaparecido.

Ele esperou cerca de vinte minutos antes de ligar para Pat Roti.

Ele não tinha certeza de como seria. Sabia que ela o culpava pela morte da namorada. E ela tinha razão. A culpa era dele.

No ano anterior, eles foram aliados incômodos no que acabou sendo o último trabalho profissional de Cal. A missão deles era encontrar o assassino da filha do senador Marco Barros. Cal descobriu a identidade do homem — um veterano da Marinha perturbado chamado Wyatt Lemieux —, mas escondeu isso dela porque, como agente da ATF, ela teria prendido Lemieux, e Cal havia sido contratado por uma parte externa para matá-lo. Por ter ocultado essa informação, Lemieux conseguiu invadir o apartamento dela e matar o amor de sua vida. Ele tentou consertar as coisas. Ele a ajudou a obter justiça.

Mas ele tinha certeza de que Miranda Lopez ainda o odiava.

Ele estava sentado à sua frente em um sofá branco no loft dela no centro de Los Angeles. O lugar era vazio e incrivelmente branco. Não havia nenhum arranhão nas paredes, nem fotos ou quadros. Era como se ninguém morasse ali. Cal sabia o quanto Miranda trabalhava duro. Isso deixava pouco tempo para a vida doméstica.

"Então, você não está morto", disse Miranda sem expressão. Era a primeira vez que ela via Cal desde que ele desaparecera em um incêndio florestal na Virgínia, um ano e meio atrás. O dia em que ele deixou sua antiga vida, saiu da Pat Roti, deixou as pessoas acreditarem que estava morto e fugiu.

Miranda cruzou as pernas. "Você disse que tem algumas informações para mim?"

Ela era tão dura quanto ele se lembrava. Mas era um tipo diferente de dureza. Não era a jovem com ressentimentos e atitude agressiva que ele conhecera um ano e meio atrás. Era o tipo de dureza que vem de uma ferida profunda que se transformou em uma cicatriz permanente. Ela havia percorrido um longo caminho e perdido muito desde o primeiro encontro deles.

"Uma grande rede de tráfico humano. Clientes VIP. Políticos corruptos, legisladores, pessoas em posições de poder", disse Cal. "Seria uma grande apreensão. Vai acontecer amanhã à noite neste endereço." Cal colocou um pedaço de papel com o endereço em Malibu escrito nele sobre a mesa de centro.

"E você está me trazendo isso, por quê?"

"Não posso ir à polícia local. Eles estão comprometidos. Essa rede está protegida."

"Tráfico humano não é da ATF", disse ela, deslizando o pedaço de papel de volta para ele através da mesa de centro.

Cal olhou para ela confuso. "Eles levam crianças." Ele mostrou a ela a foto de Eva. "Adolescentes, porra. Você não se importa?"

Miranda zombou. "Eu devo acreditar que você se importa? Que você está me trazendo isso por, o quê, bondade do seu coração? Eu te conheço, Cal. Você não tem coração. Eu me importo, mas não confio em você."

Cal baixou os olhos. "Ela é minha filha", disse ele, com a voz embargada.

Os olhos de Miranda se arregalaram. Ela não esperava por isso. "O quê?"

Cal deu de ombros. "Bem, ela pode estar", disse ele. "Depois do trabalho em Barros, percebi que não podia mais fazer isso. Então, fui embora. Localizei uma mulher que conheci há muitos anos na Cidade do México. A filha dela nasceu mais ou menos na época em que eu parti. O nome dela é Eva. Eu estava começando a conhecê-la. Ela não sabe quem eu realmente sou."

"O que aconteceu?"

"Eva estava em apuros. Ela precisava sair do país. Mas os coiotes a traficaram."

Miranda baixou os olhos. Ela olhou para a fotografia de Eva. Ela se lembrou da filha do senador Barros, Arianna. Outra jovem inocente vitimada pelos pecados de outros. Ela já estava morta quando Miranda chegou até ela. Miranda não conseguiu salvá-la.

Mas esta ainda estava viva.

Miranda suspirou. "Posso levar isso ao meu SAC. Mas duvido que ele aceite. Se for tão grande quanto você diz, talvez eu consiga convencê-lo a fazer uma operação conjunta com o FBI. Você tem um número onde eu possa entrar em contato com você?" Cal deu a ela o número do celular descartável que comprou antes de vir para cá. "Entrarei em contato", disse ela.

CAL CONSEGUIU UM quarto em um motel barato, onde podia pagar em dinheiro e não precisava mostrar identidade. Ele não carregava cartões de crédito. Nas principais cidades do país, os serviços de inteligência dos EUA têm scanners escondidos em áreas de alto tráfego que podem extrair informações de seus cartões de crédito, carteira de motorista e smartphone. Passe sob a luz da rua errada ou pela catraca errada do metrô e você aparecerá no radar deles. Cal não podia deixar nenhum rastro digital.

Não com Pat Roti observando. Ele trocava de telefone pré-pago a cada doze horas. Usava boné e óculos escuros para neutralizar o reconhecimento facial e ajustou a maneira como andava para não ser identificado pela análise biométrica da marcha.

Que mundo novo e corajoso.

Sly estava sentado em sua estação de trabalho, esfregando aloe vera em seu rosto queimado por café, quando alguém bateu na porta do armazém. Ele olhou para o monitor de segurança e viu um homem com cabelos ruivos brilhantes. "Sim?", disse ele no interfone.

"Pat Roti me enviou", disse o ruivo.

Sly abriu a pesada porta de aço. "Já estava na hora", disse Sly.

O ruivo entrou calmamente no armazém. Ele era atarracado e forte. Sua pele era pálida, o que fazia seu cabelo parecer fogo, e seu rosto parecia preso em um sorriso malicioso e perverso. Mas havia algo perigoso por trás do sorriso. A maneira como ele se comportava, seu ar, lembrava Sly de uma mistura entre o Exterminador do Futuro e Puck de *Sonho de uma Noite de Verão*.

"Você parece nervoso", disse o Ruivo.

"Não se preocupe comigo", disse Sly. "Você tem o dinheiro?"

"Que dinheiro?"

Sly tentou parecer indignado, embora estivesse com medo. "Os dez milhões de dólares por entregar esse cara para você."

"Esse dinheiro é uma recompensa. É para matá-lo. Você o matou?"

"Não."

"Então, por que você acha que eu tenho dinheiro para você?"

"Eu não mato pessoas, cara. Eu digo onde ele vai estar para que você possa matá-lo. É por isso que você está pagando."

"Este país. Todos se acham no direito. Todos querem algo de graça", disse o ruivo, balançando a cabeça. "Onde ele vai estar?"

"Onde está meu dinheiro?"

O Ruivo sorriu friamente. Ele deu alguns passos em direção a Sly. Sly recuou.

"Esqueça. Aqui", disse Sly, escrevendo um endereço. "É um rancho em Malibu. Haverá muita segurança. Ele estará lá amanhã à noite." Ele entregou o endereço ao Ruivo. O Ruivo o agarrou. Seu sorriso irônico se transformou em um sorriso largo.

"Foi fácil", disse o Ruivo.

"De nada."

"E esse endereço é?"

"Um bordel."

"Como posso saber que você não vai avisá-los?"

"Por que eu faria isso?"

A ruiva apontou para o rosto cheio de bolhas de Sly. "A julgar pela sua queimadura solar, Cal veio aqui procurar informações. Presumo que fosse este endereço?"

Sly baixou os olhos.

"O que foi? Uma xícara de café quente no seu rosto e você contou a ele o que ele queria saber?"

"Isso e a ameaça de um tiro de espingarda."

"Então, como posso ter certeza de que, assim que eu sair daqui, você não vai me trair? Assim como traiu Cal?"

Sly engoliu em seco. Ele não tinha uma resposta.

"Qual é o seu mantra?"

"Meu o quê?"

"Nós, seres humanos, achamos que temos o *direito* de viver. Não temos. Precisamos merecer nosso tempo nesta Terra. Provar que pertencemos a ela. Para que você vive?"

Sly gaguejou. Ele não sabia o que dizer.

"Eu vou responder por você. Você vive para sobreviver. Você vive para evitar a morte. Mas sabe o que eu descobri? Quanto mais você tenta evitar algo nesta vida, mais inevitável isso se torna." O Ruivo sacou sua Glock e apontou para Sly.

"Minha arte", gritou Sly. "Eu vivo pela minha arte."

"Sua arte?", disse o Ruivo. Ele considerou a resposta de Sly por um momento, depois abaixou a arma. "Sua arte... Tudo bem. Posso aceitar isso." Sly exalou um grande suspiro de alívio. "Como se a caneta fosse mais poderosa do que a espada?", perguntou o Ruivo.

"Sim", disse Sly. "Bem, no meu caso, é mais como uma lata de spray, mas é a mesma ideia."

"Deixe-me vê-las."

"Você quer ver minhas latas de spray?"

"Claro."

Sly colocou uma caixa de leite cheia de latas de spray de cores diferentes em cima da mesa. "Quanto tempo você tem? Isso é só uma caixa."

"Uau", disse o Ruivo.

Sly sorriu orgulhosamente.

"Então, 'a lata de spray é mais poderosa do que a espada'. Esse é o seu mantra."

Sly pensou sobre isso. "Gosto disso. Parece legal."

"Legal", disse o Ruivo. "Vamos testar."

"O quê...?"

O Ruivo atirou duas vezes no peito de Sly e uma vez na cabeça.

"Afinal, parece que a espada é mais poderosa", disse a Ruiva para o cadáver de Sly. "Seu mantra é uma besteira."

O SAC de Miranda era um homem chamado Mark Scarpelli. Ele a havia deixado de lado no ano anterior no caso Barros, mas depois ficou com todos os créditos quando Miranda resolveu o caso sozinha. Ela já não gostava dele antes do caso Barros, e agora mal conseguia suportar ficar na mesma sala que ele.

"Quem é o seu informante?", perguntou Scarpelli.

"Um investigador particular."

"Você confia nele?"

"Já trabalhei com ele antes."

"Em quê?"

"Barros."

O trabalho com Barros tinha sido um campo minado político. Scarpelli compreendeu que foi apenas por pura sorte que ele saiu tão bem na foto. Pura sorte e Miranda Lopez. Scarpelli era um burocrata com aspirações políticas, e os burocratas não gostavam de correr riscos. Não havia como saber quem poderia estar naquele bordel de luxo, e Scarpelli tinha o hábito de fazer amigos poderosos, não inimigos poderosos.

"Onde estão as provas dele?", perguntou Scarpelli.

"Achei que, dado o histórico dele..."

"Não vou entrar lá com base na palavra de um único informante."

"Eles estão traficando adolescentes, porra."

"Mostre-me as provas."

Miranda ligou para Cal e o colocou a par da situação. Cal contou a ela sobre Sly e seus computadores. "Um cara como ele pode ser obrigado a cooperar", disse Cal.

Scarpelli, Miranda e Cal se encontraram do lado de fora do esconderijo de Sly. O portão estava destrancado. A porta de aço do armazém também. Eles trocaram um olhar. Não era um bom sinal. Eles sacaram suas armas e entraram no armazém, onde encontraram o corpo de Sly estendido no chão de concreto. "É o nosso alvo?", perguntou Miranda.

Cal assentiu.

Eles vasculharam o resto do armazém e examinaram o sistema de computadores de Sly. "Não sou especialista, mas isso parece uma configuração bem complexa", disse Miranda. "Duvido que nossos técnicos forenses consigam extrair alguma coisa até hoje à noite. Sinto muito, Cal, mas não parece que os federais vão poder te ajudar nessa.”

Cal voltou para seu quarto de motel imundo. Ele deixou a placa “Não perturbe” na porta, mas em um lugar como aquele, parecia que ele estava afirmando o óbvio. Ele se sentou no colchão manchado. Pensou em Sly. *Foi Roti*, pensou Cal. *Eu dei a Sly uma chance de mudar, e ele ligou para Roti. As pessoas não mudam.* Cal se abaixou debaixo da cama e jogou sua pesada mochila sobre o colchão.

Os federais não iriam ajudá-lo. Uma mochila cheia de armas teria que ser suficiente.

15

Cal estava em um computador público no terceiro andar da biblioteca pública central no centro de Los Angeles. Ele digitou o endereço que Sly lhe deu no Google Earth. Uma imagem tridimensional de satélite da propriedade apareceu na tela. Era uma grande mansão à beira-mar em estilo mediterrâneo. Um muro de tijolos cercava o perímetro. Cal estimou a altura do muro em cerca de 3,6 metros. Havia um posto de guarda na entrada da garagem e holofotes ao redor da propriedade. Ele podia supor que haveria seguranças armados patrulhando o terreno.

De volta ao seu quarto de motel miserável, Cal esvaziou sua mochila sobre a cama. Ele a reorganizou com um colete TAC, uma faca Ka-Bar em um coldre de panturrilha, uma pistola Beretta M9 com silenciador, uma carabina M4 com silenciador e cartuchos extras de munição.

Por fim, colocou um tijolo de explosivo plástico Semtex com um celular e um detonador elétrico que havia roubado de um canteiro de obras na Grande Avenue. Ele prendeu tudo com fita adesiva e fixou em um pequeno ímã industrial.

. . .

Eva estava no banheiro principal de seu luxuoso apartamento. Ela vestiu um espartilho, calçou meias e passou batom nos lábios. Calçou um par de sapatos de salto alto e colocou uma tesoura de cabelo e outra de nariz na cintura.

Eva, toda arrumada com sua calcinha e um espartilho, entrou na sala do apartamento. Teddy estava esperando. Ele sorriu, agradavelmente. "Você está linda." Ele segurou um roupão aberto para ela. Ela se moveu para vesti-lo, então rapidamente puxou a tesoura da cintura e se lançou para frente.

Teddy agarrou seu pulso. Torceu-o. Ela gritou e deixou cair a tesoura. Teddy olhou para ela, desapontado. "Oh, querida", disse ele, e então lhe deu um soco brutal no estômago, tirando-lhe o fôlego. Ela tentou recuperar o fôlego.

"Você está bem. Apenas respire", disse Teddy, segurando-a e ajudando-a.

Depois que ela recuperou o fôlego, Teddy a levou até a garagem e a colocou na parte de trás do Mercedes.

Era pouco depois do meio-dia em Malibu. Cal saiu da Pacific Coast Highway e estacionou sua moto em frente a uma pequena loja de artigos esportivos. Ele entrou e comprou uma roupa de mergulho, um caiaque inflável para duas pessoas, uma scooter marítima e uma vara de pescar do velho surfista hippie atrás do balcão.

Cal vestiu a roupa de mergulho em um banheiro público no píer de Malibu. Ele carregou sua mochila com armas, caiaque inflável e vara de pescar até a praia. Ele usou a bomba de pé incluída para inflar o caiaque. Depois de inflá-lo, ele usou um arame para prender a scooter aquática na frente do caiaque e colocou-a no banco da frente. O mar estava calmo hoje. Ele levou o caiaque para a água e colocou a mochila e a vara de pescar no banco da frente. Ele pulou no banco de trás e começou a remar.

Faltavam algumas horas para o sol começar a se pôr. O céu estava manchado de tons brilhantes de roxo, vermelho e laranja. Cal havia remado vários quilômetros pela costa. Ele parou a cerca de trezentos metros da mansão mediterrânea à beira-mar. Ele lançou uma linha de pesca na água e observou a mansão com sua mira ACOG.

A festa ainda não havia começado. Homens sérios em ternos escuros — seguranças particulares — patrulhavam o terreno, procurando por qualquer vulnerabilidade. Cal abaixou sua mira e voltou sua atenção para a pesca.

Quando o sol finalmente se pôs, Cal mudou sua mira para visão noturna e observou a praia novamente. Parecia que os homens haviam se acomodado em seus postos designados. Havia apenas dois guardas posicionados na praia. Eles pareciam entediados. Ninguém esperava um ataque naval.

O problema era a patrulha de três homens que fazia rondas pela propriedade. Aproximadamente a cada quatro minutos e meio, a patrulha passava pela praia. Se vissem dois guardas mortos, a festa acabaria e Eva seria levada para onde quer que a mantivessem prisioneira.

De repente, a vara de pescar de Cal deu um pulo. Ele rapidamente baixou a luneta e girou o molinete. O peixe era lutador. Ele puxava e nadava. Cal observava a linha, certificando-se de que não ficasse muito esticada. Dando e tirando, dando e tirando. Finalmente, o animal menor ficou sem forças. Cal levantou um robalo branco para dentro do caiaque. Ele olhou para o animal. Seus olhos estavam arregalados de pânico e medo. Suas guelras bombeavam desesperadamente pela vida. Cal teve pena dele. Ele tirou a isca de seu lábio e o jogou de volta ao oceano.

Então, ele tirou sua carabina M4 com silenciador da mochila e se preparou para matar muitas pessoas.

Cal colocou sua mira na M4. Ele remou até ficar a cerca de cem metros da costa. A escuridão da noite escondia sua aproximação, mas, por precaução, ele manteve sua vara de pescar apoiada entre as pernas. Se eles o vissem chegando, ele queria que o considerassem um pescador noturno excêntrico. Quando sentiu que estava perto o suficiente, ele levantou o rifle e apontou a mira para o primeiro dos dois guardas na praia. Não era a distância que era difícil, e sim sua posição precária. Ele estava sentado em um caiaque cheio de ar em um oceano agitado. Manter a mira estável era como tentar enfiar uma agulha em uma montanha-russa.

Ele esperou a patrulha de três homens chegar e passar. Então, ele começou a contar o tempo em sua cabeça e apertou o gatilho. Ele disparou três tiros de 5,56 × 45 mm em direção à praia. Eles atingiram o diafragma do primeiro guarda e o derrubaram. Cal rapidamente apontou o rifle para o seu próximo alvo, que estava a dar por da morte do seu companheiro. Cal tinha de o derrubar rapidamente. Ele manteve o gatilho pressionado e disparou sete tiros com silenciador. Os tiros atingiram tanto a areia como o alvo. O segundo guarda caiu.

Cal remou rapidamente até a costa. Ele saltou do caiaque, arrastou-o para a areia molhada, abriu o zíper da mochila no banco da frente e pegou a pistola Beretta M9 com silenciador. Ele marchou até o primeiro alvo. O homem tinha três balas no corpo, mas ainda estava vivo, lutando para respirar com os lábios ensanguentados. Cal apontou a Beretta para ele e atirou em sua testa. Cal verificou o segundo alvo. Ele estava morto.

Cal rapidamente arrastou os corpos dos dois guardas e os empilhou no caiaque. Ele pegou a scooter marítima no banco da frente, ligou-a e a jogou na água. Ela lentamente arrastou o caiaque com os dois cadáveres para o mar.

Ele cobriu com areia as manchas de sangue na praia. Em seguida, pegou sua mochila e seu rifle e se escondeu nos arbustos entre a praia e a propriedade. Ele abriu a mochila, vestiu seu colete TAC, amarrou seu Ka-Bar ao tornozelo e colocou sua Beretta no coldre. Ele colocou a bomba Semtex em um dos bolsos de munição do colete TAC.

Já se passaram quatro minutos.

De seu esconderijo, ele olhou para o oceano. Ele viu o caiaque se afastar. Ainda visível. Ele ouviu as vozes da equipe de patrulha de três homens se aproximando da praia. Ele prendeu a respiração.

"Onde diabos estão aqueles dois?", disse um deles.

Os três homens examinaram a praia. O caiaque mal era visível. Será que eles o veriam?

"Eles ficaram com a tarefa de merda. Não tem nada acontecendo", disse outro. "Provavelmente estão lá dentro, tentando conseguir boquetes."

"Você viu aquela loira de azul?"

"Eu prefiro os asiáticos."

Cal observou o grupo seguir em frente.

A FESTA ERA decorada com bom gosto, mas com um toque especial. Couro bordô, mogno e ouro. Homens e mulheres bem vestidos jogavam nas mesas ou saboreavam coquetéis personalizados ou algo mais forte. Garçons vestindo nada além de pintura corporal circulavam com pratos de frutas e queijos, tâmaras envoltas em bacon, azeitonas e homus, crudités, bandejas de ecstasy, conta-gotas de GHB e tigelas de ponche com cocaína e cristal. Uma pequena orquestra tocava algo no estilo de Ramin Djawadi.

Eva ficava ansiosa ao lado de outros jovens profissionais do sexo atraentes. Em exibição.

Um homem de cabelos brancos, vestindo Hugo Boss, com pupilas dilatadas e um pequeno bigode à la Hitler, fruto da cocaína, aproximou-se de Aksana, da Bielorrússia. "Ei, gata." Ele ergueu o celular. Ela puxou o cabelo para trás, revelando o código QR tatuado no pescoço. O homem o escaneou. Era assim que ele seria cobrado. Ele pegou Aksana pela mão e a levou para um dos quartos da mansão.

Lulu, outra profissional, na casa dos trinta, olhou para Eva com preocupação.

"Controle-se", ela sussurrou. "Você só tem valor na medida em que eles querem você."

"Preciso usar o banheiro", disse Eva, com a voz embargada.

Lulu olhou para ela, sentindo pena. "Por aqui." Lulu a pegou pela mão e a levou embora.

No banheiro, Eva ficou em frente ao espelho. Em pânico. Tonta. Incapaz de respirar. Ela se revoltou e deu um soco em seu reflexo. O espelho se estilhaçou. Havia vidro por toda parte.

Ela olhou para um dos cacos de vidro.

Cal contornou a extremidade nordeste da propriedade em direção à frente, procurando uma maneira de entrar. Ele precisava permanecer escondido até conseguir se aproximar o suficiente para descobrir a localização exata de Eva dentro da mansão. Ele observou a entrada da mansão com sua mira telescópica. Viu os convidados chegarem em seus BMWs, Teslas, Audis e Mercedes. Os manobristas pegavam as chaves e dirigiam os veículos dos convidados ao redor da mansão até um estacionamento improvisado. Os carros estavam estacionados bem próximos uns dos outros, em fileiras. De repente, Cal teve uma ideia.

Cal estava prestes a sair quando algo chamou sua atenção. Um Mercedes preto com vidros escuros parou na entrada.

Quando o manobrista se aproximou, o motorista se recusou a entregar as chaves. Um guarda-costas saiu do banco do passageiro da frente, deu a volta e abriu a porta traseira do passageiro. Pat Roti saiu. O velho guinéu. O filósofo gangster. O homem que tentava matá-lo. O guarda-costas acompanhou Pat Roti até a mansão, enquanto o outro guarda-costas dirigia o Mercedes ao redor da mansão em direção ao estacionamento.

Cal se perguntou se alguém naquela festa sabia quem Pat Roti realmente era. Essas pessoas se consideravam poderosas. Políticos e legisladores estaduais. Celebridades, CEOs e bilionários da tecnologia. Mas Pat Roti convivia com chefes de estado e senhores da guerra. Ele sabia coisas que nem mesmo o e e presidente dos Estados Unidos sabia. Ele estava ali por causa de Cal. Não havia outra razão para um homem como Roti se misturar com pessoas como aquelas.

QUANDO EVA VOLTOU DO BANHEIRO, todos os outros já haviam sido escolhidos.

"Ei, querida", disse Teddy. Pela primeira vez, ele não estava sorrindo. "Giselle não está feliz." Os olhos de Eva encontraram os de Giselle, que a encarava do outro lado da sala. "Você precisa começar a trabalhar agora, ok?"

A festa estava a todo o vapor. Velhos com grandes contas bancárias e esposas e filhos em casa, drogados com tina ou GHB, de olhos arregalados e frenéticos, a bater em parceiros com um quarto da sua idade até as costas deles cederem. Eva olhou freneticamente para a sala. Tonta. À procura de uma saída.

"Olá, minha querida." A voz era refinada e respeitosa. Assim como o homem. Ele estava impecavelmente vestido. Embora tivesse quase noventa anos, sua pele siciliana não tinha rugas. Seus olhos eram de um azul penetrante como os de um lobo branco. Ele tinha aquele ar de uma época passada. De cavalheirismo. Ela imediatamente percebeu que ele não pertencia àquele lugar.

Roti acenou para seu guarda-costas. O guarda-costas escaneou o código QR de Eva. Roti gentilmente pegou sua mão e a levou embora. Ela olhou para o outro lado da sala, onde Giselle a observava como um falcão.

Era bom que Roti a estivesse levando para um lugar privado. Seria mais fácil usar o caco de vidro escondido em seu espartilho.

Roti a levou para uma biblioteca. Ele se sentou em uma poltrona e gesticulou para que ela se sentasse no sofá de couro à sua frente. O guarda-costas fechou a porta da biblioteca e ficou de guarda.

"É melhor aqui, não acha? Pessoas assim." Roti disse, acenando com a cabeça em direção à sala de onde eles vieram. "Sem classe."

Eva engoliu em seco e acenou com a cabeça. Roti passou a vida analisando pessoas. Um minuto depois de conhecer alguém, ele atribuía a essa pessoa um animal que, em sua opinião, melhor resumia seu caráter. Eva era uma corça. Um filhote de veado com pele de lobo.

CAL ESGUEIROU-SE EM direção ao apertado estacionamento com manobrista. Os veículos lhe dariam cobertura para se aproximar da mansão. Ele rastejou sob os carros de luxo. Sob o Mercedes de Pat Roti. O motorista estava sentado a poucos centímetros acima dele no banco do motorista.

Cal entrou na mansão pelo porão.

DE SEU POLEIRO no cume fora do muro de segurança da mansão, o Ruivo observava Cal através de sua mira. Ele sorria, entretido.

Cal se infiltrou na mansão exatamente da mesma maneira que ele teria feito. Isso deixou o Ruivo orgulhoso. Ele quase se arrependeu de que, em uma hora, Cal estaria morto e ele seria o responsável por matá-lo.

O Ruivo ligou para Pat Roti. "Ele está no prédio."

"Receio não ter muito tempo", disse Roti para Eva na biblioteca.

Roti não precisava estar ali. Ele poderia ter armado uma emboscada para Cal. Ele sabia que Cal estava vindo, mas seu problema era que não sabia *por que* ele estava vindo. Para Roti, a inteligência era a moeda mais valiosa. Mas essa jovem sentada diante dele, essa corça vestida de lobo, era uma incógnita. Ele não tinha ideia de quem ela era e por que um homem tão frio e insensível como Cal arriscaria tudo para resgatá-la. Não fazia sentido. Ela era um fator X e, no mundo de Roti, fatores X eram perigosos.

"Em primeiro lugar, não vou tocar em você. É um negócio sujo. Necessário. Há uma razão para ser 'a profissão mais antiga do mundo'. Mas sujo", disse Roti. "Tudo o que preciso de você é informação."

Eva relaxou um pouco e acenou com a cabeça.

"Você conhece esse homem?" Roti mostrou a ela uma foto militar de Cal, com aparência mais jovem, em seu smartphone.

Eva fez uma pausa. "Se eu te contar, você pode me ajudar a sair daqui?"

"Não é da minha conta", disse Roti.

Eva baixou os olhos. "Eu o conheço", disse Eva.

"Quem ele é para você?"

"Para mim? Ninguém. Apenas um gringo que apareceu no bairro um dia. Morava na igreja velha. Ele me ajudou."

Roti se animou na cadeira. "Te ajudou?"

"Bem, ele tentou. Eu estava em apuros e ele me tirou do México, mas acabei aqui."

"Por que ele te ajudou?"

"Não sei." Eva deu de ombros. "Algumas pessoas simplesmente são boas."

Se ela soubesse o quão ridícula essa afirmação era, pensou Pat Roti. Cal era um sociopata nato. E recebeu treinamento extensivo para reforçar e consolidar sua natureza antissocial. Sua personalidade se tornou seu maior trunfo e o tornou a arma perfeita. Insensível, até mesmo ansioso pela emoção da caçada, da matança. Julgamentos morais como "bom" não faziam parte da programação de Cal. Sua mente era incapaz de compreender tais conceitos.

Foi então que Roti recebeu a ligação. Era o Ruivo. "Ele está no prédio."

Pat Roti guardou o telefone no bolso e virou-se para o seu guarda-costas. "Precisamos de ir."

Roti se dirigiu rapidamente para a porta com seu guarda-costas.

CAL ESTAVA NA ADEGA. Seu plano era nocautear um dos garçons e roubar seu uniforme. Então ele viu o que os garçons estavam vestindo. Pintura corporal. Porra de Califórnia.

Parecia que este seria um daqueles trabalhos com tiros e explosões.

O TIROTEIO COMEÇOU antes que Roti conseguisse sair. Ele podia ouvir Cal em algum lugar da mansão, abrindo caminho com destruição. Ele e seu guarda-costas seguiram um rastro de seguranças mortos.

Roti não era a prioridade de Cal. Lá fora, o Mercedes estava esperando. O guarda-costas de Roti o conduziu para o banco de trás e, em seguida, subiu no banco do passageiro da frente. Roti olhou para trás, para a mansão. Pensou em Cal lá dentro, eliminando um pequeno exército de seguranças. Pensou na corça vestida de pele de lobo que chamara Cal de "bom". Enquanto o Mercedes levava Roti embora, ele estava mais confuso do que quando chegara.

Dentro da mansão, o inferno havia se instalado. Cal pegou a segurança de surpresa. Em trabalhos como esse, a principal tarefa deles era manter os curiosos afastados. O máximo com que precisavam se preocupar era algum convidado ficar bêbado demais e agredir uma das garotas.

Era moleza. Dinheiro fácil.

Entra Rambo com um fato de mergulho.

Eva ainda estava na biblioteca quando ouviu os tiros começarem. Sozinha, ela abriu a porta e espiou. Ela observou os seguranças frenéticos com suas Uzis e walkie-talkies, correndo em direção à frente da casa. Essa era sua chance.

Cal foi para a sala principal. Ela foi construída com bom gosto para ser o que os arquitetos chamariam de "conversation pit" (área de conversação), onde Cal atirou nos guardas. Giselle se levantou de trás do bar com uma Mossberg que era quase do mesmo tamanho que ela. Cal se abaixou atrás de um sofá. Sua rajada de tiros espalhou penas pelo ar.

Enquanto Cal estava predisposto, Teddy atacou como um jogador de futebol americano e o derrubou por trás. Não era mais tão gentil. Ele gritou, maníaco e agudo, como uma banshee, enquanto espancava Cal brutalmente com seus punhos de ferro.

. . .

EVA PASSOU POR cima dos corpos e pelas paredes crivadas de balas. Ela chegou ao fim do corredor que levava ao saguão principal. Ela se moveu em direção à porta da frente e olhou para a sala principal. Ela viu Teddy espancando um homem com uma roupa de mergulho e um colete TAC. Ela olhou para frente. A porta da frente estava bem ali. A costa estava livre. Ela talvez nunca tivesse essa chance novamente.

Ela olhou para trás mais uma vez para Teddy e sua vítima. Mais uma vez para o rosto ensanguentado do homem com roupa de mergulho.

Ela tirou o caco de vidro do espartilho, afastou-se da porta, aproximou-se de Teddy por trás, levantou o caco de vidro para apunhalá-lo e...

"O que você pensa que está fazendo?", disse Giselle, segurando o pulso de Eva. Ela torceu o caco para soltá-lo e a chutou no chão.

CAL TENTOU BLOQUEAR os golpes de Teddy com um braço enquanto o outro se aproximava do coldre no tornozelo. A faca Ka-Bar. Ele a deslizou para fora e enfiou a lâmina entre as costelas de Teddy. Teddy gritou e agarrou o lado do corpo. Cal deslizou para fora de baixo dele.

GISELLE CHUTOU EVA NAS COSTELAS. Repetidamente. Uma senhora furiosa de 50 quilos. Ela ouviu Teddy gritar. Viu-o cair no chão, segurando o lado do corpo, viu Cal se levantar e pegar sua pistola.

E ela correu.

. . .

"Você está bem?", perguntou Cal, ajudando Eva a se levantar.

Eva olhou para ele com os olhos arregalados, incrédula. "Você veio."

"Temos que sair daqui." Eles correram para a porta da frente. Do lado de fora da mansão era o caos. Convidados em pânico lotavam o estacionamento apertado, buzinando, batendo uns nos outros, tentando escapar.

"Como vamos sair daqui?", perguntou Eva.

Cal tinha um plano. O posto de guarda e a saída ficavam logo à frente. "Por aqui..."

Ele sentiu as balas antes de ouvi-las. Duas delas. De alto calibre. Elas se alojaram em seu peito com tanta força que o derrubaram de costas.

Ele tossiu sangue. Sua visão ficou embaçada. Ele ouviu os gritos abafados de Eva. Como se estivesse debaixo d'água. Ela se ajoelhou ao lado dele, frenética.

Cal viu o fantasma emergir da escuridão à sua frente. Um pesadelo do seu passado. A encarnação de suas partes mais sombrias. Pele pálida. Olhos mortos. E uma cabeleira ruiva brilhante. O Demônio Vermelho estava sorrindo.

Cal sabia que Victor queria que ele visse seu rosto. Queria que Cal soubesse que era ele quem tinha feito isso. Victor tinha criado Cal, e agora estava destruindo-o. Victor empurrou Eva para o lado, olhou para Cal e disse: "Aqueles que cruzaram com os olhos diretos para o outro reino da morte se lembram de nós — se é que se lembram — não como almas perdidas e violentas, mas apenas como homens vazios".

O ruivo chamado Victor levantou seu rifle e apontou para Cal para dar o tiro fatal.

16

Ver Cal novamente trouxe à tona o passado. Miranda não conseguia parar de pensar em Camilla — sua namorada, que havia sido morta durante o caso Barros no ano anterior. Naquela época, Camilla ajudou Miranda a enxergar além de sua perspectiva limitada. Foi por causa de Camilla que Miranda finalmente conseguiu justiça para Arianna Barros.

Camilla teria desejado que Miranda também fizesse justiça por Eva. Arianna Barros já estava morta quando Miranda assumiu o caso. A vida de Eva era algo que Miranda ainda podia salvar. Uma chance de não repetir os erros e tragédias do seu passado.

Miranda digitou o endereço que Cal anotou em seu iPhone, pegou as chaves do carro e saiu correndo do apartamento.

Ela sabia que provavelmente era um erro ir. Ela disse a si mesma que era porque sabia que Cal provavelmente faria algo estúpido e violento naquela noite. Então, ela estaria lá caso isso acontecesse. Para impedir que pessoas se machucassem. Afinal, esse era o seu trabalho, não era? Proteger e servir.

Mas, secretamente, ela sabia que uma parte sombria dela

queria viver indiretamente através de Cal. Queria ver aquelas pessoas punidas. Mas ela sabia que não poderia ser ela a fazer isso. Afinal, ações têm consequências. Ela tinha um trabalho e responsabilidades. Havia leis e o certo e o errado a serem considerados.

Ela não tinha um plano. Tinha certeza de que haveria segurança. Seu crachá não a ajudaria, não sem um mandado. Ela não poderia estar lá como agente federal. Sem causa provável, ela nem era policial. Ela era a maldita vigilante do bairro. Uma vizinha intrometida com uma Glock 22.

Ela estacionou na rua da mansão, pensando no que fazer a seguir. Estava escuro. Ela viu a guarita — ocupada por três homens com walkie-talkies e as protuberâncias conspícuas de armas de fogo de metal sob seus blazers.

Pouco depois da meia-noite, ela percebeu que algo estava errado. Os guardas na guarita receberam uma chamada nos seus walkie-talkies. Parecendo frenéticos, eles sacaram suas pistolas automáticas e correram em direção à casa.

Olá, Cal, ela pensou.

Ela ouviu o estrondo de tiros. Distantes, mas distintos. E frequentes. Ali estava sua causa provável. Ela dirigiu até a portaria, levantou o portão e entrou.

O que ela viu lá dentro era o caos. Convidados — muitos dos quais ela reconheceu da TV — correndo para salvar suas vidas, invadindo um estacionamento lotado de veículos parados a poucos centímetros uns dos outros, tentando tirar seus carros de lá. Outros simplesmente mandavam tudo para o inferno, saindo a pé pelo portão e descendo a rua. Miranda era apenas mais um rosto na multidão enlouquecida.

Houve mais dois tiros. Mais altos desta vez. Mais próximos. A multidão gritou e se jogou no chão. Miranda avistou o atirador. Um homem ruivo com um rifle. Ela viu sua vítima. Era Cal, deitado de costas. Ela observou o ruivo se aproximar dele, empurrar Eva para fora do caminho, dizer algo para Cal e levantar o rifle.

"Agente federal!", gritou Miranda, levantando sua arma e seu distintivo. O ruivo congelou. Miranda estava a três metros à sua direita. Ela o tinha na mira. "Abaixe o rifle!", disse Miranda. O ruivo não se moveu. "Eu disse para abaixar!"

"Ok", disse Victor, e enquanto seu braço direito segurava o rifle, o esquerdo se esgueirou até o coldre no peito e sacou uma pistola Walther P22. Ele se abaixou para colocar o rifle no chão e, sem se virar para ela, atirou por cima do antebraço direito com a pistola. Miranda se abaixou e atirou descontroladamente, sem saber se havia acertado alguma coisa. Quando ela se recuperou, o ruivo já estava correndo a toda velocidade.

Miranda correu para Cal.

"Estou bem", resmungou ele, ainda recuperando o fôlego. As balas de Victor ficaram presas em seu colete TAC.

Miranda se levantou e examinou a linha da propriedade, mas o Ruivo havia desaparecido.

Cal se levantou cambaleando. "Por aqui", disse Miranda. Ela conduziu Cal e Eva para fora da portaria até seu Prius. Os três entraram no carro.

Da floresta escura, Victor os observava. Ele memorizou a placa do carro de Miranda enquanto ela se afastava em alta velocidade.

Miranda levou Cal e Eva de volta para seu apartamento no centro de Los Angeles.

Ela pensou em denunciar o tiroteio na mansão, mas de que adiantaria? Ela sabia como as coisas funcionavam. A festa nunca aconteceu. Os guardas particulares nunca estiveram lá. No que dizia respeito aos arquivos, eles morreram no Iraque, no Afeganistão, no Níger ou em qualquer zona de guerra onde contratados de segurança privada como aqueles pudessem ganhar dinheiro. Tudo seria abafado e esquecido, e ela apenas teria se tornado um alvo.

E Eva? Ela havia testemunhado algumas pessoas muito ricas e poderosas envolvidas no uso de drogas ilícitas e no que basicamente equivalia a estupro. Não havia como Miranda entregá-la aos federais.

Quando Miranda se tornou agente federal, ela achava que poderia consertar o sistema por dentro. Mas, desde o caso Barros, Miranda vinha sentindo cada vez mais que o sistema estava além de qualquer conserto. A única maneira de fazer justiça exigia uma abordagem radical.

Miranda cresceu no leste de Los Angeles, em um bairro latino pobre. O perfil racial e o assédio eram parte da vida cotidiana. A polícia não era sua amiga. Era uma ameaça, a ser evitada a todo custo. Eles plantavam drogas em suspeitos de crimes, paravam pessoas que suspeitavam ser indocumentadas sem motivo. Violar a lei para defender a lei, era o que eles chamavam. A lei deles era o racismo. A dela era a justiça. Os críticos poderiam perguntar o que lhe dava o direito de decidir o que era justiça? E talvez eles tivessem razão. Mas, dane-se. Alguém tinha que fazer isso.

Algo precisava mudar.

Então, Miranda permitiu que Cal e Eva se escondessem em seu apartamento.

Cal arrancou seu colete TAC, colocou-o sobre a mesa da cozinha e tirou sua roupa de mergulho. Os pontos onde as balas atingiram seu peito estavam pintados como um teste de Rorschach de hematomas pretos e azuis.

"Quem era o homem de cabelo vermelho?", perguntou Miranda.

Cal ficou sombrio. "Eles o chamam de 'O Demônio Ruivo'. Seu nome é Victor Xano", disse Cal. "Servimos juntos nas Forças

Especiais. Ele era meu líder de equipe. Ele me treinou. Depois de nossa passagem pelo exército, seguimos caminhos diferentes. Por um tempo. Nós dois entramos no setor privado. Eu encontrei trabalho no México. Ele foi trabalhar para Pat Roti. Foi ele quem contou a Roti sobre mim. Ele me trouxe para cá."

"O que ele disse para você?", perguntou Eva. "Logo depois de atirar em você..."

"Um poema idiota. Não significava nada. Victor só achava que soava legal. Ele costumava chamar nossa unidade de 'Os Homens Ocos'."

Eram quase três da manhã. Eles decidiram que seria melhor dormir algumas horas e decidir um plano de ação pela manhã. Eva ficou com o sofá. Cal ficou no chão. Eva ficou acordada enquanto os outros dormiam. Ela observava Cal na escuridão.

Quem é esse homem?

Ele apareceu no bairro um dia, sem explicação. Visitava a mãe dela todos os dias. Sabia usar uma arma. Por que teria viajado até aqui só para ajudá-la?

Sua mãe nunca falava sobre o passado, mas Eva ouvia as histórias. Como ela amava um homem. Como ele foi morto. Como, depois de perdê-lo, sem esperança e deprimida, ela trabalhou em um bordel do cartel. Como engravidou de Eva e deixou aquela vida. Sua mãe nunca teve ninguém para salvá-la. Ela rezou para que sua mãe lhe desse força.

Eva levantou-se do sofá e foi até o laptop de Miranda. Miranda havia dado a senha a Eva para que ela pudesse usar a internet. Eva pesquisou "The Hollow Men" no Google. Clicou em um link. O poema de T.S. Eliot apareceu na tela. Ela leu as palavras e viu um mundo solitário, cheio de pessoas assombradas e vazias, e compreendeu Cal.

E compreendeu a si mesma.

. . .

Elas acordaram por volta das dez da manhã. Miranda saiu e comprou comida. Era a primeira vez que Eva saía da Cidade do México, sua primeira vez nos Estados Unidos. Miranda esperava que o caminhão da In-N-Out Burger, que às vezes estacionava em frente à Ernst & Young, estivesse lá, mas não estava, então ela comprou no Shake Shack. Nada representa melhor os EUA do que milkshakes e hambúrgueres gordurosos. Eva adorou.

Miranda e Cal decidiram que as pessoas que procuravam Eva provavelmente estariam de olho na fronteira. Eles concordaram que o melhor a fazer seria manter um perfil baixo durante a próxima semana.

17

O sol quente batia forte no asfalto. Andrés parou seu Honda Accord 2011 em um posto de gasolina. Era apenas mais uma parada na longa estrada desértica da I-10E para Los Angeles.

"Mais um dia escaldante no Vale Coachella", disse o meteorologista no rádio do carro. "Temperaturas máximas na casa dos 43 °C. Se você não precisar sair, não saia. É perigoso lá fora..."

Andrés estacionou seu Honda no posto número dois. Um adesivo caricatural de uma mulher nua com seios enormes, um AK-47, chifres de demônio e uma auréola de anjo no parachoque. Andrés vestia jeans e uma camiseta preta sem mangas, impregnada de odor corporal, que revelava seus braços magros e tatuados. Ele mergulhou a lâmina da chave do carro em um saquinho de metanfetamina e cheirou uma generosa quantidade, depois colocou um capuz sobre o rosto perfurado, pegou uma chave de roda no banco de trás e marchou em direção à loja de conveniência do posto de gasolina.

"Deitem no chão, porra!", gritou ele.

Andrés enlouqueceu, quebrando tudo à vista com o pé-decabra. O vidro da geladeira se estilhaçou. Batatas fritas e bolachas voaram pelo ar. Os clientes gritaram e se abaixaram.

O balconista acima do peso no caixa levantou as mãos em sinal de rendição. "Esvazie a porra do caixa! Faça isso!" Andrés jogou uma mochila nele. "Coloque na bolsa! Apresse-se, porra!"

O balconista esvaziou o caixa na sacola. "E os cigarros!", gritou Andrés.

O balconista obedeceu. Andrés pegou o saque e se dirigiu para a porta, mas antes de sair, parou para pegar um saco de Flaming Hot Cheetos e, através do espelho convexo anti-roubo, percebeu que o balconista pressionou o alarme silencioso sob o balcão. Ele se virou. "Que merda você fez?"

O balconista estava paralisado de medo.

"Você apertou a porra do alarme? Acha que pode mexer comigo? Eu já estava saindo daqui! Quer mexer comigo?" Andrés pulou o balcão. O balconista desabou, apavorado.

Mas Andrés não tocou nele. Em vez disso, ele ligou as bombas de gasolina do lado de fora. Ele marchou até uma das bombas, puxou o gatilho de combustível em um bico, travou-o e o jogou no chão. A gasolina jorrou sobre o asfalto e o concreto.

Andrés acendeu um isqueiro Zippo. "Isso vai te ensinar a não mexer comigo..." Ele jogou o isqueiro aceso e acelerou em seu Accord. O posto de gasolina explodiu em uma bola de fogo atrás dele.

ANDRÉS NUNCA TINHA MATADO NINGUÉM. Claro, ele já tinha visto pessoas morrerem. De muitas maneiras, era preciso ter um estômago mais forte para deixar alguém morrer lentamente de doença ou exaustão do que realmente matá-lo. Isso acontecia às vezes quando ele administrava o esconderijo. Principalmente com idosos. Eles chegavam aos Estados Unidos exaustos e em péssimo estado. Se quisessem, ele os levava ao hospital, mas eles geralmente recusavam porque sabiam que ir ao hospital significava deportação. Ele viu muitas pessoas morrerem em seu esconderijo.

De vez em quando, ele recebia alguém em seu esconderijo com um preço pela cabeça. Seus chefes descobriam e mandavam sicários — assassinos profissionais — para buscá-los. Andrés sempre se perguntou se tinha o que era preciso para ser um sicário, então foi com eles uma vez só para ver. Eles levaram um cara para outro esconderijo — este vazio — e atiraram nele. Em seguida, embrulharam o corpo em plástico e o colocaram atrás de uma das paredes. Andrés achou emocionante. Ele se perguntou quantos corpos viviam dentro das paredes daquela casa.

Em sua busca para vingar a morte de Ma, Andrés dirigiu do Texas até a Califórnia. Disseram-lhe que a garota havia sido levada para Los Angeles, então era para lá que Cal teria ido. Era uma cidade grande, mas Andrés não descansaria até encontrá-lo.

Andrés não achava que teria qualquer problema em reunir a força de vontade necessária para matar Cal, mas o fato era que ele nunca havia cometido um assassinato antes. Ele se sentiria muito mais confiante em sua missão se tivesse um pouco mais de experiência.

Então, ele explodiu um posto de gasolina.

Ele calculou que provavelmente havia quatro pessoas dentro quando explodiu. Matá-las foi muito mais fácil do que ele pensava. Uma sensação incrível.

Ele estava ansioso para ver Cal.

18

Nos dias seguintes, Miranda ia trabalhar pela manhã, deixando Cal e Eva sozinhos em seu apartamento de 93 metros quadrados. Eles passavam os dias lendo ou assistindo TV. Ela se lembrava de como, na Cidade do México, Cal não tinha problema em conversar com os moradores locais e com sua mãe, mas, perto dela, ele parecia ser um homem de poucas palavras.

"Eu nem sei seu nome verdadeiro", disse ela.

"Sou Cal", ele respondeu.

Eva tentou ao máximo descobrir mais sobre o homem. Ele não tinha um filme favorito, um livro favorito, uma cor favorita.

"Quem é você?"

"Essa é uma pergunta muito ampla."

"Tudo bem. De onde você é?"

"Eu me mudo muito."

"Onde você nasceu?"

"Em Boston."

"Por que você me ajudou?"

Cal simplesmente deu de ombros e disse: "Porque você precisava."

E isso foi tudo o que ela descobriu sobre ele durante o tempo que passaram juntos no apartamento de Miranda. Ele era Cal, de Boston.

Eva conhecia o mundo dos Hollow Men. Conhecia a sensação. Era por isso que ela pintava. A arte era seu escape. Cal a ajudou, e ela queria ajudá-lo.

Foi nas galerias temporárias em armazéns de blocos de concreto na periferia industrial da Cidade do México ou nas fortalezas coloniais espanholas centenárias do Centro Histórico que Eva conheceu o trabalho de artistas como Damien Hirst, Ed Ruscha e Miguel Calderón. A arte era sua janela para o mundo. Ela oferecia alívio para sua existência sombria e limitada no bairro. Dava-lhe esperança. A completava.

De volta à Cidade do México, ela ouviu pessoas falarem sobre o museu de arte contemporânea Broad, na cidade natal de Edward Ruscha, Los Angeles. A entrada era gratuita para o público. Bastava acessar o site e se inscrever. Ela reservou dois ingressos com nomes falsos.

"De jeito nenhum", disse Cal quando ela o convidou. "E você também não vai."

"Ah, não vou?", disse Eva, desafiando-o.

"Não é seguro."

"Nunca foi seguro. Não para mim", disse Eva. "Há uma diferença entre viver sob ameaça e viver com medo. Vivi sob ameaças a vida toda, mas me recuso a viver com medo. Porque, quando você faz isso, não está mais vivendo. Ninguém pode tirar seu coração e sua alma de você. Eles só podem ser perdidos. É isso que o medo faz."

Victor rastreou o endereço de Miranda até seu apartamento. Ele descartou um ataque ao apartamento por ser muito arriscado. Cal estaria em guarda agora que sabia que Victor estava atrás dele, e Pat Roti não mataria um agente da ATF se não fosse necessário. Então, Victor ficou escondido no apartamento do outro lado da rua com um microfone direcional, ouvindo o que acontecia no apartamento de Miranda Lopez. Esperando por sua oportunidade.

Quando ouviu Eva falar sobre The Broad, teve uma ideia.

Pat Roti estava formando um exército. No Facebook. No Twitter. Na dark web. Não faltavam pessoas perturbadas para Roti manipular. Teóricos da conspiração, radicais políticos, pessoas mentalmente instáveis. Ele usava as redes sociais para empoderá-los e encorajá-los.

Hoje em dia, tudo o que você precisa para criar um atirador em massa é uma conexão com a internet.

O projeto se chamava U.I.N, ou "Useful Idiot Network" (Rede de Idiotas Úteis).

Quando Victor ouviu a conversa sobre a viagem de Cal ao The Broad, ele percebeu que poderia usar a U.I.N. Agora que Cal sabia que Victor estava atrás dele, Victor sabia que teria que atacar Cal de uma forma que ele nunca imaginaria. E Cal nunca esperaria ser eliminado em um lugar público como um museu.

Então, ele procurou a U.I.N. em busca de algum talento local. Ele decidiu por:

STEPHEN WILLIAM ANDERSON. NASCIDO EM 10 DE ABRIL DE 1966. RESIDÊNCIA ATUAL: MESQUITE, NEVADA. PROFISSÃO: DESENVOLVEDOR DE SOFTWARE. AFILIAÇÃO RELIGIOSA: ATÉU. ESTADO CIVIL: NUNCA SE CASOU. SEM FILHOS.

NOTAS: SEUS HOBBIES INCLUEM VÍDEOGAMES E ASTRONOMIA. OS VIZINHOS O DESCREVEM COMO MANEIRADO, ELOQUENTE E MUITO EDUCADO. GRANDE PRESENÇA DIGITAL EM SITES DE CONSPIRAÇÃO. ÁVIDO CRENTE NAS TEORIAS DA CONSPIRAÇÃO DO 11 DE

SETEMBRO, DA CONQUISTA DA LUA E DA CONSPIRAÇÃO REPTILIAN.

VICTOR ENCONTROU-SE COM Anderson em uma área remota do Griffith Park. Ele era corpulento, careca e usava óculos. Vestia joelheiras e cotoveleiras sobre um macacão de pintor.

Victor disse a Anderson que o museu era, na verdade, um local de lavagem cerebral reptiliana. As obras de arte ali expostas estavam subliminarmente transformando os homens homo sapiens em gays, para que eles não mais se reproduzissem com mulheres, permitindo assim que os senhores reptilianos invadissem e plantassem suas sementes nos úteros das mulheres humanas, povoando assim a Terra com mais reptilianos. Eles estavam construindo um exército.

Ele levou Anderson ao centro da cidade, estacionou do outro lado da rua do The Broad e esperou.

CAL E EVA caminharam em direção ao museu branco com fachada em forma de colmeia. Cal não percebeu Victor e seu idiota útil, que estavam vigiando na van do outro lado da rua.

Cal e Eva entraram no saguão cavernoso. Eles pegaram a escada rolante até as galerias do segundo andar. Victor e seu idiota entraram pouco depois deles.

No segundo andar, Cal caminhou com Eva pelas galerias. Eles pararam em frente a uma escultura gigante de aço inoxidável polido espelhado de um cachorro balão magenta.

"Para mim, parece apenas um cachorro gigante feito de balões", disse Cal, cético.

Eva examinou o painel informativo da escultura. "Diz que se destina a homenagear ícones relacionados a aniversários e feriados. O artista está tentando capturar um momento de nostalgia."

Eva estava absorta, absorvendo cada pedacinho de informação. Cal a observava com admiração. Eva deu uma última olhada significativa no cachorro de balão e seguiu em frente.

Na galeria seguinte, havia uma mesa de jantar de madeira com quase três metros de altura e quatro

cadeiras igualmente grandes. Eva riu alegremente. Ela e Cal passaram por baixo dela.

"Sinto-me como uma criança novamente!", disse Eva, sorrindo. Ela parecia uma criança também. Cal sorriu tristemente.

O rosto de Eva se iluminou quando viu o nome na galeria seguinte. "Ed Ruscha. Ele é um dos meus favoritos."

Eles ficaram em frente à *obra Azteca / Azteca in Decline*, de Ruscha. Uma representação de murais mexicanos em decadência. Eva estudou a obra profundamente. E Cal estudou Eva profundamente.

Então ele avistou Victor.

E o Diabo Vermelho sorriu.

E o inferno se instalou.

19

Os tiros eram altos, aterrorizantes e implacáveis. O caos reinava enquanto os civis fugiam, escondendo-se atrás de *Tulips*, de Jeff Koons, ou debaixo de *Under the Table*, de Robert Therrien, enquanto Anderson atirava indiscriminadamente, e corpos caíam, e obras de arte eram profanadas, e as paredes brancas brilhantes eram salpicadas com a névoa rosa do vapor do sangue, e os pisos de concreto polido eram manchados de vermelho com poças que se espalhavam.

Victor equipou seu agente apenas com o que poderia ser contrabandeado sem ser notado pela equipe do museu e apenas com o que poderia ser comprado por civis em uma loja de armas ou pela internet. Ele precisava que esse trabalho parecesse amador, como um tiroteio aleatório por um maluco qualquer, e não a distração orquestrada por um mercenário de operações especiais, que era o que realmente era. Anderson usava um colete TAC à prova de balas com cartuchos extras sob o moletom. Victor equipou uma Heckler & Koch SP5 — a versão civil semiautomática da submetralhadora MP5 preferida pelas forças policiais e de segurança — com um bump stock. A arma era pequena, compacta e, com o bump stock, totalmente automática. Anderson a contrabandeou sob uma jaqueta leve. Ele pode ter parecido vestido demais para o clima de Los Angeles, mas não havia nenhuma lei contra isso.

Ele havia sincronizado seu relógio com o de Anderson. O tiroteio começou bem na hora certa. No momento em que Victor deixou Cal vê-lo.

No momento em que o Diabo Vermelho sorriu.

Para Cal, o tempo desacelerou. Ele viu Victor enfiar a mão no casaco. Cal agarrou Eva pela mão. Civis gritavam e se acotovelavam ao redor deles. Victor calmamente perseguiu Cal e Eva pelas galerias.

Cal e Eva podiam ouvir os tiros atrás das finas paredes brancas da galeria. Eles se moviam de galeria em galeria, evitando o atirador como se estivessem jogando um jogo mortal de Pac-Man.

Em poucos minutos, o segundo andar ficou silencioso. Havia corpos espalhados pelo chão. A maior parte da multidão havia escapado para o primeiro andar. Cal e Eva se moveram cautelosamente pelo labirinto de galerias.

Em algum lugar, Victor gritou. "Então, o que foi, Cal? Ataque de consciência? Você vai procurar outra coisa? Algo melhor? Talvez você vá para o México, se apaixone por uma garota com metade da sua idade?"

Os olhos de Cal e Eva se encontraram. Eva franziu a testa.

"Não. Não é isso. Não combina com você", continuou Victor. "Um filho ilegítimo, talvez?"

Cal baixou os olhos.

"Não me importa quem ela é. Eu sei tudo o que preciso saber. É por causa dela que vou derrotar você. Porque você se importa com ela, e eu só me importo com o mantra. Você se lembra do nosso mantra, Cal? Você o traiu, e agora você e essa jovem vão pagar o preço."

Cal e Eva chegaram à escada rolante. Eles correram furtivamente por um túnel semelhante a uma caverna em direção ao primeiro andar.

Quando chegaram ao saguão, ele estava lotado de pessoas aterrorizadas tentando sair pelas portas estreitas. Cal e Eva se juntaram à multidão. As pessoas empurravam-se e empurravam-se. Ondas tumultuosas de medo e desespero. Cal segurava a mão de Eva, tentando mantê-la perto, quando ela foi arrancada dele. Cal virou-se e, no caos, avistou Victor carregando Eva, que chutava e lutava. Eles desapareceram na multidão. Cal empurrou-se atrás deles, com a corrente da multidão impedindo seu avanço.

Victor arrastou Eva por um corredor vazio. Cal avistou Victor no momento em que ele desapareceu na sala de cinema. Cal o seguiu cautelosamente na escuridão e no labirinto fantasmagórico de várias telas com projeções de filmes clássicos de faroeste. Randolph Scott, John Wayne e Gary Cooper, o " ". Conversas duras e tiros ecoavam pelo cemitério do cinema. Cal caminhava com cuidado.

Victor se escondeu na escuridão, tapando a boca de Eva com a mão, esperando. Cal se aproximou, cegado por um projetor.

Victor levantou sua arma. Eva se debateu. Cal não percebeu a presença deles. Aproximando-se. Mais perto.

Eva mordeu a mão de Victor e gritou: "Cal!"

Cal se abaixou para se esquivar.

Com sua cobertura revelada, Victor empurrou Eva para o lado e examinou a escuridão em busca de qualquer sinal de Cal. "O que você está fazendo, Cal? Tentando ser o mocinho? Você sabe muito bem. Você e eu, nós somos iluminados." Victor segurou sua Walther P22 e espreitou através das projeções dançantes de luz e sombra.

"As pessoas podem dizer a si mesmas que são boas. Talvez vão à igreja aos domingos. Mas nos outros seis dias da semana, elas adoram a morte. Elas a adoravam no Coliseu Romano, a adoravam no Gólgota. Elas a adoram em suas televisões. Em suas músicas. Em seus livros. No noticiário. Elas vão ao cinema e assistem Keanu Reeves matar cem pessoas em noventa minutos e torcem enquanto ele faz isso."

Atrás de Victor, Rooster Cogburn trocou tiros com Ned Pepper no final de *True Grit.*

"As pessoas idolatram homens como nós. Elas gostariam de ter a capacidade de fazer o que fazemos. Viver e agir sem medo, hesitação ou remorso. Ser incapazes de sentir culpa. Estar livres da consciência", disse Victor. "Quer queiram admitir ou não, no fundo, todas as pessoas gostariam de ter o que é preciso para ser um assassino em massa.

"Somos super-homens."

Cal surgiu da escuridão. Ele levantou a mão esquerda e colocou o dedo indicador na lateral da arma de Victor. Movendo a arma em linha reta para a direita, ele trouxe o ombro esquerdo para a frente, inclinando o corpo, enquanto empurrava a Walther para baixo e para longe. Ele torceu o pulso de Victor, arrancando a arma das mãos dele e fazendo-a deslizar pelo chão.

Victor acertou a têmpora de Cal com o punho esquerdo, libertando o braço direito do aperto torcido de Cal.

Eles lutaram corpo a corpo, assim como haviam lutado tantas vezes no passado. Punhos e cotovelos. Joelhos e pernas. Esquivando-se, bloqueando e retaliando brutalmente. Cada um antecipando os movimentos do outro. Cada um conhecendo o outro como conheciam a si mesmos. Era uma dança, uma sedução, um novo recrutamento.

Cal grunhiu e rosnou. Suas pupilas se dilataram de raiva — grandes, pretas, mortas, como as de um tubarão. Victor sorriu, revigorado. Incitando-o. "Vamos lá!" Empolgado com tudo isso. Extasiado com a violência. E levando Cal para a toca do coelho com ele.

Então, Eva disse: "Cal". E a luz voltou aos olhos de Cal. Ele se virou e olhou para ela. "Temos que ir", disse ela.

"Ainda não terminamos", disse Victor. Cal olhou para ele com raiva. Seus olhos escureceram.

"Cal", ela repetiu. Ele olhou para ela. Seus olhos estavam arregalados e preocupados. Cal se acalmou e se afastou de Victor. "É por isso que você nunca vai conseguir me derrotar", disse Victor. "Ela te impede." Cal se dirigiu para a porta com Eva.

"Você não pode salvá-la", Victor gritou atrás deles. Cal e Eva saíram pela porta. Victor procurou na escuridão. Encontrou sua arma.

Lá fora, a polícia de Los Angeles havia formado um perímetro. Visitantes aterrorizados evacuaram o museu e foram encaminhados para os paramédicos.

Uma equipe da SWAT avançou em direção à entrada do museu, enquanto Cal e Eva atravessavam a loja de presentes em direção à saída. "Mãos onde eu possa vê-las!", gritou um policial quando a equipe da SWAT entrou no saguão. Cal e Eva levantaram os braços. Um policial da SWAT os levou para fora e os entregou a um policial uniformizado da LAPD.

A rua estava lotada e agitada. Policiais tentavam manter a ordem, mas ninguém sabia o que estava acontecendo. O policial da LAPD levou Cal e Eva até a fila de ambulâncias.

"Esperem aqui", disse a policial. "Um paramédico estará com vocês em breve." No segundo em que a policial virou as costas, Eva e Cal desapareceram no caos da multidão.

Ao ver a equipe da SWAT, Anderson fugiu escada acima para o terceiro andar, onde encontrou Victor. "Os executores reptilianos chegaram!", disse Anderson, com os olhos arregalados e frenético.

Enquanto isso, a SWAT limpava o primeiro andar. Um jovem casal aterrorizado escondido no depósito da coleção. Três adolescentes na sala *do Espelho Infinito* de Yayoi Kusama. Duas mulheres na casa dos vinte anos escondidas em um cubículo no banheiro feminino.

Assim que o andar foi considerado seguro, policiais uniformizados entraram na esteira da equipe da SWAT e garantiram a segurança da área. A equipe da SWAT serpenteou em direção às escadas.

No terceiro andar, Victor e Anderson estavam encurralados. Eles podiam ouvir a SWAT terminando o trabalho abaixo deles. Anderson olhou para Victor, com os olhos arregalados. "Os répteis! Eles estão chegando!" Eles podiam ouvir as botas da equipe da SWAT subindo as escadas. "Onde estão nossos reforços? Você disse..."

Victor calmamente levantou sua Walther e atirou na cabeça de Anderson.

A equipe da SWAT subiu as escadas e Victor largou a arma. Os policiais da SWAT gritaram para ele: "Mostre suas mãos, porra!" "Não se mexa, porra!" Victor levantou os braços e se ajoelhou.

Victor estava imperturbável. "Sou um soldado profissional. Tenho licença para portar arma de fogo", disse ele.

Um policial da SWAT algemou os braços de Victor atrás das costas. Depois de limparem o terceiro andar, eles levaram Victor para o saguão e, em seguida, para a delegacia para interrogatório, onde Victor deu o nome falso e o número do seguro social que Pat Roti havia emitido para ele.

A história e as credenciais de Victor foram verificadas. Ele era um ex-soldado das forças especiais condecorado que agora trabalhava para uma empresa militar privada. Ele tinha uma licença para porte oculto em todos os cinquenta estados. Os policiais consideraram o tiro que ele deu em Stephen Anderson como legítima defesa.

Victor sabia que ainda haveria uma investigação longa e

detalhada, envolvendo várias agências, sobre o tiroteio no The Broad. Ele sabia que, eventualmente, alguém veria as imagens de segurança ou ouviria o depoimento de testemunhas sobre como ele perseguiu um homem e uma jovem pelo museu enquanto o tiroteio acontecia, mas nada disso importava. Até lá, Victor já teria desaparecido.

Tudo o que lhe importava era que a missão tinha falhado. Cal ainda estava vivo.

20

A filial da ATF em Los Angeles estava na linha de frente da ampla investigação envolvendo várias agências sobre o tiroteio em massa no The Broad. Todos estavam trabalhando arduamente no escritório de Miranda.

Eles identificaram o atirador como um teórico da conspiração paranóico de Nevada chamado Stephen Anderson.

Uma das muitas perguntas que os investigadores se faziam era qual o motivo de Anderson. O que levou esse homem a dirigir 560 km para atirar no The Broad?

É claro que Miranda sabia. Cal voltou para o apartamento dela após o tiroteio. Era o único lugar seguro que ele conseguia pensar para levar Eva. Miranda não se importou. Cal contou a ela tudo sobre a Rede de Idiotas Úteis de Pat Roti, mas Miranda sabia que precisava agir com cautela. Se fizesse uma acusação como essa sem provas, pareceria tão louca quanto Anderson.

"É isso que Pat Roti e Victor Xano fazem", Cal lhe disse. "Eles encontram o demônio em você e o alimentam, o fortalecem, até que ele se torne tudo o que você é."

21

———

Andrés estava em Los Angeles há pouco mais de uma semana, trabalhando com seus contatos. Ele era apenas um coiote de baixo escalão do Texas, mas conhecia pessoas um pouco acima dele que conheciam pessoas um pouco acima delas e assim por diante. Por fim, ele soube do que aconteceu no rancho de Malibu. Ele implorou aos contatos dos contatos dos seus contatos para conseguir uma reunião com Giselle. Ele disse, sem pensar, que tinha "uma oferta que ela não poderia recusar". Isso provocou risadas de seus colegas mexicanos. "Pinche pocho." Andrés cerrou os dentes.

Por fim, Giselle concordou em dar ao persistente coiote do Texas cinco minutos do seu tempo. Ele se encontrou com ele no escritório dela, perto da Wilshire, no centro de Los Angeles. Teddy espreitava no canto da sala.

"Estou procurando o homem que te atacou em Malibu", disse Andrés. "Ouvi dizer que ele tem alguém que pertence a você. Se você me ajudar, eu matarei esse homem, devolverei sua propriedade e dividiremos a recompensa."

"E o que você precisa de mim?", perguntou Giselle.

"Financiamento."

"Você sabe quanto é a recompensa?"

"Dez milhões."

"É muito dinheiro. O suficiente para atrair os melhores mercenários do mundo. Você chega aqui com tatuagens de mau gosto, piercings que parecem ter saído da Hot Topic e precisando desesperadamente de um banho. Por que eu pensaria que você seria qualificado para fazer algo assim?"

"Esses dois precisam sair do país, e eu sei como os contrabandistas pensam. Sou um coiote desde os dezesseis anos e nunca fui pego. Os melhores mercenários são e es procurando por eles, mas será que os encontraram? Conheço quase todos os contrabandistas do país. Sei como encontrá-los porque, se estivesse no lugar deles, saberia como tirá-los do país."

Giselle olhou para o coiote magro e sujo. "Você apostaria sua vida nisso?"

"O quê?"

"Se eu concordar em financiar você, ainda assim aceitaria meu dinheiro sabendo que, se não os encontrar, mandarei Teddy aqui para rastreá-lo e espancá-lo até a morte com um taco de beisebol?"

Andrés olhou para Teddy. Teddy deu de ombros inocentemente.

"Sim", disse Andrés.

"Diga ao Teddy o que você precisa para começar", disse ela. "Agora, se me der licença. Estou atrasada para minha aula de cardio Muay Thai."

E com isso, ela saiu da sala.

22

Eles não podiam ficar em Los Angeles.

Felizmente, Cal era bom em desaparecer. Ele tinha treinamento para isso. Eva nunca tinha saído da Cidade do México. Ela era capaz, mas inexperiente em relação ao mundo fora do bairro. Cal, por outro lado, tinha recursos. Havia um milhão de maneiras diferentes de desaparecer. Eles não podiam voltar para o México. Roti o tinha encontrado lá. O bairro estava comprometido. E Eva não tinha passaporte, então viajar de avião seria complicado.

Então, Cal pensou no Canadá.

Ele conhecia um lugar lá onde eles poderiam ficar escondidos por um tempo enquanto decidiam o que fazer a seguir.

Ele contou seu plano para Eva. Ela não tinha muitas outras opções, então concordou. Miranda comprou algumas jaquetas de inverno para eles. Cal agradeceu por tudo e eles partiram.

Levaram três dias para chegar a Michigan, hospedando-se em motéis que aceitavam dinheiro e não exigiam identidade. Estava nevando nos arredores de Detroit. Grandes flocos fofos dançavam na brisa fresca. Eva estava eufórica. Ela nunca tinha visto nada parecido.

Cal deveria encontrar seu contato em um bar em uma cidade suburbana ao norte de Detroit. Cal estacionou a moto no estacionamento gelado e quase vazio em frente ao bar, e ele e Eva entraram. O lugar estava silencioso. Era algo entre um bar esportivo e um clube de caça. A ESPN passava nas televisões atrás do bar. Havia um jogo de dardos e uma mesa de sinuca. As paredes estavam decoradas com esculturas em madeira, chifres de veado de quatro pontas e várias cabeças de animais penduradas na parede. Letreiros de néon anunciavam Bud Light e Pabst Blue Ribbon.

Eles encontraram uma mesa no canto e a garçonete disse que logo viria atendê-los. Em uma das televisões do bar, o noticiário estava transmitindo uma atualização sobre o tiroteio em massa no The Broad. Cal avistou um homem no bar com um boné da Cabela's balançando a cabeça com raiva enquanto assistia à reportagem. Felizmente, o noticiário não mencionou que ele ou Eva estavam sendo procurados para interrogatório.

Um homem entrou e tirou sua jaqueta cinza da North Face. Ele parecia ter cerca de 60 anos. Era magro e media 1,70 m. Seu cabelo branco estava ralo. Vestia calças cáqui, sapatos e uma camisa listrada de botões por dentro da calça, como se estivesse vestido para a missa de domingo. Ele examinou o bar, avistou Cal e Eva na mesa do canto e se aproximou. "Sr. Payne?", perguntou o homem. Cal acenou com a cabeça. Era um de seus muitos nomes falsos.

"Sou Jim Snodgrass." Snodgrass apertou firmemente a mão de cada um deles, mantendo contato visual. Ele parecia muito antiquado.

Sentou-se à mesa e pediu um Shirley Temple. "Minha esposa está me esperando para jantar em casa", explicou. "Mas fiquem à vontade para pedir o que quiserem. É por minha conta."

Eva estava faminta e queria aceitar a oferta, mas Cal recusou.

Ele não queria ficar ali nem um minuto a mais do que o necessário.

"Devo dizer que vocês não parecem meus clientes típicos." Ele fez uma pausa, esperando. Cal deixou o silêncio pairar.

"Este é meu tio", disse Eva. "Meu nome é Isabella. Estamos tentando chegar ao Canadá porque estou ilegalmente neste país e não quero ser mandada de volta para El Salvador."

"Desculpe", disse ele. "Não queria me intrometer."

"Tudo bem. Não temos nada a esconder", disse Eva.

"Então, onde vocês estão hospedados?"

Todos os motéis locais exigiam identificação. Cal poderia usar uma identidade falsa, mas isso chamaria a atenção de Roti. Ele teria que encontrar um albergue na cidade. "Detroit", disse Cal.

Snodgrass fez uma careta. "Isso pode ser um problema. Veja bem, meu trabalho é monitorar os canais da guarda costeira. Teremos que estar prontos para partir em trinta minutos após minha ordem. Meus clientes geralmente ficam em um esconderijo local, mas entendo por que vocês podem não estar dispostos a isso." Ele olhou para Eva, depois voltou a olhar para Cal — insinuando que um lugar onde armas, profissionais do sexo, drogas ou fugitivos eram mantidos talvez não fosse o melhor ambiente para sua jovem "sobrinha".

"Normalmente não ofereço, mas vocês não são meus clientes habituais", disse Snodgrass. "Tenho um quarto extra e um sofá-cama na sala de estar. Podem ficar à vontade."

Cal não gostou, mas era a melhor das opções ruins. "Tudo bem", disse Cal.

Snodgrass jogou alguns dólares para pagar o Shirley Temple, e Cal e Eva o seguiram até o estacionamento. Eles pegaram a moto e seguiram o Jeep Cherokee de Snodgrass. Estacionaram na garagem limpa da neve de sua casa colonial de dois quartos. Cal e Eva desceram da moto e o seguiram para dentro da casa aquecida.

A esposa de Jim Snodgrass se chamava Sally. Ela tinha cerca de sessenta anos. Estava um pouco acima do peso, uma dona de casa no final da síndrome do ninho vazio. Ela ficou entusiasmada com a notícia dos convidados para o jantar. Eva se apresentou e apresentou seu "tio". Cal permaneceu distante.

Sentaram-se à mesa da sala de jantar. Sally colocou no meio uma caçarola bem quente com queijo, macarrão e vegetais.

Snodgrass inclinou a cabeça. "Onde está a carne?"

"Fiz lasanha de vegetais frescos. É vegana."

"Papelão também é", disse Jim. "Achei que íamos comer espaguete com almôndegas."

"Se você continuar comendo almôndegas, vai se transformar em uma."

Jim deu de ombros. "Melhor do que um vegetal", disse ele, piscando para Eva.

Eva riu.

"Você precisa começar a comer de forma mais saudável. Você não está ficando mais jovem."

Jim fingiu ficar ofendido de brincadeira. "Não estou velho."

"Você acabou de citar um comercial da Wendy's dos anos 80", disse ela, enquanto colocava um pedaço de lasanha de vegetais no prato dele. "Dizem que você deve pensar na comida da mesma forma que pensa nas drogas. Ambas afetam seu corpo de maneiras semelhantes. Por exemplo, a carne vermelha aumenta a testosterona, causando agressividade. Quando é que a agressividade já foi benéfica para a sociedade?", disse ela.

"Deus me ajude!", disse Jim.

Sally deu uma risada.

Eva apontou para uma fotografia emoldurada de um jovem com beca e chapéu de formatura em cima de uma cômoda de madeira no canto da sala. "É seu filho?", perguntou Eva.

"Sim. É o Conor na formatura da Universidade de Michigan."

"Universidade de Michigan?", perguntou Eva.

"Universidade de Michigan, querida", disse Sally.

"Ele mora em Deerfield agora com a esposa", disse Jim. Ele se levantou da mesa e pegou outra foto emoldurada da cômoda. "E este é o nosso neto", disse ele com orgulho, entregando a foto do neto bebê para Eva.

Eva sorriu calorosamente para a foto. "Vocês têm uma família linda."

"Obrigada", disse Sally. "E você, Isabella? Você tem família em, onde era mesmo? El Salvador?"

"Tenho uma mãe, mas ela está muito doente", disse Eva. Cal olhou para ela de soslaio.

"É uma situação muito difícil de passar", disse Sally, baixando os olhos. "Passamos pela mesma coisa há alguns anos com Jim."

Jim parecia confuso. "Querida, eles não querem ouvir sobre isso."

"Não. Eu quero", disse Eva.

"Ele tinha câncer", disse ela.

"Câncer de pele", acrescentou Jim. "Células escamosas. Não teria sido nada grave, mas eu não fui às consultas médicas e, quando descobriram, já tinha atingido meus gânglios linfáticos. Para ser sincero, eu já sentia que havia algo errado há algum tempo, mas continuava adiando a ida ao médico porque tinha medo do que eles poderiam descobrir. Bobagem, não é? Aprendi da maneira mais difícil. Quanto mais você evita encarar uma coisa, pior ela fica dentro de você."

"Mas você sobreviveu", disse Eva.

"Sim. Com o amor e o apoio da minha família." Ele colocou a mão sobre a mão da esposa. "E saí mais forte."

·   ·   ·

Depois de uma sobremesa de torta de maçã caseira, Eva retirou-se para o quarto de hóspedes.

"Tente dormir", disse Cal. "Provavelmente só conseguirá dormir uma ou duas horas antes de termos que sair."

"Como era minha mãe quando era mais jovem?", perguntou Eva.

Cal congelou. Pego completamente de surpresa. Ele estreitou os olhos. "O que te faz pensar que eu a conhecia quando ela era jovem?"

"Está a dizer que não a conhecia?"

Cal fez uma pausa. "Tente dormir." Ele se dirigiu para a porta.

"Quanto mais você demora para encarar uma coisa, pior ela apodrece dentro de você", disse Eva.

Cal parou momentaneamente na porta, depois saiu, fechando a porta do quarto atrás de si.

23

Cal acordou Eva às quatro da manhã. Snodgrass disse que eles precisavam agir rápido. Eles entraram no Jeep Cherokee dele, e Snodgrass dirigiu por estradas secundárias e entrou em uma trilha de terra. Depois de cerca de três quilômetros, ele saiu da trilha e estacionou em um bosque de árvores de bordo. Eles saíram do Jeep. Ele abriu a traseira, removeu a rede de camuflagem e a colocou sobre o Jeep, escondendo-o.

"Por aqui", disse Snodgrass.

Eles caminharam por cerca de quarenta e cinco minutos pela floresta escura e nevada até uma praia remota. "Cuidado onde pisam", disse Snodgrass. Ele os conduziu por uma formação rochosa. Ele tirou uma rede camuflada de um barco de caça aos patos. Então, os três embarcaram na embarcação. Snodgrass sentou-se na popa do barco, ligou o motor de popa e guiou a embarcação pelo lago calmo.

Eva nunca havia sentido um ar tão fresco quanto aquele enquanto cruzava o Lago St. Clair. A água fria e limpa do lago beijava seu rosto em respingos gelados. À frente, o sol quente subia sobre o horizonte nevado e arborizado.

Snodgrass atracou o barco de caça aos patos na margem da Ilha Walpole.

"Você sabe para onde está indo?", perguntou Snodgrass a Cal.

Cal assentiu.

"Obrigada por nos ajudar. E, por favor, agradeça à Sra. Snodgrass por mim também. A lasanha de vegetais estava deliciosa", disse Eva.

Snodgrass sorriu gentilmente. "O prazer foi nosso."

Eva pulou do barco e caminhou com dificuldade pela água fria em direção à margem. Cal pegou sua mochila.

"Boa sorte para você. Sua sobrinha é realmente uma jovem incrível", disse Snodgrass, virando-se para olhar para ela.

Foi então que Cal atirou na nuca dele. A bala da sua Beretta M9 saiu pelo olho direito de Snodgrass e ficou presa nas águas rasas. Seu corpo caiu de bruços no lago.

Eva gritou. "Por que você fez isso?"

Cal examinou a margem, pegou uma pá multifuncional do barco, saiu e puxou o corpo de Snodgrass em direção à praia. "Eu precisava fazer isso."

"Ele era um homem bom!"

"Como você acha que eu o encontrei?", disse Cal. "Ele conhece Pat Roti. Mais cedo ou mais tarde, ele teria ouvido dizer que Roti estava nos procurando. Ele teria ouvido falar da recompensa e nos teria denunciado."

Cal começou a cavar um buraco na praia.

"Você não sabe disso."

"Eva. Ele é um contrabandista. Ele traficava mulheres da Ásia e da Europa Oriental. Fentanil. Armas de nível militar. Tudo o que desse dinheiro. O mundo fica melhor sem ele."

Eva balançou a cabeça. "Achei que tivesse deixado tudo isso para trás no México."

"Você achou que deixaria o bairro e o quê? Que o mundo seria melhor? A feiura não respeita fronteiras", disse Cal enquanto continuava a cavar a sepultura de Snodgrass.

24

Eles caminharam pela floresta fria em silêncio, ofuscados pela luz do sol amplificada pela neve gelada e branca ao seu redor. Não havia canto ou arrulho de pássaros acima deles, apenas o som de seus sapatos rangendo sobre a neve quebradiça.

Após quarenta e cinco minutos, eles chegaram a uma clareira com quatro trailers. Homens Ojibwe, Potawatomi e Odawa de aparência hostil estavam reunidos em torno de uma fogueira queimando em um tambor de aço enferrujado, fumando, bebendo ou jogando cartas no frio. Ao ver Eva e Cal, um dos homens se levantou, foi até o maior dos quatro trailers e bateu na porta.

Após um momento, um homem nativo americano baixo e magro saiu do trailer. Seu rosto era comprido e parecido com o de um abutre, e seus olhos eram como duas pedras pretas. Seus pequenos olhos negros pousaram em Cal. Ele cuspiu e se aproximou.

"E aí, chefe?", disse ele. "Bem-vindo à reserva. Você trouxe o dinheiro?"

"Com quem estou falando?", perguntou Cal.

O homem exibiu um sorriso amarelado. "Sou Little Feather."

Cal entregou a Little Feather um maço de notas de cem. Little Feather verificou e acenou com a cabeça.

"Kirra", disse Pequena Pluma, e uma mulher ojibwe de aparência irritada, na casa dos vinte anos, se aproximou. Ela usava jeans gastos, botas de trabalho surradas e uma jaqueta de inverno. Uma trança apertada puxava seu couro cabeludo para trás de uma forma que parecia dolorosa. Seu rosto, embora bonito, estava sempre carrancudo.

"Pegue", ordenou Pequena Pluma.

A mulher fez um gesto para que Cal e Eva a seguissem. Ela os conduziu pela floresta sem dizer uma palavra.

Após uma caminhada de vinte minutos, chegaram a uma cabana de madeira antiga, solitária e isolada, com um telhado de zinco enferrujado e ondulado. A mulher levou-os para dentro. "Há um fogão a lenha para cozinhar e aquecer", disse ela, falando pela primeira vez. "Um banheiro externo nos fundos. Sem água corrente. São cinco minutos a pé até o lago."

O lugar era um único cômodo empoeirado, ainda habitado pela última pessoa que se escondeu ali. Garrafas consumidas de uísque canadense e latas vazias de vários alimentos estavam espalhadas pelo chão. Os lençóis da cama de solteiro já haviam sido brancos, mas agora estavam amarelados. Eva vasculhou a área da cozinha.

"Há um estoque de comida enlatada no armário", disse a mulher. "Vou verificar como você está uma vez por semana. Diga-me o que você precisa, eu direi ao Little Feather, e ele cuidará disso. Fora isso, você deve evitar contato com o povo das Primeiras Nações. Meu nome é Kirra. Serei seu único contato. Para todos os outros, você não está aqui. Alguma pergunta?"

"Não", disse Cal.

"Detergente para a roupa?", perguntou Eva. Kirra olhou para

ela. "Não vejo nenhum nos armários. E algumas barras de sabão. Produtos básicos de limpeza doméstica..."

"Vou encaminhar seu pedido para Little Feather."

Lá fora, Cal verificou a visibilidade da cabana. Ela ficava elevada em relação ao entorno. Ele seria capaz de ver as pessoas se aproximando. Isso era bom.

Eva tirou os lençóis sujos da cama, enrolou-se em sua jaqueta de inverno e dormiu no colchão sem lençóis. Cal se contentou com o chão de madeira. Na manhã seguinte, Eva acordou com um barulho alto de rachaduras. Ela saiu e encontrou Cal cortando lenha metodicamente.

"Você precisa fazer isso tão cedo?", perguntou Eva.

Cal não reconheceu a presença dela. Se ele sabia que ela estava lá, não demonstrou. Ele apenas continuou cortando. Eva suspirou, frustrada, e voltou para a cabana. Ela estava cochilando quando Cal a acordou cerca de uma hora depois. Ele estava revirando sua bolsa de armas. Ele pegou um rifle AKM e verificou o carregador.

"O que você está fazendo?", perguntou Eva.

"Vou caçar."

"O que eu devo fazer?"

Cal deu de ombros. "Você pode vir, se quiser."

Seus olhos examinaram a cabana sombria, então ela se levantou da cama e seguiu Cal até a porta. Ela caminhou com ele pela floresta, seus pés rangendo na neve.

"Cuidado onde pisa", disse ele.

"O quê?"

"Ande perto do chão. Assim." Cal agachou-se ligeiramente. "Use todos os músculos ao se mover. Distribua seu peso." Cal caminhava lenta e deliberadamente pela neve. Ele não fazia barulho. Eva tentou fazer o mesmo.

"Melhor", disse Cal.

Eles se moveram assim pela floresta. Por fim, Cal encontrou um rastro. Pegadas na neve, que serpenteavam pela vegetação rasteira. Eles seguiram o caminho e encontraram um monte de fezes de veado. Ainda fumegando. *Parecem frijoles*, pensou Eva.

A trilha à frente se abria para uma clareira nevada. A trinta metros de distância, uma corça magra pastava grama morta na neve. Cal ofereceu o rifle a Eva. Seus olhos se voltaram para ele. Ela balançou a cabeça, mas Cal empurrou o rifle em seus braços mesmo assim.

"Agache-se", sussurrou Cal. Ela segurou o rifle com relutância e se ajoelhou. "Mire", sussurrou Cal. Ela levantou o rifle com hesitação. "Apoie o cotovelo no joelho. Mire logo atrás do olho dela." Eva observou a corça pela mira do rifle. A cruz oscilava ansiosamente. "Quando estiver pronta, inspire. Encha os pulmões, segure o ar no peito, fique o mais imóvel possível e puxe o gatilho."

Eva inspirou lentamente e, em seguida, apertou o gatilho. A bala atingiu o ombro da corça. A corça mancou freneticamente para longe. Eva baixou o rifle, olhando para Cal com olhos tristes. "Está ferida."

"Vamos lá", disse Cal.

Eles seguiram um rastro vermelho pela neve fria e branca e encontraram o animal ferido deitado no mato, gritando terrivelmente. "Faça alguma coisa", implorou Eva.

Cal sacou sua faca Ka-Bar e a ofereceu a Eva. "A garganta", disse Cal. Eva olhou para ele, com os olhos arregalados, e balançou a cabeça. "Não consigo."

"Ela está sofrendo."

"Ajude-a, por favor."

Ele deixou a faca cair no chão e olhou para ela. A corça continuava se contorcendo e gritando de dor. "Ela está sofrendo por sua causa", disse Cal. "Por causa da sua fraqueza." Lágrimas brotaram nos olhos de Eva. Ela pegou a faca da neve, foi até a corça, pressionou a lâmina sob seu queixo e deslizou-a por sua garganta. A corça ficou em silêncio.

Eva virou-se para Cal. "Vá se foder!", disse ela. Ela largou a faca e saiu furiosa.

Cal esfolou o veado e levou a carcaça de volta para a cabana, onde a pendurou em um galho grosso para permitir que a carne esfriasse e amolecesse.

Eva só voltou depois que o sol se pôs. Ela viu a corça pendurada no galho da árvore e fez uma careta. Ela entrou na cabana, tremendo. O fogão a lenha estava aceso. Cal estava limpando e lubrificando sua pistola Beretta M9 na mesa. Ele olhou para ela. Ela olhou com raiva, marchou até o colchão e deitou-se nele.

Depois de um momento, Cal levantou-se e foi até o fogão a lenha. Havia um bife de veado cozinhando no fogão. Ele colocou o bife em um prato, pegou um garfo e uma faca e colocou a refeição ao lado dela na cama. Ela olhou para ele com amargura. Ela não comia há dois dias.

"Você só consegue mais do que resiste", disse Cal.

"Seja lá o que isso signifique", disse ela, pegou o garfo e a faca e devorou o bife.

25

———

Eva acordou no meio da noite e não tinha certeza se estava sonhando — ou melhor, tendo um pesadelo. Ela ouviu movimentos na neve lá fora. Ela se esgueirou até a janela e, ao pálido luar, avistou um lobo cinzento se alimentando da carcaça de veado pendurada. Seus dentes rasgavam a carne vermelha. Seu focinho estava coberto de tendões. A fera a viu pela janela e lambeu sua boca ensanguentada.

Eva acordou cedo novamente com o som de Cal cortando lenha lá fora. Ela correu furiosa até a porta.

"Acho que temos lenha mais do que suficiente", gritou para ele. Ontem, ele havia cortado lenha suficiente para durar duas semanas.

Mais uma vez, Cal não reagiu a ela. Ele parecia hipnotizado.

Eva bateu a porta e voltou para a cama. Quando acordou novamente, Cal tinha ido embora. Ela foi até o local onde o veado estava pendurado. Havia pegadas ensanguentadas na neve ao redor da carcaça mutilada do veado. Eva estremeceu. Seus olhos examinaram a floresta com apreensão.

Ela voltou para a cabana, pegou uma Glock 22 da bolsa de armas de Cal, colocou-a no cinto e caminhou pela floresta nevada, sem saber ao certo para onde estava indo. Ela vagou por vários quilômetros, passando por árvores coníferas e pedras geladas. O único som era o uivo do vento.

Depois de mais alguns quilômetros, o vento trouxe o som de um homem gritando. Não era de dor nem de medo. Era de raiva.

Eva seguiu o som até uma casa de madeira em ruínas, no sopé de uma escarpa nevada. Ela se agachou no mato e avistou um homem alto e corpulento. Ele não era indígena. Era moreno, mas parecia ser branco. Ele estava completamente nu no frio, coberto por pelos pretos. Parecia mais um urso do que um humano.

Vapor subia de seu corpo carnudo e suado enquanto ele gritava e chicoteava violentamente uma mulher seminua com um cinto. O corpo nu dela estava coberto apenas por um lençol. A mulher simplesmente deitou na neve e aceitou o abuso. Então, o homem grande agarrou a mulher pelos cabelos e puxou sua cabeça para cima, e Eva viu seu rosto.

Era Kirra.

Sem pensar, Eva saiu de seu esconderijo. Ao vê-la, o homem-urso congelou. Ele a encarou, cheio de ameaças. Kirra levantou-se calmamente, com sangue escorrendo de um lábio cortado. Ela marchou até Eva e a agarrou rudemente pelo braço. "O que você está fazendo aqui?"

"Você precisa de ajuda", disse Eva.

Kirra a empurrou. "Saia daqui!"

Eva hesitou. Ela olhou nos olhos furiosos de Kirra. Enquanto recuava relutante, ela olhou por cima do ombro para o homem-urso.

Ele a encarava como se ela fosse uma sobremesa.

26

———

Quando Eva voltou para a cabana, Cal estava cozinhando uma lata de feijão no fogão a lenha.

"Parece que temos um lobo", disse ele.

Eva tirou as botas, deixou-as ao lado da cama e deitou-se no colchão. Pensou em Kirra e no que Cal lhe tinha dito. *A feiura não respeita fronteiras.*

"Quanto tempo teremos que ficar aqui?", perguntou Eva.

"Até que seja seguro."

"Quando será isso?"

Cal deu de ombros. "Dias, semanas, meses." Ele tirou a lata de feijão do fogão e colocou uma colherada na boca. "Você não precisa ficar."

"Que escolha eu tenho?"

Ela acordou naquela noite com o uivo de um lobo em algum lugar próximo.

· · ·

DE MANHÃ, Kirra fez uma visita inesperada à cabana. Seu lábio inferior estava inchado e roxo. Ela deu a Eva o detergente para a roupa, sabonetes e produtos de limpeza que ela havia pedido. Mas ela não olhou nos olhos de Eva.

Kirra perguntou se havia mais alguma coisa de que precisavam. Cal pediu um saco de dormir, café instantâneo, meias, roupa interior térmica, pasta de dentes, creme de barbear, lâminas de barbear e outros artigos diversos. Eva pediu livros. Tudo o que Kirra conseguisse encontrar. Kirra disse que voltaria dentro de uma semana com os artigos solicitados.

Quando Kirra se dirigiu para a porta, ela olhou para Eva. Eva a seguiu até fora.

"Você não é uma de nós", disse Kirra quando estavam fora do alcance dos ouvidos de Cal. "Você não deveria estar aqui. Este é seu único aviso. Não interfira em nossas vidas novamente."

"Ele não deveria ficar impune", disse Eva. "Quem era ele?"

"Você ouviu o que eu acabei de dizer?"

"Não me importo se eles me expulsarem."

"Expulsá-lo? Não. Se você interferir novamente, será morto. E não existe nenhum "eles". Existo apenas eu. Se Pequena Pluma me ordenar, eu mesmo o matarei. Não sou seu amigo. Entendeu?"

Eva assentiu.

"Ninguém pediu sua ajuda", disse Kirra, depois se virou e foi embora.

Eva observou-a partir e voltou para dentro da cabana. Cal estava carregando um pente. Ele disse que ia caçar. "Eu vou com você", disse Eva, pegando o rifle AKM.

Desta vez, foi Eva quem rastreou o veado. Um veado de quatro pontas. Quando ela e Cal o encontraram, ele estava comendo folhas de um galho baixo de carvalho. Eva se agachou sobre um joelho, mirou no olho do veado, inspirou e puxou o gatilho. A bala atingiu a cabeça do veado, matando-o instanta-neamente.

"Belo tiro", disse Cal.

Eles se aproximaram e ela observou Cal esfolar o veado, cortando e removendo suas entranhas. O sangue deixou Eva com náuseas, mas ela não se permitiu desviar o olhar.

Eles voltaram para a cabana por volta do meio-dia. Cal carregou a carcaça. Ele cortou alguns bifes para o jantar daquela noite e, em seguida, pendurou a carcaça em um galho de árvore. Mais alto desta vez, para que o lobo não conseguisse alcançá-la.

Naquela tarde, Eva foi até o lago. Ela se despiu e entrou na água gelada. Ela tremia violentamente e respirava o ar gelado. Ela esfregou a sujeira e o sangue do veado de seu corpo trêmulo e de seus cabelos emaranhados e sujos com o sabonete que Kirra lhe trouxera. Ela lavou suas roupas e lençóis no lago com detergente, depois voltou para a cabana vestindo apenas uma toalha.

O frio a lembrou de que ainda estava viva.

27

---

ndrés concluiu que não havia como Cal se arriscar a voltar para o México, então ele olhou para o norte. Ele pode ter exagerado suas conexões com contrabandistas em sua proposta para Giselle. Claro, ele conhecia praticamente todos os contrabandistas da fronteira sul, mas no norte, Andrés conhecia exatamente um.

Alistair Cathey administrava um depósito de madeira ao sul de Vancouver. Ele era um escocês na casa dos sessenta, robusto, com barba grisalha e nunca saía sem seu orgulhoso chapéu militar escocês. Andrés chamou a atenção dos trabalhadores gaélicos de Alistair enquanto atravessava o pátio lamacento. Alistair olhou para o mexicano magro, tatuado e com piercings no rosto e zombou. "E o que você é?", disse ele com seu sotaque escocês.

"Sou Andrés. Conversamos ao telefone."

Alistair assentiu. "Andrés, sim. Você tem o dinheiro?"

"Tenho."

"Muito bem. Entre no meu escritório, rapaz."

Alistair levou Andrés para um trailer de escritório móvel

cheio de coisas. Alistair sentou-se atrás da mesa, enquanto Andrés ficou em pé.

"Outras pessoas já vieram aqui com pedidos semelhantes. Mas não lhes disse nada. A única razão pela qual estou falando com você é porque estamos no mesmo ramo e sua reputação o precede. Não esperava que você parecesse algo saído de um show de horrores, mas me disseram que você é um contrabandista e que é confiável."

"Estou procurando um homem branco na casa dos quarenta e uma mulher mexicana na adolescência. Eles provavelmente cruzaram a fronteira para o Canadá nas últimas duas semanas."

Andrés mostrou uma fotografia de Eva que foi fornecida por Giselle. "Esta é a garota."

"A maioria dos contrabandistas lida com pessoas que entram nos EUA, não com as que saem", disse Alistair com uma risada. "Pessoalmente, não conheço ninguém que corresponda à descrição deles que tenha cruzado a fronteira recentemente. Mas conheço todas as operações de contrabando que valem a pena na fronteira entre o Canadá e os EUA. Posso colocá-lo em contato com outros contrabandistas. Se esses dois cruzaram a fronteira, alguém deve saber de alguma coisa. Claro, isso vai custar caro."

Foi aí que a bolsa de Giselle veio a calhar. Andrés pagou ao escocês e recebeu uma lista considerável de operações de contrabando no norte.

Durante a semana seguinte, Andrés entrou em contato com cada um deles. Era um trabalho exigente. Ele teve que subornar o chefe de cada operação, apenas para descobrir que eles não tinham conhecimento das duas pessoas que ele procurava. Giselle não ficou nada satisfeita com o fato de o coiote estar gastando seu dinheiro sem resultados. Mas Andrés continuou dedicado. Ele faria justiça por Ma.

Ou morreria tentando.

A Sra. Snodgrass lembrava Andrés de Ma em muitos aspectos. Não a Ma durona. A mulher que chefiava um império de contrabando na fronteira entre o México e os Estados Unidos. Não, a Sra. Snodgrass lembrava-lhe a Ma que o tirou das ruas, lhe deu um emprego, uma vida. Para aqueles que a conheciam melhor, a Ma tinha um lado carinhoso. Se você fosse leal, ela cuidava de você como se fosse da família. É por isso que doía a Andrés ver a Sra. Snodgrass de luto daquela maneira.

Andrés tentou ligar para Jim Snodgrass, mas seu celular estava desligado. Felizmente, a lista de Alistair tinha o endereço residencial de Snodgrass. Andrés foi visitá-la numa tarde. Quando ela atendeu a porta, a Sra. Snodgrass parou ao ver o mexicano magro com piercings no rosto.

"Boa tarde, senhora", disse Andrés. Ele teria sorrido, mas não era algo que costumava fazer. "Estou procurando Jim Snodgrass."

"Ele não está em casa", disse a Sra. Snodgrass.

"Sabe quando ele vai voltar? Tenho uma oportunidade de negócio para ele."

"Não, não sei." Os olhos da Sra. Snodgrass se encheram de lágrimas. "Sinto muito. Tenha um bom dia." Ela tentou fechar a porta, mas Andrés a manteve aberta.

"Acho que talvez eu possa ajudá-la", disse ele.

A Sra. Snodgrass olhou nos olhos de Andrés. Incerta, mas desesperada. "Quem é você?"

"Acho que você poderia dizer que sou um caçador de recompensas. Estou procurando um homem. Branco, na casa dos quarenta. Ele está viajando com uma jovem mexicana."

Os olhos da Sra. Snodgrass se arregalaram e ela se afastou da porta. "Entre."

Ela serviu fatias de torta de maçã com café. "Foi a última coisa que comi com ele. Essa torta de maçã, na noite antes de ele partir." Ela colocou tristemente um pedaço na boca com o garfo. "Ele desapareceu na semana passada. Levou um homem e uma jovem espanhola para passear no lago e nunca mais voltou."

"Para onde ele estava indo?"

"O que você sabe sobre o que meu marido faz para viver?", perguntou Sally Snodgrass.

"Eu também sou contrabandista", Andrés a tranquilizou.

Ela assentiu. "Ele nunca me conta muito sobre o trabalho dele. Não quer me preocupar. Mas se eu tivesse que adivinhar, diria que ele estava levando-os para Walpole Island. A Reserva da Primeira Nação. É uma reserva indígena. Eles chamam de 'reservas' no Canadá.

"Tudo o que sei com certeza é que aqueles dois precisavam sair do país. Jim os levou para o outro lado do lago e nunca mais voltou. Eles pareciam pessoas decentes. A jovem, em particular." Os olhos da Sra. Snodgrass se encheram de lágrimas.

"As aparências enganam", disse Andrés. "Se seu marido estiver vivo, eu o encontrarei."

"Deus o abençoe."

Ele deu uma mordida na torta. "Nunca ninguém me ofereceu torta caseira antes. Obrigado."

"De nada, jovem", disse a Sra. Snodgrass. "Tudo o que quero em troca é uma promessa."

"Diga o que quiser."

"Se você descobrir que alguém machucou meu marido, você vai me trazer o couro cabeludo dessa pessoa."

A Ilha Walpole tinha um sistema de pântanos e rios que a tornava um destino privilegiado para a caça aos patos. Por cem dólares por noite, Andrés conseguiu garantir uma cama em uma pousada bem no meio do pantanal.

Não era uma ilha grande. Ele calculou que poderia caminhar cerca de trinta quilômetros por dia. Se seus alvos ainda estivessem na ilha, ele acabaria encontrando o esconderijo deles.

E logo.

28

Kirra trouxe para Eva vários livros da cesta de livros gratuitos da biblioteca local. Um livro infantil com um coelho de desenho animado com aparência triste, vestido com roupas infantis, na capa, chamado *A Noite em que o Pai Foi para a Cadeia*; um livro ilustrado sobre a dinâmica do campo energético felino chamado *Dançando com Gatos*; um livro chamado *Deus Ama os Dois Pais de Michael*, de Sheila K. Butt; *Amor e Casamento*, de Bill Cosby; e *Namoro por Menos de um Dólar: 301 Ideias,* de Blair Tolman. Depois que a novidade "tão ruim que é boa" passou, o único livro que conseguiu prender um pouco a atenção de Eva foi um livro de referência desatualizado sobre virologia.

Ela passava os dias enrolada na praia do Lago St. Clair, lendo sobre Ebola, AIDS, Hantavírus, Gripe Aviar, Marburg, Lassa, Junin. Doenças que deveriam soar aterrorizantes, mas pareciam leves em retrospecto, em um mundo pós-COVID.

Era uma tarde particularmente fria. Os patos costumavam remar nas ondas.

"O que é um vírus?", ela leu para os patos. "Ao mesmo tempo

parasita e predador. Nem vivo nem morto. Oportunista. Escondido e sempre aguardando as condições certas para cumprir seu único e monomaníaco objetivo: infectar. Consumir. Espalhar.

"Ébola Zaire. Taxa de mortalidade humana de 90%. Nos últimos quarenta anos, esse vírus surgiu esporadicamente, matou milhares de pessoas e depois voltou para seu esconderijo.

"Começa com dor de cabeça, que evolui para febre. Na semana seguinte, o vírus liquefaz os órgãos. Coágulos se formam nas veias, o sangue se torna hemofílico.

O vírus apaga qualquer forma de identidade, mas mantém seu hospedeiro vivo. Ele precisa terminar seu trabalho, que é transformar seu hospedeiro em si mesmo — em vírus — e, depois de fazer isso, o hospedeiro explode como uma bomba biológica, desmoronando e sangrando até a morte."

"Isso faz você desejar ser um pato, não é?" A voz veio de trás dela. Ela se assustou, virou-se e ficou surpresa ao ver um mexicano magro. Tatuagens apareciam em sua gola e nas mangas do casaco, e seu rosto estava marcado por piercings. "Desculpe. Não queria assustá-la."

"Você não assustou", ela mentiu.

"Sabe, li em algum lugar que, em cinco bilhões de anos, o sol morrerá, explodirá e destruirá a Terra. Então, sempre que me sinto ansioso ou chateado, digo a mim mesmo: 'Tudo bem, porque em cinco bilhões de anos tudo vai acabar mesmo'." Um sorriso se formou no rosto de Eva. "Na verdade, isso me faz sentir melhor", disse Andrés.

Muitas pessoas se sentiriam desconfortáveis sozinhas na floresta com um cara como Andrés, mas Eva estava tão solitária que tinha conversado com patos. Ela agradeceu a companhia. Além disso, ele parecia simpático. Morando no bairro, ela aprendeu que não se pode julgar as pessoas pela aparência.

"Cinco bilhões de anos. Isso é verdade?", perguntou ela.

"É verdade."

"Huh." Os olhos de Eva ficaram distantes enquanto ela olhava para o outro lado do lago. "Isso é, a menos que o Ebola nos mate primeiro." Outro pequeno sorriso de Eva. "Ou uma guerra nuclear, mudanças climáticas, asteróides, supervulcões, inteligência artificial, Al-Qaeda, zumbis, clones de Hitler, clones de Hitler da Al-Qaeda."

Eva riu.

E então Andrés fez algo que nunca fazia. Ele sorriu.

"Sou Andrés", disse ele.

Eles conversaram até o sol se pôr. Ela disse que seu nome era Kirra e que morava na ilha. Ela tentou permanecer evasiva sobre os detalhes de sua vida sem parecer suspeita. Ela sabia que não deveria estar conversando com ele. Mas semanas sozinha na selva, tendo apenas Cal e um bando de patos canadenses para conversar, fariam até mesmo a pessoa mais taciturna se sentir falante.

"Você mora por perto? Eu te levo até em casa", disse Andrés.

"Não. Tudo bem."

"Você está louca? Está frio e escuro, e há lobos, ursos pardos e quem sabe o que mais por aí. Vou ficar com você o máximo que puder."

Ela baixou os olhos e sorriu. "Tudo bem. Obrigada."

No caminho de volta, Andrés apontou diferentes constelações no céu. Órion, Hércules, Escorpião.

"Você sabe muito sobre astronomia."

"Meu antigo trabalho me fazia ficar acordado até tarde da noite. Eu tinha muito tempo livre. Eu ficava olhando as estrelas."

"O que você fazia?"

"Transporte."

A cabana ficava a cerca de trinta metros à frente. Cal estava do lado de fora, cortando bifes de veado. "Aqui é onde eu moro", disse Eva.

"É onde você mora? Legal."

"Não, você não precisa..." Mas Andrés já estava se aproximando da cabana.

Cal ficou completamente imóvel quando o jovem hispânico magro emergiu do mato. Andrés deu alguns passos em direção a Cal, seus olhos estudando-o.

"Que veado incrível, senhor", disse Andrés, acenando com a cabeça para o veado cortado. Eva ficou atrás de Andrés, olhando para Cal com preocupação.

"Você é caçador?", perguntou Cal.

"Eu? Oh, não, senhor. Nunca sequer disparei uma arma. Não sei se teria estômago para isso", disse Andrés. "Eu estava fazendo uma caminhada quando me deparei com o seu..."

"Sobrinha", disse Eva.

"Sua sobrinha aqui. Só queria vê-la chegar em casa em segurança."

Cal sorriu amigavelmente. "Muito obrigado."

"Tudo bem, então. Tenha uma boa noite, senhor", disse Andrés.

"Você também", disse Cal.

Andrés se virou: "Até mais, Kirra."

"Tchau, Andrés", disse Eva. Cal e Eva trocaram olhares, enquanto Andrés voltava pelo caminho por onde tinha vindo.

Assim que Andrés desapareceu de vista, Cal entrou na cabana e tirou a carabina M4 da bolsa de armas.

"Não!", disse Eva, bloqueando seu caminho para a porta.

"Ele viu nossos rostos."

"Ele é só um caminhante."

"Não podemos correr esse risco."

"Não vou deixar você fazer isso. Não de novo."

"Saia do caminho, Eva", disse ele, empurrando-a.

"Se você fizer isso, não há como eu continuar aqui com você."

Cal parou. "Isso é um erro."

"Não. Não é", disse ela. "Não precisamos ser tão feios quanto o mundo."

Cal sabia que Andrés estava fora de lugar. Havia uma chance de ele não estar atrás deles, pensou Cal, mas o mais seguro teria sido dar um tiro em Andrés ali mesmo. Mas então ele olhou nos olhos de Eva e conteve a mão.

Ele suspirou e guardou a M4 na bolsa de armas.

Andrés não tinha uma arma.

Então, quando voltou para a pousada, ele disse ao gerente que estava interessado em caçar patos, mas não tinha um rifle. O gerente o corrigiu, explicando que uma espingarda, e não um rifle, era usada para caçar patos. O gerente achou estranho que aquele jovem tivesse viajado até ali para caçar sem uma arma de fogo, mas, por outro lado, havia muitas coisas naquele jovem que o gerente achava estranhas. O gerente conseguiu uma espingarda calibre 20 para o jovem alugar por vinte dólares por dia.

Andrés nunca tinha disparado uma espingarda, por isso contratou um guia para o levar a caçar patos. O guia explicou que tinha escolhido visitar a Ilha Walpole no final da época de caça aos patos. As temperaturas estavam caindo e o lago começava a congelar. Eles passaram a maior parte do tempo entre os juncos do pântano, atrás de um abrigo camuflado à beira da água. Andrés ficou sentado lá o dia todo, atirando em patos desprevenidos com sua espingarda calibre 20. Um labrador preto nadava obedientemente na água gelada para recuperar suas presas. Andrés achava que aquilo não era justo. Os patos nunca percebiam o que estava por vir.

Quando terminaram, o guia disse a Andrés que uma tempestade de neve estava prevista para o final da semana. Nos dias seguintes, esperava-se que as temperaturas caíssem tanto que o lago congelasse com quase 25 centímetros de gelo. O guia explicou que, embora tais condições e es não fossem ideais para a caça aos patos, eram perfeitas para a pesca no gelo. Ele pediu a Andrés que verificasse com o gerente para obter mais detalhes.

Andrés já estava ciente da tempestade que se aproximava.

29

O atirador era inteligente. Essa foi a última coisa que Cal pensou antes que a rajada de tiros atingisse seu lado.

Eva estava sonhando com o lobo. Ela o ouviu do lado de fora da cabana. Seus passos suaves na neve. Seus dentes, amarelos, lisos e ansiosos. As patas arranhando suavemente a porta rangente.

Ele ergueu o queixo e abriu a boca para uivar, e o tiro da espingarda a acordou. Ela viu o corpo de Cal à luz da fogueira. Enrolado sem vida no saco de dormir. Um grande ferimento sangrento em seu lado, onde a bala o atingira. Penas do saco de dormir manchadas de sangue dançavam no ar.

Uma coisa em que Andrés era bom era evitar ser detectado. Ele tinha muita experiência em conduzir imigrantes através da fronteira sob o olhar atento dos agentes de fronteira. Eles nunca o ouviam nem viam.

Ele esperou pela tempestade. Sabia que o vento uivante iria mascarar o som da sua aproximação. Ninguém o ouviria. Não até ser tarde demais. Cal, o lendário assassino, nunca conseguiu sair do seu saco de dormir.

Ah, sim. O atirador era inteligente.

Eva se levantou rapidamente e Andrés bateu com a coronha do rifle na lateral da cabeça dela. Ela cambaleou enquanto a sala girava. Ele a golpeou novamente e a sala desapareceu.

ANDRÉS TINHA UMA caminhonete 4×4 que roubou do chalé. Com o lago congelado e a forte nevasca criando condições de nevasca, haveria pouca atividade da guarda costeira naquela noite. Ele calculou que poderia atravessar o lago congelado em pouco mais de uma hora.

Quando Eva recuperou a consciência, estava no banco do passageiro da frente da picape 4x4. Sua cabeça latejava. Suas mãos e tornozelos estavam amarrados com abraçadeiras plásticas. Seu corpo estava preso ao banco. O vento e a neve batiam contra as janelas. Andrés dirigia às cegas, usando o mapa em seu celular para navegar na nevasca. Eles se moviam a passo de tartaruga. Ela se contorcia contra as amarras.

"Pare de se debater", disse Andrés.

E então tudo voltou à sua mente em uma terrível onda. O que havia acontecido. Como ela havia chegado ali. "Onde está Cal?", ela disse, com a voz embargada.

"Morto."

Seus olhos se encheram de lágrimas. "Por que você está fazendo isso?"

Andrés deu de ombros casualmente. "É um trabalho."

"Por que você passou todo esse tempo conversando comigo? Agindo como se gostasse de mim?"

"Eu gosto de você, Eva", ele disse, usando o nome verdadeiro dela. "Eu gosto mesmo. Mas não sinto muito. Não estou fazendo isso com você. É o mundo. Você e eu, nós dois estamos apenas nele. Agora pare de resistir ou vou bater em você de novo."

Seu lábio inferior tremeu. "Para onde você está me levando?"

"De volta para Los Angeles."

E ela percebeu o quanto estava realmente indefesa. Cal não era um santo, mas também não era um monstro. Ela teve todas as oportunidades para aprender com ele. Como lutar, como sobreviver. Ela estava errada ao pensar que poderia viver longe da feiura deste mundo. E por causa disso, ela estava voltando para o destino que parecia estar escrito para ela. Um destino pior que a morte.

Apenas me dê a morte, ela rezou.

A princípio, ela pensou que fosse um tiro. Um som alto e estrondoso que ecoou pelo caminhão. Então, ela sentiu o caminhão escorregar fora do controle de Andrés pelo lago gelado e percebeu que um dos pneus havia estourado.

"Merda." Andrés pisou suavemente no freio e deslizou o 4x4 até parar.

Ele saiu do banco do motorista com sua espingarda calibre 20 e, protegido contra o vento e o frio, caminhou cuidadosamente pelo gelo para examinar o pneu traseiro direito. "Fodase", ele murmurou baixinho enquanto se ajoelhava para ver melhor o pneu furado. Ele encontrou um buraco perfeitamente circular de 5,7 milímetros na banda de rodagem.

Um buraco de bala.

Os olhos de Andrés se arregalaram. Ele segurou a espingarda, enrijeceu e examinou o horizonte. Estava cercado por uma espessa camada branca. Ele deu a volta no caminhão e procurou do outro lado do lago. Não conseguia distinguir a margem, uma árvore, uma única figura. Apenas uma infinidade de branco.

No caminhão, Eva se contorcia no banco. Ela chutou o portaluvas, que se abriu. Mapas, recibos e outros documentos se espalharam pelo chão. Entre eles, havia uma faca retrátil.

Lá fora, Andrés voltou para o pneu furado. No gelo, alguns metros atrás do caminhão, ele percebeu outro buraco de bala.

Um tiro errado, ele supôs. Ele levantou a espingarda e caminhou nervosamente pela tempestade de neve, movendo-se instável sobre o gelo. Cego pela neve e ensurdecido pelo vento uivante. Depois de mais alguns metros, ele encontrou outro buraco de bala no gelo. O atirador tinha se esforçado para acertar o alvo na nevasca. Teria sido um tiro difícil mesmo sem a tempestade de neve. O atirador devia estar por perto. Andrés sentiu como se estivesse sendo observado. Estava fazendo -17 °C, mas Andrés sentia um calor nauseante. Ele estava tomado pela ansiedade.

Algumas dezenas de metros após o último buraco de bala no gelo, a tempestade de neve revelou uma carabina M4 abandonada com mira telescópica e silenciador. Havia um rastro de sangue no gelo, afastando-se do rifle. Andrés engoliu em seco e, com a espingarda levantada, seguiu o rastro vermelho.

Após cerca de quinze minutos árduos, ele percebeu que estava seguindo o rastro em círculos. Ele ouviu um movimento atrás de si e se virou, no momento em que Cal arrancou a espingarda de seus braços magros e o acertou no queixo com a coronha. Andrés caiu no gelo.

"Você é um bom contrabandista. Mas um péssimo caçador", disse Cal, com sangue escorrendo de um ferimento fumegante em seu lado. "Você não atira em homens com a mesma arma que usa para atirar em patos. Você me acertou com chumbo fino."

Sim, o atirador era inteligente.

Até que não foi.

"Normalmente, é preciso mais de um tiro para matar um homem com chumbo grosso de calibre 20." Cal apontou a arma para baixo e atirou em Andrés no estômago. Andrés gritou. "Viu?"

"Quem mais sabe que estamos aqui?", disse Cal.

"Ninguém."

Cal atirou nele novamente. Andrés gritou de dor.

"Ninguém", disse Andrés. "Eu trabalho sozinho. O trabalho era matar você e levar a garota de volta para Los Angeles. Não contei a ninguém porque não confio em ninguém. Não queria surpresas."

Isso pareceu satisfazer Cal. Ele apontou sua espingarda mais para cima em Andrés — um dano do qual o jovem coiote não se recuperaria. Ele ouviu alguém se aproximando e viu Eva emergir da branca, tendo se libertado com a faca retrátil. Cal congelou, com a espingarda apontada para Andrés. Ele e Eva se entreolharam.

Então, Eva deu um leve aceno com a cabeça.

Cal se inclinou para a frente e pressionou o cano da espingarda contra a garganta de Andrés.

Os olhos de Andrés se encheram de ódio. "Vá se foder..."

Cal atirou e Andrés morreu.

FELIZMENTE, o frio fez com que o ferimento de Cal coagulasse. Ele não sangrou até a morte. Ele caminhou até o acampamento de Little Feather e contou a ele sobre o corpo do coiote. Little Feather enviou seus homens para cuidar disso. Ele também deu a Cal um kit de primeiros socorros com gaze, pinças enferrujadas e uma garrafa de uísque canadense.

De volta à cabana, Cal deitou-se de lado enquanto Eva higienizava seu ferimento com o uísque e retirava os minúsculos chumbinhos de sua carne com a pinça enferrujada.

Cal se perguntou se eles deveriam se mudar. Ele acreditou no coiote quando ele disse que não havia contado a ninguém onde eles estavam escondidos. O garoto não gostaria que isso se espalhasse. Ele era um amador, e a última coisa que ele gostaria era de concorrência profissional.

O aparecimento do coiote na Ilha Walpole pode ter chamado a atenção de Little Feather, mas Cal decidiu que aquele ainda era o lugar mais seguro para se esconder. A comunidade era tão isolada que a gangue de Little Feather era uma das poucas organizações criminosas no mundo que não sabia quem era Cal e quanto ele valia. É claro que, se Little Feather descobrisse, tudo mudaria.

As lenhas em chamas estalavam no fogão de ferro fundido enquanto Eva fazia seu trabalho. Silenciosa e diligente. Ele quase a perdeu. Ela era uma pessoa forte, pensou Cal. Mas ninguém consegue fazer tudo sozinho. Talvez Victor estivesse certo. Talvez ela fosse sua fraqueza. Talvez ela fosse a sua morte.

E talvez isso fosse bom.

"Não tenho nada a oferecer além da morte", Cal finalmente disse. "Isso é tudo que posso lhe ensinar."

Eva fez uma pausa.

"Tudo bem", disse ela.

30

Eles começaram numa segunda-feira. Cal montou um campo de tiro atrás da cabana, colocando latas sobre pedras e galhos de árvores cobertos de neve. Ele começou a ensiná-la com a carabina M4. Demonstrou como desmontá-la e montá-la. Como limpá-la. Como cada peça funcionava.

Mas, quando chegou a hora de atirar, ela errou. Ela tentou se lembrar do que Cal havia lhe ensinado. Como mirar. Como respirar. Cal observou o cano da arma tremer em suas mãos.

Ele pegou o rifle dela e a levou até a pilha de lenha. "Corte", disse ele.

"Temos lenha mais do que suficiente."

"Não se trata da lenha."

Eva olhou para ele, confusa.

"É uma questão de mentalidade." Ele ofereceu-lhe o machado. Ela aceitou-o com relutância. "Esteja presente. Apenas no aqui e agora. Só você, o machado e o seu alvo."

Ela ergueu o machado, desceu-o e partiu o pedaço de madeira. Colocou outro tronco no tronco de corte e repetiu o processo.

Após trinta minutos fazendo isso, ela voltou ao campo de tiro.

Ela não podia errar.

Naquela tarde, Cal a levou para uma corrida de três quilômetros, seguida de flexões e abdominais na neve até seus músculos falharem.

Ela dormiu bem naquela noite. Não ouviu o lobo uivando do lado de fora da porta.

Na terça-feira, Cal acordou com o som de Eva cortando lenha. Depois, ele a treinou com o rifle AKM. Desmontando, montando, atirando. Corrida, flexões e barras na neve.

Na quarta-feira, foi a vez da espingarda Mossberg. Ele mostrou a ela como encostar a coronha firmemente no ombro para absorver o coice enquanto ela atirava na casca dos troncos das árvores. O lago começou a descongelar. Ela nadou 450 metros na água gelada.

Na quinta-feira, foi a vez da Walther PPQ. Na sexta-feira, a Skorpion SMG. No sábado, a Glock 22. Corrida, natação, flexões, barras.

No domingo, ela teve permissão para descansar.

. . .

Foi assim durante as primeiras quatro semanas. Treinamento com armas de fogo pela manhã. Força e resistência à tarde.

Kirra a visitava todas as semanas com suprimentos, incluindo cada vez mais munição para o treinamento de Eva. Alguns dias, Kirra parecia bem. Outros, não. Um hematoma, um leve mancar ou o cheiro de bebida alcoólica nela.

Ela não olhava nos olhos de Eva.

Eva estava correndo uma tarde quando o lobo a encurralou. Ela nunca tinha visto um tão de perto antes. Ele parecia bem alimentado. Não parecia faminto, mas estava voraz mesmo assim. Ele rosnou e avançou lentamente em direção a ela. Olhos escuros. Presas afiadas e amarelas.

Eva congelou. Suas pernas ficaram rígidas. Seu coração disparou. Ela não conseguia respirar.

Cal, que por acaso estava voltando do lago, disparou um único tiro de rifle para o ar e o lobo fugiu.

"Um lobo sem matilha deve ser extremamente cruel para sobreviver", disse ele.

Na quinta semana, Cal intensificou o treinamento de Eva. As manhãs eram dedicadas ao Krav Maga. Luta corpo a corpo e com facas. As sessões de resistência da tarde incluíam exercícios da Navy SEAL, como proteção contra afogamento e amarração de nós subaquáticos.

Aos domingos, Eva pegava a carabina M4 ou a AKM da bolsa de armas de Cal, colocava a mira ACOG e saía para caminhadas. Ela tratava isso como exercícios de reconhecimento. Nas florestas e pântanos da Ilha Walpole, ela aprimorou suas habilidades de perseguição. A ilha tinha aproximadamente 53 milhas quadradas. Ela deduziu que grande parte da reserva era composta por pessoas honestas e trabalhadoras.

Depois, havia a gangue de Little Feather. Eles traficavam armas, drogas, órgãos e pessoas. Ela descobriu a localização dos esconderijos de Little Feather, bem como os pontos de embarque de onde ele enviava seu contrabando através do Lago St. Clair para os Estados Unidos.

Ela tentou ficar longe da casa de madeira onde tinha visto Kirra e o Homem Urso, mas a resistência obstinada pouco mais faz do que enfraquecer a vontade, e num domingo, Eva não conseguiu resistir mais.

Ela vigiou pacientemente o local da escarpa. Ao contrário dos outros esconderijos de Little Feather, havia cerca de uma dúzia de carros estacionados em frente. De sua posição elevada atrás da casa, ela identificou uma escotilha no espaço selado sob a estrutura. Ela desceu a face rochosa e coberta de neve. Ficando nas sombras, ela rastejou em direção à escotilha. Um cadeado impedia que ela se abrisse. Ela tinha vindo preparada. Cal lhe ensinara como abrir algemas com os dois braços literalmente atrás das costas. O cadeado foi moleza. Ela usou um grampo de cabelo para remover a fechadura e rastejou sob a casa.

O chão estava frio e seco. Estava escuro. Ela usou a pouca luz do dia que entrava pela escotilha entreaberta. À medida que seus olhos se ajustaram à penumbra, ela discerniu um par de mochilas a cerca de três metros de distância. Ela rastejou até elas e abriu os zíperes. Uma estava cheia de cubos de dinheiro embrulhados em plástico. A outra continha vários rifles, pistolas e munições. Eram itens que se esperaria encontrar escondidos sob o piso de um esconderijo de gangue. Ou o que quer que fosse esse lugar.

Eva pegou uma .38 Special da bolsa, carregou-a e colocou-a no cós da calça. Por precaução.

Ela esticou o braço acima das bolsas e apalpou o teto escuro. Era exatamente como ela esperava. Outra escotilha. Ela empurrou suavemente, espiou e rastejou pela escotilha no chão até um armário escuro. Ela pressionou o ouvido contra a porta do armário, girou a maçaneta e espiou cuidadosamente para um corredor vazio.

Eva esgueirou-se pelo corredor. Numa das extremidades, havia uma porta fechada. Ela não estava disposta a abrir portas às cegas sem saber o que havia do outro lado, então seguiu na direção oposta. Ela podia ouvir sons abafados e passos acima dela. Chegou ao fim do corredor. Ao virar a esquina, havia uma cozinha e, no reflexo da janela da cozinha, ela avistou um homem que reconheceu como um dos capangas de Little Feather. Ele estava de costas para ela, em frente à geladeira. Ele pegou uma garrafa de Molson da geladeira, abriu-a, tomou um gole e virou-se em sua direção. Eva recuou rápida e silenciosamente, sem ser vista, pelo corredor em direção à porta fechada. Ela podia ouvir o homem atravessando a cozinha, movendo-se em sua direção.

Sem ter para onde ir, ela rezou para que a sala estivesse vazia, empurrou a porta e entrou.

Uma sala cheia de dez homens olhou para ela. Eles não pareciam nativos, mas sim moradores da cidade e turistas. Visitantes. Eles estavam sentados no sofá e em poltronas ou encostados nas paredes.

Um homem branco corpulento com um boné verde da John Deere sorriu para ela. "Oi. Qual é a sua tarifa?"

Eva fingiu um sorriso e atravessou a sala. Ela virou a esquina e entrou em um hall de entrada, que levava a uma escada. Ela subiu silenciosamente as escadas. Havia outro longo corredor com portas que se ramificavam, levando ao que ela supôs serem quartos. Todas as portas estavam fechadas. Estava frio e seco lá fora, mas aqui em cima estava abafado e quente. Agora estava claro o que eram os sons abafados e os passos que ela tinha ouvido no andar de baixo.

Uma cacofonia de gritos e gemidos extasiados. Algumas das mulheres eram boas atrizes, mas a maioria não era. Os homens, bem, eles não precisavam atuar.

Ela podia ouvir as aventuras sexuais ocorrendo atrás de cada porta, exceto uma. Uma porta no final do corredor. Ela pressionou o ouvido contra a porta e ouviu o som abafado de uma televisão ligada em algum lugar da sala.

Nesse momento, uma porta se abriu no fim do corredor. Eva, encurralada mais uma vez, girou a maçaneta da sala de TV e se escondeu lá dentro. Cinco crianças indígenas, com idades entre quatro e dez anos, olharam para ela enquanto assistiam aos desenhos animados do Disney Channel. Eva colocou um dedo nos lábios. *Shh.*

Ela espiou pela porta. Uma mulher indígena vestindo uma camisola estava terminando de transar com um caipira grande e burro.

"Obrigado", disse ele docemente, inclinando-se para beijá-la. A mulher virou o rosto habilmente e aceitou o beijo na bochecha. Ele pegou a carteira.

"Não é para mim. É para a Kirra", disse ela.

O homem acenou com a cabeça. O coração de Eva batia forte enquanto ela observava o homem caminhar pelo corredor em sua direção. Ele chegou à porta ao lado. Bateu. Kirra atendeu. Ao contrário da mulher de camisola, ela estava vestida com jeans e um suéter.

"Terminou?"

O grandalhão idiota acenou com a cabeça.

"Vai ser cem."

Eva observou o homem pagar a Kirra. Ela fechou a porta silenciosamente e olhou para as crianças, cujos olhares curiosos não a deixavam em paz.

Eva ficou ali parada, paralisada por um momento, com a raiva borbulhando dentro dela. Então ela tirou a .38 do cinto.

Que se dane.

Ela atravessou o corredor, chutou a porta de Kirra e apontou o revólver para ela. Kirra levantou-se de trás da mesa, cambaleando. Ela colocou as mãos no ar.

"Abaixe isso", disse Kirra.

"Por que eu faria isso? Por que eu não deveria atirar em você agora mesmo?"

"Eu sei o que você pensa. Você acha que estaria ajudando essas mulheres."

"Você mantém crianças aqui!"

"Para cuidar delas. Você não tem ideia do que está falando. Você sabe quantas mulheres desaparecem nas reservas indígenas americanas? Você não sabe. Porque ninguém sabe. A polícia tribal não investiga. Ninguém dá a mínima. Essas crianças são filhas de mulheres que desapareceram. Nós cuidamos delas. Você poderia abaixar a arma para que possamos conversar?"

"O quê, como amigos? Você não é meu amigo. Você mesmo me mataria. Lembra-se?"

"Eu disse isso para que você ficasse longe. Já tenho garotas suficientes para proteger."

"Você chama isso de proteção?"

"A união faz a força."

"Quem era o homem que eu vi?" Eva não precisou explicar. Kirra sabia exatamente de quem ela estava falando. O Homem Urso.

"Essa não é uma porta que você queira abrir. Apenas vá embora." Eva apontou a arma para ela. Kirra suspirou. "O nome dele é Rocky Sciarrone. Ele trabalha para uma organização criminosa de Detroit. Ele usa Little Feather para traficar armas e drogas. Ele visita a ilha cerca de duas vezes por mês. Ele sempre para aqui depois de concluir seus negócios. Ele é um grande cliente, então Little Feather me diz para dar a ele e seus homens tratamento VIP. O único problema é que ele gosta de ser violento. Na sua primeira visita aqui, ele matou uma garota. Espancou-a até a morte. Depois disso, não pude deixar que ele visse outra das minhas garotas, mas Little Feather ainda insistia que ele recebesse tratamento VIP."

"Então, você..."

Kirra baixou os olhos. "Faço o que posso para protegê-las."

Eva abaixou a arma.

31

———

"Você só consegue mais daquilo a que resiste.

Não resista ao medo.

Isso não significa que você deva abraçá-lo.

Esteja ciente dele. Sinta-o.

E lide com ele."

Cal entregou-lhe a sua faca Ka-Bar. Hoje era o último dia do seu treino.

"Localizei o covil do lobo perto do Lago Goose", disse Cal. "Não volte até matá-lo."

Rocky Sciarrone nunca estava tão calmo quanto depois de bater em uma mulher.

É por isso que ele gostava de voltar de balsa. Para aproveitar o momento, saborear as pequenas coisas. Esfriar a cabeça, por assim dizer.

Ele sempre foi um cara raivoso. Desde antes de ser cortado do time de beisebol juvenil, sua mãe dizia que ele não era bom o suficiente. Quando era fisiculturista amador, ele ouvia a voz da mãe em sua cabeça, chamando-o de fraco, de um ninguém. Por fim, ele tentou agachar mais do que seu corpo aguentava e lesionou as costas de forma permanente. Isso acabou com sua carreira de fisiculturista antes mesmo de começar. Anos de abuso de esteróides o deixaram com apenas um testículo, barriga, seios flácidos, hipertensão e excesso de pelos no corpo.

Além disso, ele nunca conseguia ficar excitado. Não da maneira tradicional.

No início, ele se sentia mal depois de bater em uma mulher. Mas então ele se lembrava que essas vadias nojentas não o amavam. Elas provavelmente falavam mal dele quando ele não estava por perto, assim como sua mãe costumava fazer. Que ela descanse em paz.

Além disso, bater nelas era a única maneira de fazer seu pequeno pênis de um testículo ficar duro. Ele não sabia por quê. A raiva o fazia se sentir como um homem.

Ele ficou no convés, fumando calmamente um charuto no ar frio e revigorante. Aquela vadia vermelha chamada Kirra realmente o deixava excitado. Ela aguentava uma surra como uma mula de aluguel.

Ele deu mais uma tragada no charuto, sentindo a leve euforia da nicotina tomar conta dele como um banho quente.

Ele estava parado na grade na frente da balsa. Meia dúzia de carros estavam estacionados atrás dele. Os dois caras com quem ele viajava — seus soldados — sabiam que deviam deixá-lo sozinho em suas viagens de balsa, que ele gostava de "refletir sobre as coisas" ou alguma merda assim. Para eles, tudo bem. Eles não precisavam congelar os testículos no convés da balsa. Deixavam o capitão refletir. Eles ficavam no Chrysler com o aquecimento ligado.

Rocky gostava de ficar na frente da balsa por causa da vista. Atrás dele estava o Canadá. À sua frente, os Estados Unidos da América. A terra das oportunidades. Ele sempre foi um cara com visão de futuro e também aproveitava essas curtas viagens de balsa para pensar no seu futuro. Ele era um capanga da máfia de Detroit. Ele odiava fazer essas malditas viagens bimestrais ao Canadá, achava que era algo abaixo de sua dignidade, mas sabia que o dinheiro que ganhava com seus negócios de contrabando com Little Feather deixava todos os outros capangas da organização verdes de inveja. Em alguns anos, o chefe iria se aposentar ou seria preso, e ele seria o sucessor natural.

Então, outra pessoa poderia fazer essas viagens ao gueto dos índios.

Talvez ele levasse Kirra com ele. Poucas mulheres aguentavam levar porrada como ela. Era realmente impressionante.

Ele olhou para a costa de Algonac, Michigan. Solo americano. Sim. Seu futuro era brilhante.

A lâmina da faca entrou no lado direito do pescoço dele e foi empurrada para frente, cortando o esôfago e a traqueia. Ele não viu nada. Ele nunca soube quem o matou.

Ele morreu no Canadá.

CAL DEU A FACA para Eva e disse para ela matar o lobo, mas, a caminho do covil do lobo no Lago George, ela se viu desviando para o antigo bordel de madeira. Ela não sabia por que foi lá. Ela não tinha um plano.

Não no início.

Ela se perguntou se Rocky Sciarrone estaria lá naquela noite.

Ela estava prestes a sair quando um Chrysler preto parou e estacionou do lado de fora da casa. Rocky saiu do veículo com outros dois homens. Eles pareciam italianos e a lembravam dos caras do cartel que ela conhecia em sua cidade natal. A mesma arrogância de bandido. O mesmo brilho chamativo.

Eva os viu entrar no bordel. Ela foi até o Chrysler deles, sem saber ao certo o que estava procurando. Viu uma passagem de balsa no painel. Eles haviam chegado no barco da manhã.

Era uma caminhada de cerca de duas horas até a estação da balsa, mas Eva conseguiu chegar lá em noventa minutos. Ela só esperava que Rocky e seus capangas aguentassem tanto tempo.

Kirra havia dito que Rocky sempre passava pelo bordel depois de concluir seus negócios. Se ele tivesse pegado a balsa naquela manhã e concluído seus negócios naquele dia, havia uma chance de ele pegar a balsa de volta naquela noite.

Então, Eva ficou de olho na estação e não demorou muito para que seu palpite se confirmasse. O Chrysler preto com Rocky e seus dois capangas parou, pagou e esperou pela próxima balsa.

A balsa em si não era grande. Ela não podia transportar mais do que uma dúzia de carros por vez. Custava oito dólares por veículo e dois para pedestres. Eva comprou sua passagem com uma nota de vinte que conseguiu encontrar entre as notas de cinquenta e cem no cinto de dinheiro de Cal. Disseram-lhe que a viagem durava aproximadamente sete minutos e que ela deveria ter seu passaporte em mãos para a alfândega dos EUA do outro lado.

Ela embarcou na balsa.

A cabine do timoneiro ficava elevada acima do convés da balsa, criando uma espécie de toldo. Eva encontrou um lugar para se sentar à sombra. Não estava muito frio naquele dia, cerca de 4 °C e ensolarado. O lago estava calmo.

O Chrysler estava estacionado paralelamente ao local onde Eva estava sentada. Um sedã Volkswagen vermelho servia de barreira entre o local onde ela estava sentada e o veículo do seu alvo. Ela observou Rocky Sciarrone sair do Chrysler, ir para a frente da balsa e acender um charuto.

A balsa partiu. Sete minutos até o outro lado.

Eva levantou-se e olhou para o Chrysler. Os dois capangas

estavam nos bancos da frente, conversando. Eles não estavam prestando muita atenção ao que acontecia fora do veículo, mas, ainda assim, Rocky estava no campo de visão deles. Eles a veriam se aproximar.

O relógio estava correndo. Seu coração começou a bater forte.

Ela fechou os olhos por um momento e imaginou que estava cortando lenha, apenas ela no momento presente e nada mais. Ela abriu os olhos e sentiu o vento frio em seus cabelos, as vibrações da balsa batendo contra as ondas, o sol se movendo pelo convés.

Cinco minutos.

A balsa estava se movendo para noroeste através do rio. Era final da tarde e eles estavam se movendo em direção ao sol. A sombra do toldo recuava gradualmente à medida que o ângulo da balsa mudava em relação ao sol.

Quatro minutos.

A luz do sol agora se espalhava sobre o capô do Chrysler. Eva se moveu em direção à frente da balsa.

Três minutos.

Ela cronometrou. O brilho atingiu o para-brisa do Chrysler e os capangas de Rocky viraram a cabeça, bem quando Eva se lançou sobre Rocky com a furtividade de uma onça. Ninguém viu ela deslizar a faca Ka-Bar pelo pescoço de Rocky e rasgar sua garganta.

Os capangas de Rocky baixaram os quebra-sóis do carro e viram Rocky caído sobre a grade. A princípio, pensaram que ele estava apenas enjoado.

Quando saíram do Chrysler e perceberam que seu chefe havia sido assassinado, Eva já estava longe.

Depois de esfaqueá-lo, ela pulou da lateral da balsa. Ela teria que nadar forte e rápido, e permanecer debaixo d'água para evitar ser detectada. O treinamento de amarração de nós subaquáticos, de prevenção de afogamento e de SEAL, juntamente com a descarga de adrenalina após matar Rocky, tornaram sua fuga muito fácil.

Assim que chegou à costa, ela imediatamente encontrou uma área isolada e acendeu uma fogueira. Seus dentes batiam e seu corpo tremia. Ela tirou as roupas molhadas e as deixou secar.

Noventa minutos depois, ela estava vestida e caminhando pela floresta. O ar era fresco e cheiroso. Ela parou um momento para observar o céu noturno claro, salpicado por centenas de estrelas brilhantes.

Quando ela conversou com Andrés naquele dia na praia, ele lhe contou que algumas estrelas haviam se extinguido anos atrás, mas ainda podíamos vê-las porque estavam tão distantes que sua luz só agora chegava à Terra. Como fantasmas.

Ela continuou rumo ao sul e, quando a cabana apareceu à sua frente, viu o lobo rondando nos arredores, farejando o ar. A carcaça do veado estava pendurada fora do seu alcance. Os olhos escuros do lobo pousaram nela. Ele se aproximou furtivamente.

Eva segurou a faca Ka-Bar ao lado do corpo. O lobo ficou no seu caminho, com os pelos eriçados e os dentes à mostra. Eva deu um passo em direção a ele. Sem quebrar o contato visual, olhou profundamente em suas pupilas dilatadas. O lobo rosnou ferozmente. Ela segurou a faca e se aproximou, preparada para lutar.

O lobo achatou o pelo. Ele retribuiu o olhar dela e abaixou a cabeça. Então se virou e desapareceu na floresta escura.

Cal estava grelhando bifes de veado com feijão verde enlatado e milho doce. Quando Eva entrou, ele olhou para ela com expectativa.

"O lobo está morto", disse ela.

Cal apenas acenou com a cabeça. Ela sentou-se à mesa e ele

serviu um bife de veado para ela. Quando ele o colocou na mesa, ela saltou da cadeira e pressionou a Ka-Bar contra a garganta dele.

"Você a usou e a abandonou! Como se fosse um pedaço de carne!"

Cal olhou para ela com olhos frios. "Você está certa. Eu fiz isso." A faca perfurou sua pele, tirando sangue. As mãos de Eva tremiam enquanto ela segurava a lâmina contra a garganta de Cal.

Finalmente, ela a abaixou e desabou na cadeira, com os olhos molhados e distantes.

Cal sentou-se à mesa, do outro lado dela. "Quando fui ao bordel, sua mãe foi a única mulher que vi. Conversamos muito pouco. Éramos apenas duas pessoas tristes e vazias. Um dia, ela me disse que estava grávida e que iria embora. Embora não conversássemos muito, ela me disse que se sentia conectada a mim. Disse que não sabia quem era o pai de seu filho, mas que rezava para que fosse eu."

Eva não disse uma palavra. Ela apenas olhou tristemente para a carne em seu prato, que estava esfriando. Cal serviu o outro bife de veado com feijão verde e milho e comeu seu jantar.

32

L ittle Feather estava dormindo para curar a ressaca quando alguém bateu na porta de seu trailer. Ele se levantou grogue, atravessou o trailer com as pernas trêmulas e foi atender. Um par de mãos ásperas o agarrou, puxou-o para fora e o jogou no chão.

Little Feather olhou para os capangas de Rocky Sciarrone. Um bandido magro com uma corrente de ouro e um casaco de treino olhou para ele com olhos selvagens, enquanto um pitbull de olhos mortos com um casaco desportivo apontava uma espingarda aos seus homens.

"Qual é o problema, chefe?", perguntou Little Feather.

"Você sabe qual é o problema", disse o de jaqueta esportiva.

"Receio que não, chefe."

"O quê? Você não assiste ao noticiário?"

"Você está na reserva. Temos sorte se conseguimos água potável, quanto mais a CNN."

"Houve um problema na nossa viagem de balsa para casa", disse Jaqueta de Corrida.

"Que tipo de problema?"

"O tipo de problema que cortou a garganta do Rocky", disse Pitbull, segurando firmemente sua espingarda.

"Fez tudo, menos escalpá-lo", acrescentou Track Jacket.

"Não fomos nós, chefe."

"Bobagem."

"O que temos a ganhar matando um dos nossos melhores clientes? Isso também é uma perda para nós."

"É assim que vai ser, Tonto", disse Track Suit. "Vamos voltar em quarenta e oito horas com alguns caras, e uma de duas coisas vai acontecer. Ou você terá descoberto quem matou Rocky e nos entregará o , ou vamos transformar todo o seu acampamento em Wounded Knee."

"Estou impressionado com seu conhecimento da história dos nativos americanos, chefe. E dizem que as escolas de Detroit estão falhando."

"Cale a boca!", disse Track Suit, dando um tapa na cara de Little Feather. Um fio de sangue escorreu de sua boca e desceu pelo queixo. Nenhum dos homens de Little Feather moveu um músculo. Eles apenas ficaram ali, neutros e estoicos.

Little Feather olhou para Track Jacket com raiva, depois sorriu com um sorriso ensanguentado. "Ok, chefe. Você venceu."

"Quarenta e oito horas", disse Track Jacket, e então ele e Pitbull Sport Coat voltaram para o Chrysler.

Foi então que Little Father deu um sinal para seus homens.

Os homens de Little Feather convergiram para os dois capangas de Detroit. Silenciosos, calmos e rápidos. Eles alcançaram Pitbull primeiro, arrancando a espingarda de suas mãos. Track Jacket tentou pegar a Beretta em seu cinto, mas eles o agarraram pelo pulso e arrancaram a arma de sua mão.

O som de alguém sendo espancado até a morte com as próprias mãos é terrível. Não há nada mais primitivo. Nada mais violento e profano. Antes que tudo acabasse, os dois chamaram por suas mães.

Little Feather mandou enterrar os corpos na floresta.

Não era que Little Feather achasse que eles estavam errados. Era a forma como eles o abordaram. Sim, os guineas de Detroit faziam negócios lucrativos, mas Little Feather ainda vivia em um trailer de merda em uma reserva empobrecida.

Veja, Little Feather tinha seus próprios chefes. Caras que administravam hotéis e cassinos em outras parcelas de terras das Primeiras Nações. Little Feather comandava o contrabando na Ilha Walpole, mas era basicamente um tenente no esquema maior da organização. Perder os capangas de Detroit não melhoraria nem pioraria sua situação pessoal de forma alguma.

Os punks deveriam conhecer seu público.

Quando se tratava de Rocky Sciarrone, Little Feather tinha uma boa ideia de quem era o responsável. Primeiro o garoto mexicano com piercings no rosto, depois aquele sádico cabeludo. A única variável que havia mudado na ilha desde que os dois morreram foi a chegada de seus dois hóspedes na cabana.

Little Feather decidiu investigar um pouco mais a fundo quem exatamente ele estava escondendo lá na floresta.

A primavera estava chegando. Os dias estavam mais longos e mais quentes. Kirra fazia suas visitas semanais, deixando suprimentos. Cal pediu que ela deixasse exemplares do USA Today e outros jornais para que ele pudesse se manter conectado ao mundo exterior. Ela e Eva nunca discutiram o desaparecimento de Rocky Sciarrone. Cal também pediu varas de pesca, e ele e Eva passavam grande parte do tempo no lago. Walleye, Yellow Perch e Smallmouth Bass. Eles os grelhavam ao ar livre, em uma fogueira.

Na maioria das noites, após o jantar, eles caminhavam pela praia e observavam o pôr do sol. A essa altura, Eva já estava acostumada com a solidão daquele lugar. Até gostava dele. Ela sentia que poderia viver ali para sempre.

As coisas correram bem durante algum tempo. As suas vidas eram tranquilas.

Então, um dia, depois que Kirra fez sua entrega semanal, Cal estava folheando o USA Today da semana quando um artigo chamou sua atenção. "AGENTE DA ATF MORRE EM ACIDENTE DE CARRO".

Uma fotografia de Miranda o encarava. De acordo com o

artigo, ela havia desviado para a pista contrária e colidido de frente com um caminhão basculante nos arredores de Chicago. Ela morreu no impacto. Fontes disseram que ainda aguardavam os resultados do laudo toxicológico de Miranda, mas Cal sabia que não tinha sido um acidente.

Algumas semanas antes, Cal tinha visto outra notícia no jornal. Miranda tinha dado uma coletiva de imprensa, citando Victor Xano e Pat Roti como suspeitos do tiroteio no The Broad. Foi uma atitude ousada. Se Cal estivesse lá, teria desaconselhado ela. Pat Roti era um inimigo perigoso e poderoso. Mas Cal também sabia que Roti não mataria um agente federal , a menos que fosse absolutamente obrigado a fazê-lo. Devia haver mais alguma coisa por trás dessa história. O que Miranda descobriu que a levou à morte?

Call balançou a cabeça, ainda tentando processar a informação.

Miranda estava morta.

Roti, pensou ele. *Ele a havia pegado.* E Cal percebeu o quão temporária era a felicidade dele e de Eva. Roti ainda estava por aí e, mais cedo ou mais tarde, ele os pegaria, assim como havia pegado Miranda. Eles não poderiam se esconder para sempre.

E esse nunca tinha sido o plano, Cal precisava se lembrar disso. O plano desde o início era prepará-la. Ensinar-lhe como sobreviver sem ele.

Ser, mesmo que por pouco tempo, algo como um pai. Se é que isso era possível para um homem como Cal.

Ele tinha feito isso. Ele tinha preparado Eva da única maneira que sabia. Mas agora era hora de voltar para Los Angeles. Para lidar com Roti de uma vez por todas.

"Precisamos conversar sobre voltar para casa", disse Cal a ela durante uma de suas caminhadas noturnas.

"É seguro?"

Cal fez uma pausa.

"Então ficamos", disse Eva.

"Não podemos ficar aqui para sempre", disse Cal.

"Por que não? Por que não podemos fazer deste lugar o nosso lar?"

"Porque não estamos morando aqui. Estamos nos escondendo."

"Eles vão te matar."

"Você só precisa se preocupar com você agora."

"O quê?" Seus olhos se encheram de lágrimas. "Por que você está fazendo isso? Você nem sabe se eu sou sua filha. Provavelmente não sou."

Cal abaixou a cabeça. "Venha comigo", disse ele.

Ele a conduziu pela praia em direção ao Lago Goose. "Fique quieta", disse ele, e os dois se esgueiraram habilmente pela floresta.

Ele a levou até um grande carvalho. O solo abaixo havia sido escavado. Raízes grossas se estendiam como tentáculos. Lá dentro, uma ursa, magra devido à longa hibernação do inverno, cuidava de seus filhotes.

"Ela é uma assassina", disse Cal. "Mas, mesmo assim, tem o instinto de proteger os seus filhotes." Cal olhou para Eva.

"Instinto, Eva. É isso que eu tenho."

Quando Cal e Eva se aproximaram da cabana, avistaram Little Feather e cinco dos seus homens à espreita, escondidos nos arbustos. Isso só podia significar uma coisa. Little Feather tinha descoberto o que ele tinha ali na floresta. Ele tinha percebido que Cal valia muito mais morto do que vivo.

"Isso é culpa minha", disse Eva. Cal olhou para ela. Ela deu de ombros. "Eu posso ter matado um cara em uma balsa."

"Por quê?"

"É uma longa história."

Cal balançou a cabeça. "Eu disse que precisávamos manter um perfil discreto. Você me desobedeceu. Vamos discutir isso mais tarde", disse Cal. Ele percebeu como soava. Como um pai repreendendo seu filho adolescente. O que ele faria, colocaria ela de castigo?

"Eles ainda não nos viram", disse Cal. "Podemos dar meia-volta agora mesmo. Basta ir embora e nunca mais voltar."

Eva pensou em Kirra e nas mulheres do bordel. Pensou nas crianças órfãs assistindo aos desenhos animados da Disney.

"Não. Não podemos", disse Eva.

. . .

LITTLE FEATHER e seus homens observaram Cal e Eva se aproximarem da cabana. Assim que entraram, seus homens se espalharam. Dois se aproximaram pelo flanco esquerdo e dois pelo direito. O quinto era um homem indígena com uma expressão séria e uma longa trança. Ele estava armado com um rifle Remington modelo 7600. Ele se aproximou da porta da frente, inclinou-se para trás sobre o calcanhar esquerdo, levantou o pé da frente e se preparou para chutar a porta e abri-la quando...

Uma saraivada de chumbo grosso rasgou a porta como se fosse papel de seda e atingiu o peito do homem sério, lançando-o para longe. Ele ficou deitado no chão ofegando, com uma dúzia de balas de metal alojadas nos pulmões, que estavam reduzidos a fitas de papel.

Eva atravessou a porta blindada. Ela tinha a AKM e a carabina M4 cruzadas sobre os ombros. Ela segurava a espingarda Mossberg na mão. Ela apontou a espingarda para o homem moribundo e disparou uma segunda rajada, acabando com seu sofrimento.

Eva voltou calmamente para dentro da cabana e fechou a porta da frente, destruída pela espingarda, atrás de si.

Little Feather ficou afastado da cabana, observando incrédulo.

Seus homens levantaram seus rifles de caça contra a cabana. Os canos explodiram com tiros.

Lá dentro, Eva e Cal assumiram posições nas janelas de ambos os lados da cabana, prontos para se defender. Cal apontou sua Glock para um homem nativo grande armado com uma AK-47. Cal atirou e acertou-o no pescoço.

Mas o gigante pesado não caiu. Foi como uma vespa picando um touro. O homem grande tapou o pescoço com uma mão e descarregou furiosamente seu AK-47. Cal se abaixou para se proteger.

Do outro lado da cabana, Eva mirou em mais dois homens de Little Feather. Ela disparou sua Mossberg duas vezes. Um dos homens foi atingido de raspão no lado com uma rajada, mas permaneceu de pé. Eva se abaixou e se protegeu enquanto os homens revidavam.

Os quatro homens convergiram para a frente da cabana. O gigante ferido aproximou-se cautelosamente da porta da frente da cabana com a sua AK-47 levantada. Os outros três atiradores vigiavam as janelas. O gigante tentou abrir a porta, mas estava barricada.

O gigante bateu com seu ombro enorme na porta, rachando-a. Ele bateu novamente. E novamente. A porta estava cedendo. Ela se abriu e o gigante se viu olhando para a ponta da Glock de Cal — *Bam!* — O gigante foi baleado à queima-roupa na cabeça. Os outros homens assistiram com raiva enquanto o gigante caía no chão, morto.

O ruído branco do tiroteio brutal enquanto os homens de Little Feather descarregavam com raiva e aleatoriamente na cabana. Dentro da cabana, Eva e Cal estavam deitados, cobrindo os ouvidos enquanto balas letais passavam violentamente, estilhaçando madeira, quebrando vidros, derrubando cadeiras e destruindo todo o lugar.

Lá fora, os tiros cessaram. Os ouvidos zumbiam. O cheiro pungente de nitroglicerina pairava no ar. A cabana estava crivada de buracos de bala. Os três homens restantes de Little Feather se aproximaram da porta da frente. Abriram-na. Lá dentro, encontraram Eva esperando por eles. O AKM em uma mão e a carabina M4 na outra.

Little Feather viu seus homens desaparecerem na cabana. Então ouviu uma troca de tiros curta e alta.

Seus três homens entraram na cabana. Apenas Eva saiu. Ela

tinha um rifle em cada mão. Ela estava a cerca de vinte metros de distância. Seus olhos pousaram nele. Little Feather sentiu um frio na barriga. Ele se virou e correu de volta para sua picape Ford 85. Eva rapidamente diminuiu a distância e levantou seus rifles quando Little Feather ligou o motor. Eva atirou na picape em fuga. Balas de 5,56×45 mm e 7,62x39 mm perfuraram a picape como se fosse papel alumínio.

Cal observou tudo da cabana. Ele viu ela chovendo chumbo e fogo infernal sobre os traficantes quando eles arrombaram a porta da cabana. Viu Little Feather fugir dela com medo. Viu Eva descarregar na picape em fuga até que ela perdesse o controle e colidisse com uma árvore. Ele viu Eva marchar em direção ao local do acidente, sem medo. Viu Little Feather, ferido, sair cambaleando da picape, prestes a implorar por sua vida. Viu Eva atirar nele antes mesmo que as palavras saíssem de sua boca. Sem hesitação. Sem medo. Sem cerimônia.

Ele quase sentiu uma lágrima brotar em seus olhos.

Nunca se sentiu tão orgulhoso.

PARTE III

A MÃE

35

———

A tela iluminada do iPhone cortou a escuridão às 5h30 da manhã. Em vez de um alarme, a música "I Can See Clearly Now", de Johnny Nash, tocava no alto-falante do iPhone. Um dedo deslizou pela tela de vidro do telefone, silenciando-o.

Miranda levantou-se da cama com rapidez.

Ela se dirigiu para a área do apartamento que outros chamariam de sala de estar, mas a disposição havia mudado um pouco desde a estadia de Cal e Eva. Onde antes havia uma televisão, Miranda havia pendurado um saco pesado. Onde deveria haver um sofá, havia um banco de supino.

Todas as manhãs, Miranda se exercitava enquanto a cidade dormia.

Porque, se ela fosse enfrentar Pat Roti, sabia que era melhor manter a forma física.

Durante o inverno que Cal e Eva passaram no Canadá, a vida na ATF continuou monótona. O tiroteio no Broad acabou sendo atribuído a um teórico da conspiração com problemas mentais e encerrado, mas Miranda não conseguia esquecer o caso.

Scarpelli estava em alta desde que Miranda trouxe o caso Barros no ano anterior. Ele finalmente recebeu a promoção tão esperada.

Que bom, pensou Miranda.

O novo SAC era um cara chamado Louis Shackelford. Ele era um negro baixo, corpulento e com cara de bebê, de Filadélfia. Ele cresceu em uma família de classe trabalhadora. Seu pai era pescador. Ele tinha cerca de trinta e poucos anos. Jovem para um SAC. Miranda ainda não tinha certeza se podia confiar nele.

O tiroteio em Broad a assombrava. Ela era a única no escritório que sabia quem realmente estava por trás disso, mas precisava ter cuidado. O nome era venenoso, mas estava sempre na ponta da língua.

Pat Roti.

Ele não aparecia em nenhum banco de dados federal. Ela nem sabia se Pat Roti era seu nome verdadeiro.

Ela tinha imagens de Victor Xano das câmeras de segurança do The Broad, mas não conseguiu uma correspondência de identificação facial. Fazia sentido que qualquer informação sobre o homem tivesse sido apagada.

Não, não havia como ela conseguir encontrar Victor ou Pat Roti.

Sua única opção era fazer com que eles a encontrassem.

Ela não conseguiria fazer isso sozinha, então decidiu que era hora de ver o quanto podia confiar no SAC Shackelford.

Miranda nunca confiava em um homem que não bebia. Então, quando Shackelford aceitou seu convite para o happy hour para conversar sobre um caso, ela interpretou isso como um bom sinal.

"Você conhece aquela história do garoto que foi até o chefe da máfia local e perguntou: 'O que é preciso para ser um gângster?'", disse Shackelford, enquanto tomava um gole de sua Guinness. Ele estava sentado à frente de Miranda em uma mesa alta em um bar esportivo local.

"O chefe responde: 'Bem, ser gangster é controlar o seu bairro. Você cobra pagamentos das empresas locais, mantém os forasteiros fora do seu território e cuida da sua turma'. Algumas semanas depois, o garoto volta e diz que agora é um gangster.

O chefe perguntou o que diabos ele estava falando. O garoto disse que roubou uma parte dos colegas de classe que jogavam dados por cartões de beisebol no parquinho, espancou dois garotos do bairro vizinho com seu taco de beisebol quando os encontrou na rua e mentiu para o diretor da escola sobre quem estava passando bilhetes para tirar seu amigo da detenção. O chefe diz: 'Quer dizer que você extorquiu um jogo ilegal, espancou dois negros e incriminou um cara inocente? Parabéns, garoto!' O garoto pergunta: 'Então agora sou um gangster?' O chefe responde: 'Não. Você é um policial da Filadélfia!'"

Miranda não sabia como reagir, então ficou com uma expressão impassível.

"Essa era uma piada da época do meu pai", disse Shackelford. "Resumindo, foi por isso que me tornei policial."

Miranda assentiu. "Mudar o sistema por dentro?"

Shackelford acenou com a cabeça. "Agitar as coisas."

Miranda decidiu arriscar. "O que você sabe sobre um homem chamado Pat Roti?", perguntou ela.

Ela sabia que era uma pergunta perigosa. Simplesmente mencionar o nome poderia colocar tanto ela quanto Shackelford na mira de uma das pessoas mais perigosas do mundo.

Miranda contou a Shackelford sobre Pat Roti, sua empresa militar privada e a Rede de Idiotas Úteis. Ela disse que queria ir atrás de Roti pelo que ele fez no The Broad. Shackelford resistiu.

O caso havia sido encerrado e eles não estavam no ramo de resolver crimes. Ele era novo e jovem. Estava sob imensa pressão para ter um bom desempenho. Cada movimento seu era examinado minuciosamente. Além disso, com base no que Miranda lhe contou, seria quase impossível provar o envolvimento de Roti no The Broad.

"Não saberemos até investigarmos", disse Miranda. "Pelo que sei, ninguém jamais investigou esse homem. Um cara como ele deve ter muitos esqueletos no armário. Podemos pegá-lo por alguma coisa. Tenho certeza disso."

Shackelford não parecia convencido.

"Por que você disse que se tornou policial?", perguntou Miranda.

Um pequeno sorriso apareceu no rosto de Shackelford.

"Então, vamos agitar as coisas", disse Miranda.

Victor estava em Boston investigando uma pista sobre Cal quando a coletiva de imprensa foi ao ar. Imagens dele e de Pat Roti apareceram na tela da televisão do seu quarto de hotel. A agente especial Miranda Lopez, da ATF, estava atrás de um pódio, falando para uma sala cheia de jornalistas.

"A ATF está procurando esses dois homens para interrogatório", disse Miranda. "O primeiro é Victor Xano. Ele é considerado armado e perigoso. Se for avistado, não se aproxime dele e chame imediatamente as autoridades. O segundo homem é conhecido como Pat Roti. Ambos são suspeitos do tiroteio em The Broad."

Isso iria prejudicar gravemente a capacidade de Victor de caçar Cal por um tempo. Ele lançou um olhar fulminante para Miranda na TV e imaginou todas as coisas violentas que queria fazer com ela.

. . .

Pat Roti estava jantando no Mastro's, em Beverly Hills, com uma mulher bielorrussa de 22 anos do grupo de Giselle. Pat Roti só tinha tempo e disposição para namorar profissionais, mas ainda acreditava em agir como um cavalheiro, mesmo que estivesse pagando pela companhia. Seu smartphone vibrou e ele leu a notícia sobre a coletiva de imprensa de Miranda. Ele viu que havia sido citado como procurado para interrogatório. Ele não pareceu incomodado. Na verdade, ele não pareceu reagir de forma alguma. Ele simplesmente colocou o smartphone de volta no bolso do paletó e voltou para sua refeição e conversa com Aksana, aparentemente esquecendo a notícia tão rapidamente quanto a havia lido.

Miranda estava sentada em seu apartamento quando a coletiva de imprensa foi ao ar. Normalmente, essa era a hora da noite em que ela relaxava com uma taça de vinho tinto. Em vez disso, ela estava lubrificando sua arma de serviço. Ela terminou de remontá-la e respirou fundo.

Agora, tudo o que restava a fazer era sentar e assistir ao mundo desmoronar.

36

Um concerto romântico de violino tocava baixinho. O brilho da luz das velas na toalha de mesa branca era suficiente para fazer qualquer garota considerar desistir. Miranda esperava que fosse para isso que isso estava indo. Ela definitivamente queria impressionar com esse restaurante.

Elas se conheceram em uma aula de kickboxing na Equinox. Ela costumava fazer a aula com Camilla e, embora já tivesse se passado um ano, Miranda ainda não estava pronta para encerrar a tradição. O nome de sua acompanhante era Alexandra. Ela gostava disso nela, o fato de ela se chamar "Alexandra", e não "Alex" ou "Allie". Isso e o fato de que ela tinha 23 anos, era em forma e nunca tinha estado com uma mulher antes.

A morte de Camilla no ano anterior deixou Miranda arrasada. Ela não tinha certeza se seria capaz de amar alguém novamente. Alexandra não sabia o que Miranda realmente era — uma loba, buscando apenas devorar.

Alexandra. O nome soava tão elegante quanto o concerto.

O encontro terminou com tiramisu, uma curta viagem até a casa de Alexandra e um beijo na bochecha. Miranda queria mais, mas Alexandra disse: "Hoje não". Miranda passou a mão gentilmente pelo cabelo de Alexandra, disse que valia a pena esperar e que mandaria uma mensagem para ela. Lésbicas novatas como essa precisavam ser cortejadas.

Miranda estacionou na garagem abaixo do prédio onde morava. No elevador a caminho do seu apartamento, lembrou-se de que estava sem café. Ela já sabia que amanhã estaria amarga por acordar sozinha. Acrescente a isso a ausência de cafeína e uma manhã ruim poderia se transformar em algo realmente terrível. Ela decidiu evitar isso e caminhou pela rua até o Starbucks local para comprar um saco de Pike Place.

Quando voltou ao prédio com o saco de café, o porteiro não estava em sua mesa. Ela pegou a chave do prédio, destrancou a porta e entrou no saguão. Quando a porta se fechou atrás dela, ela se assustou com um homem parado do lado de fora. Ele parecia ter surgido do nada.

Ele era branco. Altura média. Corpo médio. Totalmente esquecível. Exceto por seus olhos. Eles eram castanhos escuros, grandes e intensos e pareciam vibrar nas órbitas.

"Acabei de me mudar e esqueci minhas chaves", disse Crazy Eyes. "Você poderia me deixar entrar?"

Miranda balançou a cabeça. Ela havia se tornado extremamente cautelosa desde o ano passado, quando um homem chamado Wyatt Lemiuex invadiu seu apartamento e matou Camilla. "Sinto muito."

"Sério?", disse Crazy Eyes.

Miranda afastou-se da porta. Talvez estivesse a ser paranóica. Talvez o homem fosse apenas um novo inquilino perfeitamente inofensivo e ela estivesse a ser má.

Mas tudo bem.

Miranda estava acostumada a que as pessoas a achassem uma vadia.

. . .

De manhã, Miranda teve uma reunião na sede da LAPD. Ela lhes forneceu informações sobre a organização de Giselle e os instou a reprimir o tráfico sexual. O departamento não se mostrou muito receptivo. Na melhor das hipóteses, apático; na pior, cúmplice. Eles disseram que investigariam suas alegações, mas nada aconteceu. Miranda continuou pressionando. Hoje, ela se encontraria com o chefe do Departamento de Polícia de Los Angeles. Um homem chamado Leslie Boyle. Ele era um homem branco corpulento, um policial experiente na casa dos sessenta anos. Apesar da idade, seu cabelo e bigode eram mais castanhos do que grisalhos. Com mais de 1,80 m, 90 kg e magro, era um avô com quem você pensaria duas vezes antes de brigar.

Boyle levantou-se da mesa e apertou a mão de Miranda quando ela entrou. "Agente Lopez. Sou o chefe Boyle. Prazer em conhecê-la."

"Obrigada por me receber", disse Miranda.

"De nada", disse ele. "Por favor, sente-se." Ela sentou-se à sua frente, em sua mesa. "O que posso fazer por você?", perguntou ele.

"Gostaria de saber o que está sendo feito em relação ao problema do tráfico sexual na cidade."

"Certo. Recebemos suas informações. Elas foram encaminhadas para nossa Seção de Tráfico Humano."

"Por que eles ainda não tomaram nenhuma providência?"

"É complicado. Essas pessoas vieram para cá ilegalmente. Na maioria das vezes, elas nem querem nossa ajuda. Já temos preocupações suficientes com a proteção dos direitos dos cidadãos reais."

"Falou como um verdadeiro idiota", disse Miranda. Ela sabia que precisava melhorar sua habilidade de fazer aliados, mas não conseguia se controlar. Era o lado de East L.A. que havia nela.

Boyle cerrou os dentes e forçou um sorriso. "Mais alguma coisa, agente Lopez?"

Miranda saiu da reunião por volta das 11h, atravessou a 1ª Rua e se aproximou de um ótimo food truck que ela conhecia para um almoço antecipado. Tamales como os que sua mãe costumava fazer. Ela pediu um tamale de frango e um café e verificou seus e-mails no celular enquanto esperava.

Atrás dela, o monólito art déco da Prefeitura de Los Angeles se erguia imaculado e intocável sobre um pequeno parque. O gramado verde bem cuidado do parque estava manchado com manchas feias de sujeira. Os moradores de rua estavam espalhados como banhistas esfarrapados na praia.

No meio do pequeno parque ficava a Frank Putnam Flint Memorial Fountain. Ela era feita de mármore da mesma pedreira do Lincoln Memorial. No entanto, não funcionava mais. Em vez de água, estava cheia de jornais velhos e embalagens de fast food descartadas.

A única razão pela qual Miranda desviou o olhar do celular e se virou foi porque um morador de rua lhe pediu algumas moedas. Como regra, Miranda não dava dinheiro a mendigos. Não era porque ela fosse insensível. Em Los Angeles, se você desse esmola a todas as pessoas que pedissem, ficaria sem dinheiro em uma semana. Ela estava prestes a dizer "desculpe" ao morador de rua quando o viu perto da Frank Putnam Fountain.

Olhos Loucos.

Observando-a.

O corpo de Miranda enrijeceu. Ela rapidamente enfiou a mão no bolso e entregou ao morador de rua todo o trocado que tinha, depois se afastou do food truck sem pegar seu tamale.

A sede da LAPD ficava a quinze minutos a pé do seu apartamento, e ela não tinha trazido a sua arma. Ela poderia tentar voltar para o seu apartamento, mas, a essa altura, Crazy Eyes já devia saber que tinha sido descoberto. Ele era capaz de fazer algo, bem, louco.

Pat Roti tinha homens dispostos a atirar em um grande museu de arte moderna em plena luz do dia. Quem sabe do que Crazy Eyes era capaz?

Crazy Eyes sabia que Miranda se lembraria dele da noite anterior, então, quando a viu no parque, decidiu que não teria outra chance. Era agora ou nunca. Ele ajustou a pistola Desert Eagle no bolso do casaco e seguiu Miranda enquanto ela caminhava para o norte pela Spring Street. Engraçado. Ele achava que ela iria para o sul. O apartamento dela ficava ao sul.

Não importava. Ela estava em sua mira e não iria a lugar nenhum. Ele estava diminuindo a distância. Assim que chegasse a menos de um metro e meio dela, ele sacaria a Desert Eagle e a mandaria para o outro mundo.

Ele estava prestes a agir quando Miranda subiu as escadas do pátio oeste da prefeitura. Crazy Eyes a perdeu de vista por um momento entre as colunas greco-romanas e os mosaicos de azulejos. Então ele a avistou novamente, caminhando rapidamente pela entrada oeste da prefeitura.

Crazy Eyes a seguiu até o saguão art déco dourado e iluminado por luzes amarelas. Havia dois policiais e um detector de metais. Miranda já havia passado pelo posto de segurança quando Crazy Eyes entrou.

Inteligente.

Quando Miranda se aproximou do elevador, ela olhou para trás. Crazy Eyes estava do outro lado dos detectores de metal como um cachorro abandonado pelo dono. Ela o viu se virar e sair, provavelmente para se livrar da arma que carregava. Tudo o que ela fez foi ganhar algum tempo. Ele voltaria.

Ela estava contando com isso.

. . .

CRAZY EYES SE livrou de sua Desert Eagle atrás de um banco no pátio oeste e voltou a entrar na prefeitura. Ele esvaziou os bolsos — chaves do carro, carteira, moedas — em uma bandeja e passou pelo detector de metais.

A maior parte da prefeitura era proibida ao público. Ele imaginou que o mirante fosse realmente o único lugar onde ela poderia ir.

Ele passou pelo detector de metais. "Como chego ao mirante?", perguntou a um dos policiais enquanto pegava seus pertences da bandeja.

"Pegue o elevador até o vigésimo segundo andar. Atravesse o corredor até outro elevador. Você vai pegar esse até o vigésimo sexto. Haverá uma escada que leva ao mirante. Mas você vai precisar de um crachá de visitante."

Crazy Eyes deu seu nome e identidade ao policial. O policial lhe deu um crachá de visitante.

Crazy Eyes foi até o conjunto de elevadores, apertou o botão "Subir" e entrou em um deles. O interior era revestido com painéis de metal dourado e vidro. Ele apertou o botão 22 e o elevador subiu.

Quando o elevador se abriu no 22º andar, Miranda estava esperando.

"Teria sido mais fácil se você tivesse me deixado ficar com minha arma", disse Crazy Eyes, saindo do elevador. "Mais fácil para você, quero dizer."

Miranda era pequena, mas isso nunca a impediu. Ela podia causar danos reais em uma briga e já havia derrubado caras três vezes maiores que ela. Crazy Eyes parecia pesar cerca de 70 quilos.

Ele marchou em direção a Miranda. Ela tentou dar um soco. Crazy Eyes a derrubou com um chute giratório no queixo.

Crazy Eyes tinha faixa preta em taekwondo.

Miranda cuspiu sangue no chão de azulejos e se arrastou até ficar de pé. Essa era uma briga que ela não iria vencer. Ela recuou para uma escada. Crazy Eyes sorriu e calmamente a perseguiu. Ele entrou na escada e desviou do extintor de incêndio que Miranda tentou jogar em seu rosto. Ele deu um soco em sua garganta e ela deixou cair o extintor e engasgou, tentando respirar. Ela tropeçou na escada. Crazy Eyes a seguiu. Sem pressa.

Ela chegou ao 26º andar e subiu uma pequena escada, passando por um busto do ex-prefeito de Los Angeles, Tom Bradley, atravessando uma grande sala de jantar com toalhas de mesa brancas e longas cortinas bordô com babados, e chegou ao mirante. O mirante ao ar livre oferecia uma vista de 360 graus da cidade. Mas não havia para onde ir, a não ser para baixo.

Olhos Loucos a seguiu até o mirante como uma sombra escura.

A sobrevivência não é cuidadosamente coreografada como um filme de John Wick. A sobrevivência é confusa. Miranda não tinha para onde ir. Ela se virou e encarou seu perseguidor.

Quem era ele? Outro membro da Rede de Idiotas Úteis de Roti? Outro ninguém sem personalidade, determinado a atirar em tudo com que discordava?

Que se dane.

Nos filmes, essa era a parte em que o mocinho dominava o bandido, pendurava-o na beira do prédio e exigia: "Quem te enviou?" E o bandido grande e forte, diante da perspectiva de uma queda de 120 metros, cantava como um menino de coro, mas qualquer policial da vida real dirá que o trabalho raramente é como nos filmes. Então, Miranda não perdeu tempo nem esforço tentando encenar a complicada cena de pendurá-lo pelos tornozelos até que ele delatasse. Em vez disso, ela atacou violentamente como um animal encurralado e empurrou o idiota com toda a força que tinha para fora da beira do prédio.

Crazy Eyes caiu trinta e dois andares e se espatifou no pavimento abaixo. Shackelford apoiava Miranda, mas mesmo ele teria dificuldade em resistir ao escrutínio de um de seus agentes empurrando um civil desarmado do topo da prefeitura em plena luz do dia. Mas então eles encontraram a Desert Eagle escondida atrás do banco no pátio oeste. As impressões digitais na arma acabaram por corresponder às que conseguiram recolher dos restos do corpo de Crazy Eyes, manchados de graxa de concreto.

Mas Miranda não esperou por tudo isso. Ela nem mesmo esperou as autoridades chegarem e transformarem a área em uma cena de crime. A primeira coisa que ela fez depois que a fuga de Crazy Eyes fracassou foi descer até o saguão, mostrar suas credenciais da ATF e pedir para ver os nomes de todos que receberam crachás de visitante naquele dia.

Um nome em particular se destacou. Era o nome, ela supôs, do homem com olhos loucos que ela havia empurrado da beira daquele prédio menos de cinco minutos atrás.

Seu nome era Carlo Roti.

37

Carlo Roti nasceu em 12 de janeiro de 1985, filho de Francesco "Frank" Roti e Fiona (nascida McIlhenny) Roti, no Northwestern Memorial Hospital, em Chicago.

Os registros mostram que sua primeira prisão foi aos 13 anos de idade, por enfiar fogos de artifício acesos no traseiro de gatos de rua. O que se seguiu foi uma lista de contravenções e crimes tão longa quanto uma lista telefônica. Seu local de trabalho atual era listado como ABB Construction, onde recebia um salário como engenheiro, embora não tivesse formação prévia ou experiência profissional em engenharia.

O pai de Carlo, Frank, era supostamente membro da gangue da 26ª Rua em Chinatown. Veja, enquanto Nova York tinha cinco famílias, todas com várias gangues próprias, Chicago tinha cinco gangues que formavam uma única família, e essa família era chamada de Outfit.

Frank Roti nasceu em 1953 na Taylor Street, filho de imigrantes pobres de Abruzzi, Itália. Seu pai ganhava a vida como cavador de valas. Frank começou sua carreira com assaltos a joalherias e tiroteios de carros em movimento. Ele estava enfrentando uma pena sem liberdade condicional quando desapareceu. A polícia presumiu que ele havia fugido até encontrar seu corpo nu pendurado pelo ânus em um gancho de carne. Seus assassinos queimaram seu rosto com um maçarico. Sua pele estava carbonizada, seus olhos saltados e seus lábios e orelhas queimados. A causa da morte foi considerada asfixia por gritar. Presumiu-se que o crime tivesse sido cometido por seus próprios amigos, caras que ele conhecia desde criança, porque eles temiam que ele fizesse um acordo com os federais, delatando-os em troca de uma redução da pena.

Que coisa terrível, a máfia de Chicago.

De qualquer forma, na época da morte de Frank Roti, havia um boato de que ele iria fazer um acordo. Mais tarde, foi revelado que Frank não tinha intenção de delatar ninguém e que o boato de que ele era um " " (informante do FBI) foi espalhado pelo FBI em uma tentativa de pressioná-lo a cooperar. Esse foi o início do ódio de Carlo pelos federais, que durou toda a sua vida. Então, imagine como Carlo se sentiu quando viu uma mulher da ATF na TV falando mal de seu tio Pat.

Carlo ficou furioso nos dois sentidos da palavra. Furioso o suficiente para dirigir de Chicago até Los Angeles. Furioso o suficiente para pagar um hacker russo para conseguir o endereço residencial de Miranda. Furioso o suficiente para matar a vadia.

Ou tentar.

Seria um funeral com caixão fechado.

OS REGISTROS SOBRE o irmão mais velho de Frank, menos conhecido ou talvez apenas menos notório, eram obscuros. Ele nasceu Pasqualino Roti por volta de 1941. Sem antecedentes criminais. Ganhou uma Purple Heart e uma Medalha de Serviço Distinto no Vietname. Ao longo dos anos setenta, o seu nome apareceu aqui e ali em relatórios desclassificados da CIA sobre operações na América do Sul, na antiga União Soviética e no Médio Oriente. Nessa altura, já se chamava Pat.

Mas, depois de 1981, não havia nada sobre Pat Roti. Nenhum endereço residencial, nenhum registro bancário, nenhuma declaração de imposto de renda, nem mesmo uma multa de estacionamento.

Como esse cara aparentemente bom se tornou o principal recrutador de assassinos sociopatas do mundo? Miranda se perguntou, sentada à sua mesa, examinando os arquivos sobre o clã Roti. *O que o mudou?* A resposta tinha que estar em algum lugar do seu passado.

O funeral de Carlo Roti seria no dia seguinte. Miranda tinha uma reserva para um voo às 18h45 para Chicago naquela noite. Ela achou que o funeral seria um bom lugar para reunir informações sobre o esquivo Pat Roti. Ela tentou não pensar na velha foto da cena do crime que tinha visto, com o corpo de Frank Roti pendurado no gancho de carne como uma isca de peixe carbonizada. Se esses caras eram capazes de fazer isso com o amigo deles, o que fariam se a pegassem?

Shackelford tentou dissuadi-la. Ele disse que a apoiaria independentemente do que acontecesse, mas caras como Pat Roti não desistem facilmente. E ele não queria vê-la se machucar.

Talvez ele tivesse razão, mas apesar de todas as razões para não prosseguir com o caso, ela tinha que continuar.

Por que isso? ela se perguntou. *Por que ela tinha que fazer isso?*

Ela pensou em Cal e Eva, onde quer que estivessem.

E pensou em sua infância, crescendo no leste de Los Angeles com sua mãe e quatro irmãs. Sua mãe lutando todos os dias para pagar as contas. Odiando o pai que nunca conheceu, mas ao mesmo tempo sabendo que o perdoaria em um instante se ele entrasse pela porta. Desejando todos os dias que esse homem que ela não conhecia, esse homem que ela odiava, entrasse pela porta para que ela pudesse amá-lo.

Agora Eva tinha essa chance. Com Cal. Miranda poderia ajudar a poupar Eva da dor que ela sofreu por nunca ter conhecido seu pai. Tudo o que estava no caminho era Pat Roti.

Miranda estava arrumando seus arquivos quando Shackelford chegou à porta de seu escritório.

"Tem uma visita. Você deveria conduzir a entrevista", disse ele.

"Sério? Estou saindo agora."

"Você vai querer conduzir essa entrevista."

"Duvido."

"É Pat Roti."

38

Pat Roti estava irritado.

Não com Miranda ou com a ATF. Ele estava irritado com Carlo. Veja bem, Roti nunca viu Miranda como uma ameaça séria. No máximo, ela era um incômodo. Uma mosquinha zumbindo. E Roti estava preparado para deixá-la zumbir. Ele sabia que a jovem agente ambiciosa não poderia tocá-lo. Ele não tinha prestado muita atenção nela, muito menos enviado um assassino para matá-la. Mas foi exatamente isso que alguém tentou fazer. E esse alguém por acaso tinha o mesmo sobrenome que ele.

Ele sabia o que se passava na cabeça daquele garoto idiota. Era para ser um assassinato por honra. Uma vingança à moda antiga, realizada por um cara mentalmente instável que via seu pai, um bandido, como um "homem de honra" e tinha assistido *ao filme O Poderoso Chefão* vezes demais.

Se o agente Lopez não tivesse jogado Carlo de um prédio, Pat poderia ter matado ele mesmo.

Ele sentou-se pacientemente na sala de interrogatório do FBI, com as mãos apoiadas na cabeça de leão prateada de sua bengala. Vestia um elegante terno azul-marinho Hugo Boss com abotoaduras prateadas e um lenço de bolso de seda azul e preto com estampa paisley.

Miranda entrou e olhou para ele com uma mistura de suspeita e malícia.

"Você deve ser a agente especial Miranda Lopez", disse Pat Roti, sorrindo para ela. Parecia genuíno. Sem qualquer traço de ironia ou arrogância. O velho usou a bengala para se levantar e estendeu a mão. Miranda apertou-a. Seu aperto era firme.

"Onde está seu advogado?", perguntou Miranda.

"Oh, não acho que seja necessário, você acha?"

Miranda deu de ombros. Ela arrastou a cadeira em frente a Roti para fora da mesa de entrevista. Ela raspou no chão de linóleo. Ela sentou-se à mesa, em frente a ele. "Estávamos procurando por você, Sr. Roti."

"Estive fora do país a trabalho", disse Roti. "Vim assim que pude."

"Para trabalhar? Onde?"

"Receio não poder dizer."

Miranda franziu o cenho.

"Como você deve saber, sou proprietário e administrador de uma empresa militar privada", disse Pat Roti. "Trabalhamos regularmente como subcontratados do Departamento de Defesa e da CIA e, legalmente, há algumas coisas que não posso revelar. Você entende."

"Oh, sim. Eu entendo muito bem", disse ela, lançando-lhe um olhar severo.

"Não. Não tenho certeza se você entende."

"Ah?"

"Você acha que eu tive algo a ver com as ações do meu sobrinho. Eu não tive. Ele é um indivíduo muito perturbado."

"Era", disse Miranda. "Eu o joguei de um prédio, então ele não é mais nada. Ele era", disse ela bruscamente.

Pat Roti sorriu, imperturbável. "Claro. 'Era'. De qualquer

forma, gostaria de pedir desculpas em nome da família Roti e dizer o quanto estou extremamente chateado com toda essa situação."

"O que você sabe sobre o tiroteio no museu The Broad, no centro de Los Angeles?"

"Apenas o que vi no noticiário. Um indivíduo com doença mental concluiu que a única maneira de expressar seu descontentamento com o mundo era através de balas e assassinatos."

"Por que ele escolheu o museu The Broad?"

Pat Roti balançou a cabeça. "Como eu poderia saber?" Pat Roti fez uma pausa e inclinou a cabeça, intrigado. "Se você suspeita que eu tenha algum tipo de informação privilegiada sobre essa tragédia, por favor, apresente suas provas para que eu possa esclarecer isso imediatamente."

Miranda cerrou os dentes.

"Eu sei quem você é", disse Pat Roti. "Ou seja, estou familiarizado com o seu trabalho. O caso Barros no ano passado. Você fez algo verdadeiramente heróico. Estou do seu lado, agente Lopez. Entendo e compartilho do seu desdém pela violência sem sentido."

Debaixo da mesa, ela cerrou os punhos. Era tudo o que podia fazer para não se atirar pela sala e estrangulá-lo.

Após a entrevista, Miranda acompanhou Roti até a saída. "Você deu um belo show lá dentro", disse Miranda assim que saíram do prédio da ATF.

Roti olhou para ela. "Não foi um show. Eu acredito em cada palavra que disse."

"Eu sei que você estava por trás do tiroteio no The Broad. A única razão pela qual não posso provar isso é porque Cal nunca testemunharia contra você." Miranda balançou a cabeça. "Você está fazendo tudo isso para silenciar Cal, quando Cal já provou que não vai falar."

"Não espero que você entenda, mas tudo o que faço, no fim das contas, é para o bem maior. É isso que me motiva."

"Como matar Cal se encaixa nisso?"

"É uma questão de matemática. Dezesseis pessoas foram baleadas no Broad. Sete delas morreram. Cal sabe coisas que, se vierem a público, podem desencadear guerras. Você mataria sete para salvar milhares? E centenas de milhares? E milhões? Não seria imoral não fazê-lo?"

"Cal não vai falar."

"Gostaria de poder correr esse risco", disse Pat Roti, enquanto seu Mercedes parava para buscá-lo. "Cal sabia do acordo. Ele sabia no que estava se metendo."

O motorista de Pat Roti, um soldado de 1,80 m de altura vestindo um terno escuro, contornou o carro pelo lado do motorista e abriu a porta traseira para ele.

"E quanto a você e eu?", perguntou Miranda.

"Não vá para Chicago", disse Pat Roti. Miranda ficou surpresa. Como ele sabia que ela iria para Chicago? Poderia ter sido um palpite de sorte, mas provavelmente não.

"Isso é uma ameaça?"

"Deus, não. Você não tem nada a temer de mim. Mas aquelas pessoas — minha família — são bandidos. Você pode continuar atrás de mim, agente Lopez. Você não é a primeira e não será a última. E, de certa forma, eu a admiro. Admiro seu coração e seus valores, por mais ingênuos e equivocados que sejam. Mas você não terá sucesso. Você nem chegará perto. E ficaria triste em ver você se machucar por perseguir algo tão fútil."

Pat Roti sentou-se no banco de trás do Mercedes e olhou para ela. "Mas este é um país livre e você fará o que quiser. Só peço que pense no que lhe disse hoje. Bom dia, agente Lopez."

E com isso, o motorista fechou a porta, contornou o Mercedes, sentou-se ao volante e partiu.

Depois que o Mercedes de Pat Roti desapareceu na rua, Miranda pegou seu celular e fez o check-in para seu voo para Chicago.

39

Ninguém conseguia prender Pat Roti porque ninguém sabia nada sobre ele. Depois de seu período na CIA, ele deixou de existir. Não havia praticamente nenhum registro referente a Pat Roti após meados da década de 1980 e, mesmo antes disso, sua história era irregular. Fortemente editada pela Companhia.

Era um clichê, ela sabia, mas era verdade. Pat Roti era um fantasma.

Então, o plano de Miranda era começar do início. Voltar para onde Pat Roti veio. Pat Roti cresceu em Chicago, na Taylor Street, em um lugar que costumava ser chamado de "The Patch". Era um enclave italiano, mas agora era quase todo ocupado pelo campus da Universidade de Illinois em Chicago. Hoje, era mais uma atração turística. A Pequena Itália de Chicago.

Miranda caminhou sob bandeiras tricolores verdes, brancas e vermelhas e passou por restaurantes italianos, pizzarias e sorveterias espalhadas entre Starbucks, Subway Sandwich Shops e CVSs. Um restaurante do Oriente Médio. Uma lanchonete tailandesa.

Miranda havia localizado o endereço da casa onde Pat Roti

havia crescido. Quando chegou, encontrou uma casa geminada com uma placa na frente que dizia: "JANELLE'S AFRICAN AMERICAN HAIR BRAIDING" (Tranças afro-americanas da Janelle). Miranda não tinha certeza se era um negócio licenciado ou apenas algo que a proprietária havia começado por conta própria. Ao entrar na casa geminada, foi observada por uma sala cheia de clientes.

Havia uma única mulher negra corpulenta trabalhando em uma cadeira de barbeiro na sala de estar. "Você é Janelle?", perguntou Miranda.

"Não tenho nada a dizer, policial."

Miranda sorriu. "É tão óbvio assim? Você não está em apuros." Miranda mostrou seu distintivo à mulher. "Sou da ATF."

"Droga", veio uma voz da outra sala. "Eles mandaram um federal para me prender por operar sem licença?" Uma bela mulher afro-americana na casa dos trinta entrou na sala através de uma cortina de contas. "Vocês não estão brincando."

"Janelle?"

"Você tem um mandado?"

"Não. Como eu disse, você não está em apuros. Preciso da sua ajuda. Pode me ouvir? Por favor?"

Janelle avaliou Miranda, depois puxou a cortina de contas e fez um gesto. "Entre no meu escritório."

Miranda atravessou a cortina de contas e entrou na cozinha.

"Sente-se", disse Janelle. Miranda sentou-se à mesa da cozinha. "O que é isso?", perguntou Janelle.

"De acordo com os registros de propriedade, sua família comprou esta casa em 1987."

"Foi meu pai", disse Janelle.

"Estou investigando a família que morava aqui antes de vocês."

"Não sei nada sobre eles. Eu era apenas uma criança."

"E seu pai? Onde ele está?"

"Morreu há alguns anos."

"Há mais alguém na sua família com quem eu possa falar?"

"Receio que não. Sou só eu."

Houve uma agitação na frente da casa. "Boa tarde, senhoras. Por favor, fiquem sentadas", disse uma voz masculina.

Janelle suspirou. "Jesus. De novo?" Ela esticou o braço acima da geladeira e pegou uma lata de café.

"Escritório do Tesoureiro do Condado de Cook", gritou a voz do homem. Dois policiais de Chicago espreitaram pela cortina de contas. Eles tinham cerca de trinta anos. Um era branco e o outro era negro. Eles nem olharam para Miranda.

"É a segunda vez nesta semana, rapazes", disse Janelle, enquanto tirava algumas notas de vinte dólares da lata de café.

O policial branco abriu um sorriso malicioso. "Você sabe o que dizem sobre a morte e os impostos."

"Não gostaria de ter que fechar seu negócio", disse o policial negro. Janelle olhou para eles com raiva enquanto empurrava o dinheiro para frente. O policial branco pegou o dinheiro, sorriu e acenou com a cabeça. "Até a próxima semana", disse ele, e então ele e seu parceiro voltaram pelo caminho por onde vieram.

Miranda levantou-se da mesa. "Não me cause problemas", disse Janelle. Miranda fez uma careta e dirigiu-se para a porta.

Os dois policiais atravessaram a rua em frente à casa de Janelle e se aproximaram da viatura estacionada. Miranda marchou atrás deles.

"Com licença, senhores policiais?", disse Miranda. Os dois policiais se viraram e a encararam. "Quais são os números dos seus distintivos?"

Os dois policiais trocaram olhares dissimulados. "Você quer nossos números de crachá?", perguntou o policial branco. Eles se aproximaram de Miranda de forma ameaçadora. "Por que você perguntaria isso?"

Janelle e seus clientes se reuniram na varanda para assistir ao confronto.

"Porque acabei de testemunhar vocês solicitando um suborno", disse Miranda.

Os dois policiais pareciam surpresos. Um pouco divertidos. "Você não é daqui, é?", disse o policial negro.

"Olhe. Se você soubesse o que é bom para você, daria meia-volta e iria embora agora mesmo", disse o policial branco.

"Números dos distintivos", disse Miranda.

O policial branco cerrou os dentes e olhou para o parceiro. O policial negro deu de ombros. "Tudo bem. Mãos atrás das costas", disse o policial branco. Ele tentou agarrar o pulso de Miranda. Miranda agarrou seu antebraço, prendeu seu braço atrás das costas, chutou a parte de trás do joelho dele e bateu o rosto dele contra o capô da viatura. Sangue jorrou do rosto dele.

O policial negro sacou sua arma e apontou para Miranda. "Solte-o!"

Miranda ergueu seu distintivo. "ATF!"

O policial negro hesitou. "Merda." O policial negro olhou para Janelle e para a meia dúzia de outras testemunhas que estavam na varanda do outro lado da rua.

"Abaixe sua arma", disse Miranda.

O policial baixou a arma com relutância. Miranda soltou o policial branco. Ele limpou o sangue do rosto com a manga da camisa e se levantou.

"Você vai deixar minha amiga, Janelle, administrar seu negócio em paz", disse Miranda. "Se você incomodá-la novamente, vou processar vocês dois por corrupção. Entendido?"

Os dois policiais olharam para ela com raiva e acenaram com a cabeça.

"Dêem o fora daqui", disse Miranda. Os policiais entraram na viatura e foram embora. Miranda voltou para Janelle.

"Tudo bem, garota", disse Janelle. "Por aqui."

Janelle levou Miranda de volta para sua casa e desceu uma escada precária até o porão. Ela puxou o cordão da luz e uma única lâmpada balançou na sala escura e úmida de concreto. A sala estava cheia de tralhas que datavam da administração Taft.

"Nunca conseguimos limpar este lugar. As coisas estão aqui desde antes de comprarmos a casa. Talvez haja algo que possa ajudá-la."

Miranda assentiu. "Obrigada."

"Tudo bem, então." Janelle voltou para cima. Miranda arregaçou as mangas e começou a trabalhar.

Depois de horas vasculhando roupas usadas, velhas decorações de Natal e outros entulhos, o único registro real da existência de Pat Roti que Miranda conseguiu encontrar foi uma velha carteira de motorista de caminhão. Aparentemente, Pat Roti tinha conseguido um emprego como motorista de caminhão e, por alguma razão — talvez por ser menor de idade —, mandou fazer uma carteira falsa, e cara, era uma beleza. O garoto na foto em preto e branco não se parecia em nada com Pat Roti. A cor do cabelo estava listada como ruivo e ele tinha a pele pálida, como se tivesse acabado de desembarcar da Irlanda.

Isso não ia ajudar muito.

Talvez ela tivesse mais sorte amanhã, no funeral de Carlo.

40

O agente do FBI designado para vigiar o funeral de Carlo Roti chamava-se Derek Kim. Era um jovem de 23 anos, com cara de bebê, recém-saído de Quantico. Na Chicago contemporânea, a Outfit já não era uma prioridade para as autoridades. Eram relíquias e não justificavam muito pessoal ou atenção. O trabalho do agente Kim era sentar em um carro do lado de fora da funerária, tirar fotos das pessoas que compareciam ao funeral e, em seguida, preencher um relatório que ninguém jamais leria. Mas Derek Kim era um cara otimista. Ele era um coreano-americano de primeira geração. Seu pai tinha uma mercearia na zona sul de Chicago. Ele trabalhava dezoito horas por dia, sete dias por semana, para mandar seu filho para a faculdade. Derek Kim sabia o valor de se esforçar além do esperado. Onde outros poderiam ver um trabalho inútil, Kim via uma oportunidade.

Foi por isso que ele conseguiu um mandado de um juiz para instalar um microfone oculto.

Ele havia visitado a funerária alguns dias antes, fingindo ser um filho enlutado à procura de um local para realizar o velório de sua mãe. Ele planejava pedir para usar o banheiro masculino e instalar o microfone lá, mas o banheiro estava fora de serviço naquele dia. Um cano quebrado ou algo parecido. Mas o agente funerário ficou feliz em deixá-lo usar o banheiro feminino. Sem outras opções, ele instalou o microfone oculto de radiofrequência sob uma das pias do banheiro feminino.

Não era muito, mas era alguma coisa.

Então, quando o funeral de Carlo Roti começou, Miranda se viu estacionada do outro lado da rua, no banco do passageiro do sedã do agente Kim.

O funeral não foi um grande evento. A máfia italiana não era mais o que costumava ser. Marginalizada pelos cartéis de drogas do sul e pelos sindicatos russos e chineses do leste. A turma de Carlo estava lá, é claro. Rapazes brancos que ganhavam dinheiro com empréstimos, apostas esportivas e venda de cocaína, heroína, MDMA e cristal. O agente Kim fotografou cada um deles com sua lente teleobjetiva.

"Fiona Roti", disse Kim. "Mãe de Carlo Roti."

Miranda sentou-se na cadeira. Fiona Roti caminhou em direção à entrada da funerária. Era uma mulher severa, com cerca de setenta anos.

Depois de Fiona, alguns chefões apareceram. Eram os caras com quem o pai de Carlo, Frank Roti, teria crescido. Alguns deles poderiam muito bem ter feito parte da turma que o torturou e assassinou há tantos anos. Agora eram idosos, que só haviam sobrevivido tanto tempo porque passaram a maior parte de suas vidas adultas na prisão. Hoje em dia, eram mais ícones de uma era passada do que gangsters de verdade. Tinham seus negócios legítimos e estavam envolvidos em alguns esquemas ilegais, mas, acima de tudo, gostavam que as coisas ficassem quietas.

"A esposa de Carlo", disse Kim. "Inés Hernandez-Roti."

Inés era uma mulher espanhola bonita, na casa dos trinta

anos. Ela caminhava em direção à funerária, agasalhada em seu casaco contra o frio.

É preciso ter coragem para ser a única mulher morena em uma sala cheia de gângsters gringos, pensou Miranda.

Quando o funeral começou, Miranda e Kim se viram ouvindo uma cacofonia de conversas em um receptor de RF. Só que, em vez de traficantes e mafiosos falando sobre coisas incriminatórias, elas estavam ouvindo as esposas e namoradas dos mafiosos, com unhas postiças, no banheiro feminino, tagarelando sobre onde tinham feito o cabelo, injetado Botox e feito as mamas.

Foi só depois de cerca de uma hora que algo interessante aconteceu.

No receptor, elas ouviram alguém entrar no banheiro feminino.

"Fiona. Sinto muito pela sua perda", disse uma voz feminina.

Miranda e Kim se endireitaram nos bancos do carro. "A mãe de Carlo está lá", disse Kim.

Elas ouviram Fiona agradecer à mulher, que então se despediu e voltou para o funeral. Ficou tudo silencioso por alguns instantes. Fiona estava sozinha.

"Sou eu", disse Fiona.

"Com quem ela está falando?", perguntou Kim.

"Aquela vadiazinha da Inés está aqui, lambendo os dedos. Agora que Carlo se foi, ela vai tentar ficar com uma fatia maior."

"Ela está ao telefone com alguém", disse Miranda.

Elas ouviram Fiona soluçar. Sua voz falhou. "Gostaria que você estivesse aqui comigo. O que eles fizeram com nosso menino."

Miranda inclinou a cabeça. *Nosso* filho. Com quem ela estava falando?

"Não é por causa do dinheiro, Frank", disse Fiona. "Por que Inés deveria ficar com o que nosso filho construiu?"

Miranda sentiu um nó no estômago. Ela e Kim trocaram olhares sérios. Será que Frank Roti ainda estava vivo?

"Ela sabe que, com a morte de Carlo, não há motivo para continuarmos a mantê-la por perto. Ela sabe que iremos atrás dela. É nós ou ela. A única opção que ela tem é tentar nos derrubar." Fiona fez uma pausa e ouviu quem quer que fosse com quem estivesse falando do outro lado da linha. "Eu cuido disso. Confie em mim. Ninguém sentirá falta dela", disse Fiona.

Após o velório, um caixão dourado chamativo com os restos mortais de Carlo Roti foi levado para fora da funerária e colocado em um carro funerário. Kim e Miranda seguiram o cortejo fúnebre até o cemitério.

Quando voltaram ao escritório de Kim, Miranda e Kim discutiram com quem Fiona poderia estar falando ao telefone.

"Nós nem temos certeza de que ela estava ao telefone", disse Kim. "Caramba, eu ainda converso com meu pai falecido às vezes. A verdade é que não sabemos o que ouvimos."

Ele estava certo. Ela pensou em todas as vezes que falou com Camilla quando estava sozinha. Feridas deixam cicatrizes e fantasmas permanecem conosco.

41

Inés Hernandez-Roti era proprietária e administradora de uma loja de tacos chamada Chica Organica no centro de Chicago. Era uma cantina mexicana adorável e meio sexy. Brilhante e colorida. Art déco em tons pastéis. Uma placa rosa neon dizia "Chica's" acima e uma ilustração de uma mulher que Miranda supôs ser a própria "Chica" — uma linda dançarina de flamenco de cabelos castanhos, pele bronzeada e lábios vermelhos sensuais, que acenava para os clientes entrarem com seus olhos sedutores. Talvez fosse a lanchonete de tacos mais fofa que ela já tinha visto. E se destacava na fria rua de Chicago como uma flor silvestre em um campo de trigo nevado. Miranda nunca teria imaginado que era uma fachada para drogas. O agente Kim lhe contou que o FBI suspeitava que o restaurante de tacos era como Carlo lavava seu dinheiro sujo. Miranda sacudiu a neve das botas antes de entrar.

Lá fora, podia estar nevando, mas aqui dentro estava quente, quente, quente. Tocava música salsa. O lugar estava lotado. E no centro de tudo estava Inés. Quando Miranda a viu pela primeira vez fora da funerária, ela parecia fria e malvada, mas nesse ambiente, ela era simplesmente deslumbrante. Seus braços estavam cheios de pratos enquanto ela levava comida às mesas com a graça e sensualidade da própria Chica. Seus quadris balançavam aparentemente em sintonia com a música. Miranda tinha dificuldade em tirar os olhos dela.

Miranda sentou-se em uma cabine vazia perto da janela da frente. Inés se aproximou, puxou a gola da blusa justa que se colava ao peito para deixar entrar um pouco de ar. "Pronta para pedir?"

"Como são os seus tamales?", perguntou Miranda.

"Excelentes. Nós os fazemos frescos aqui mesmo. Receita de família."

"Melhores do que os da minha mãe?"

"Depende. Quanto você amava sua mãe?"

"Muito."

"Não posso competir com isso", disse Inés, sorrindo e mantendo o olhar fixo em Miranda. Ela não parecia alguém que acabara de perder o marido. Mas era mais do que isso. Miranda sentiu que estava captando uma vibração.

"Vou querer os tacos de frango, por favor", disse Miranda.

"Arroz e feijão?"

"Por favor."

"Já está saindo." Inés sorriu para ela novamente.

Depois que Miranda terminou seus tacos, Inés voltou.

"Como estava tudo?"

"Delicioso", disse Miranda. "Como você consegue ficar tão magra, trabalhando aqui?"

"Você vê como eu corro por todo o lugar?"

Miranda riu. "Por favor, dê meus cumprimentos ao seu chefe."

"Você está olhando para ela."

"Não? Você é a famosa Chica?"

Inés riu. "Não. 'Chica' era minha avó. Eu dei o nome dela ao restaurante. Ela faleceu quando eu era criança."

"Bem, você recebeu uma herança genética muito boa." Miranda apontou para a placa. "Sua avó era uma mulher muito bonita."

Inés corou e passou a mão pela nuca.

"A única coisa que poderia tornar esta refeição ainda melhor seria uma boa margarita", disse Miranda.

"Sim. Infelizmente, não temos licença para vender bebidas alcoólicas. Mas há uma cantina na State Street chamada Rosa's que faz isso muito bem."

"Rosa's na State Street", disse Miranda. "Vou te ver lá?"

Inés sorriu. "Depois de como estivemos ocupadas esta noite, com certeza. Eu preciso de uma bebida."

As bebidas no bar levaram à dança, levaram a mais bebidas no apartamento de Inés, levaram à mota, levaram ao sexo.

A maconha de Inés era muito boa. Fez Miranda se sentir como se estivesse possuída por um anjo. As cobertas da cama dançavam em torno de seus corpos nus como nuvens macias.

Mas mesmo através da névoa celestial, o fato aparecia como um farol distante. Inés não era Camilla. Isso era fome — a vontade gananciosa de Miranda, como a de um lobo, de devorar.

Inés era apenas carne.

"Então, quem é você?", perguntou Inés. Ela estava deitada na cama ao lado de Miranda. Miranda estava curtindo seu habitual baseado pós-coito.

"Você não acreditaria em mim se eu contasse", disse Miranda.

"Ah, é mesmo?"

"Você ficaria tipo, o que diabos eu acabei de fazer, trazendo essa pessoa para minha casa? Eu me ferrei. Eu me ferrei. A propósito, você faz isso com frequência? Traz clientes aleatórios para casa? Quer dizer, não estou reclamando do atendimento ao cliente nem nada."

Inés deu uma risada. "Acabei de escapar de um casamento muito ruim. Estava me sentindo bem hoje à noite e tive vontade de transar com a primeira coisa bonita que visse."

"E quando isso não deu certo, você se contentou comigo."

Inés riu novamente. "Você é lindo. Do tipo 'não mexa comigo'."

Miranda sorriu. "Você não tem ideia."

"Você está evitando minha pergunta."

"Sou apenas alguém que está na cidade a trabalho."

"O que você faz?"

Miranda olhou diretamente para Inés. "Você não vai gostar", Miranda avisou. Inés franziu a testa. "Eu trabalho com importação e exportação", disse Miranda.

"Por que eu não gostaria disso?"

"Porque o que eu importo e exporto não é totalmente legal."

Inés pegou o baseado de Miranda e sorriu. "Entendo. A 'merda boa'", disse ela, e então deu uma tragada.

"Não. Não são drogas."

Inés inclinou a cabeça. "O que é, então?"

"Armas."

"Bobagem", disse Inés. Ela enfiou a mão debaixo do colchão, tirou uma pistola e apontou para Miranda. Miranda olhou para ela com frieza.

"Sig Sauer P 226", disse Miranda.

Inés sorriu. "Muito bem." Ela colocou a Sig de volta debaixo do colchão.

Miranda havia dito a Inés que seu nome era Esperanza Del Castillo. Era uma identidade falsa que a ATF havia criado para ela para trabalhos secretos. Se Inés investigasse, descobriria que Esperanza Del Castillo era uma conhecida traficante de armas de fogo em Los Angeles.

"Então, me conte sobre esse casamento", disse Miranda.

"Esse era o termo técnico para isso."

"O que você quer dizer?"

"Era mais como um acordo comercial."

"Que tipo de acordo comercial?"

Inés olhou para Miranda com incerteza. Miranda deu uma grande tragada no baseado. "Você certamente não tem pulmões virgens", disse Inés.

Miranda deu de ombros. "Isso é uma erva boa."

"O que você vai fazer amanhã à noite?"

"Eu poderia me disponibilizar." Miranda inclinou a cabeça para trás e exalou a fumaça. "Se valer a pena."

Inés sorriu.

42

Miranda foi comprar um vestido de noite na Prada. Dado o evento, nada menos do que isso seria suficiente. Ela escolheu um vestido de seda preto com decote quadrado e bainha longa. Não era o vestido mais bonito da loja, nem o mais barato. Era simples e elegante e, o mais importante, não chamava a atenção. Quando chegou a hora de escolher uma bolsa, ela escolheu uma um pouco grande. A vendedora tentou dissuadi-la, mas ela precisava de algo que pudesse acomodar o dispositivo de gravação e a Glock 42 que o FBI de Chicago lhe forneceria.

Após sua noite com Inés, ela informou Shackelford sobre seu progresso, e Shackelford entrou em contato com o escritório regional do FBI em Chicago. Foi acordado que Inés e qualquer pessoa ligada a ela seriam o alvo da operação. Pat Roti era o foco da investigação da ATF. Ele era o prêmio.

Inés enviou uma limusine para buscar Miranda em seu hotel. Quando o motorista abriu a porta para Miranda, Inés já estava no banco de trás. Miranda sorriu ao entrar na limusine e deu um beijo na bochecha de Inés.

"Eu pesquisei sobre você", disse Inés. "Acontece que você é legítima."

"O que isso significa? Você me pesquisou no Google?"

"Mandei minha equipe fazer isso."

"Que tipo de 'pessoal' um dono de lanchonete tem?", disse Miranda, fingindo não entender.

Com isso, Inés riu, estendeu a mão por cima do colo de Miranda e prendeu o cinto de segurança em sua cintura. "Aperte o cinto, querida", disse ela.

Miranda não conseguiu escapar à sensação de déjà vu quando a limusina parou em frente ao Museu Metropolitano de Arte de Chicago. Imagens da cena do crime chocante após o tiroteio no The Broad passaram pela sua mente. O manobrista abriu a porta da limusina e Miranda e Inés subiram a escadaria com tapete vermelho em direção ao edifício quadrado de concreto.

A aristocracia de Chicago estava reunida para uma cerimônia privada de inauguração. Taças de champanhe. Smokings e vestidos de noite. Garçons circulavam como sentinelas com bandejas de aperitivos sofisticados.

"Bem, isso é inesperado", disse Miranda para Inés. Elas percorreram a galeria. Miranda não frequentava muito museus, mas reconheceu uma obra por todos os motivos errados. Ela parecia exatamente a mesma, só que da última vez que a viu, foi no The Broad, colorida em magenta e salpicada de buracos de bala.

Mas este cachorro gigante de balão de aço inoxidável era laranja. "Adoro esta", disse Inés. "É para ser uma lembrança dos aniversários da infância. Memórias queridas. Você pisca os olhos e elas desaparecem. Com o passar do tempo, você as valoriza mais porque elas se foram. Você sente mais saudade, elas ficam maiores. Até se tornarem gigantes."

Os olhos de Miranda ficaram distantes. Em cada centímetro

do aço laranja polido como um espelho, ela via Camilla. "Eu conheço essa sensação", disse ela.

Miranda e Inés se dirigiram para a frente da sala, onde um funcionário do museu estava ao microfone, preparando-se para fazer um anúncio.

"Você sabe o que é construir um negócio. Sozinha, do zero", disse Inés para Miranda.

"Tenho certeza de que ter e administrar um restaurante não é fácil", disse Miranda em um tom sutilmente depreciativo.

"O restaurante não é minha única fonte de renda", disse Inés. "Sou o que você poderia chamar de empreendedora."

"Ah?", disse Miranda, fingindo surpresa.

Inés acenou com a cabeça em direção à frente da sala. "O nome daquele homem é Luke Corrigan."

Luke Corrigan estava diante da multidão reunida com o funcionário do museu e sua acompanhante, uma garota branca magra como uma anoréxica. Aquele visual desnutrido que a alta moda adora. Luke era um homem branco na casa dos quarenta, vestindo um terno Prada preto e um relógio Piguet de ouro. Ele era bonito, com o físico de um boxeador aposentado. Robusto, mas um ou dois quilos acima do peso ideal. O resultado da riqueza e do conforto. A impressão imediata de Miranda foi que Luke não tinha nascido rico, mas agora era, e isso o tornara complacente.

"Ele se dá muito crédito", disse Inés. "Ele está tentando me tirar do que eu construí. Os homens podem ser assim."

O funcionário do museu bateu no microfone e a sala ficou em silêncio. Ele falou por alguns minutos sobre a história da sala em que estavam e as várias exposições que ela abrigou ao longo dos anos. Em seguida, falou longamente sobre seu generoso benfeitor, Luke Corrigan, e como todas as muitas doações desse orgulhoso empresário de Chicago beneficiaram o museu.

"Em reconhecimento agradecido por suas muitas doações de

caridade ao longo dos anos", disse o funcionário do museu, concluindo, "é uma honra para mim inaugurar oficialmente o Átrio Luke Corrigan".

A multidão aplaudiu. Luke avistou Inés na multidão. Seus olhos permaneceram fixos nela.

Após o término do discurso, a alta sociedade de Chicago voltou a se reunir. Luke atravessou a sala cumprimentando as pessoas como um homem tentando apagar um fogo secreto. "Não esperava vê-la aqui", disse ele.

"Você me convidou", respondeu Inés.

"Sim, mas considerando Carlo... Sinto muito, a propósito."

"Recebi suas flores."

Luke virou-se para Miranda e sorriu. "E esta é?"

"Minha acompanhante."

"Esperanza Del Castillo", disse Miranda, estendendo a mão.

"Prazer em conhecê-la, Srta. Del Castillo", disse ele, enquanto gentilmente pegava a mão dela e beijava seus dedos.

"Tenho tentado marcar uma reunião", disse Inés.

"Respire fundo", disse Luke.

"Os negócios não param só porque Carlo está morto."

Os olhos de Luke se moviam rapidamente, preocupado que seus amigos ricos pudessem ouvir.

"Se eles soubessem quem você realmente é", disse Inés, levantando um pouco a voz. "Quanto tempo você acha que vai demorar para eles perceberem essa encenação à la 'O Grande Gatsby'?"

"Não aqui."

"Tem que ser hoje à noite."

Luke suspirou. "No meu escritório. Daqui a uma hora."

Inés assentiu.

"Você parece fraco vindo aqui assim. Aproveite os aperitivos", disse Luke, e então se afastou.

. . .

O ESCRITÓRIO DE Luke ficava em um prédio luxuoso no Loop. Inés e Miranda se aproximaram da recepção e deram seus nomes ao segurança de plantão. Um cara com aparência militar que, só pela aparência, parecia a Miranda ser superqualificado para o trabalho de segurança noturna em um prédio comercial.

"Por aqui", disse o guarda.

Miranda e Inés seguiram o guarda até um conjunto de elevadores. O segurança se aproximou de um dos elevadores e passou seu crachá. As portas se abriram e Miranda e Inés entraram. O segurança apertou o número do andar apropriado e as portas do elevador se fecharam.

Quando as portas se abriram novamente, um guarda-costas com o físico de uma rocha estava esperando. Sem dizer uma palavra, o guarda-costas fez um gesto para que Miranda e Inés o seguissem.

O escritório de Luke era caro e moderno. Uma grande janela voltada para o leste oferecia uma vista pitoresca do centro de Chicago e do Lago Michigan ao fundo. Luke estava andando de um lado para o outro em frente à janela, falando mandarim em seu Bluetooth, quando o Gigante escoltou Miranda e Inés para dentro da sala. Após mais alguns minutos falando mandarim, Luke encerrou a ligação e se virou para suas convidadas.

"Você é uma purista, se bem me lembro", disse ele a Inés.

Inés apertou os olhos. "Desculpe?"

Luke foi até o bar no canto do escritório. "Suco de limão fresco, Cointreau, tequila e um pouco de suco de laranja." Ele colocou os ingredientes em uma coqueteleira enquanto falava. "Uma verdadeira purista."

Ele salgou as bordas de três copos, encheu-os com gelo, agitou a coqueteleira e serviu as margaritas. "Saúde", disse ele, indicando para que pegassem um copo. Miranda e Inés relutantemente se aproximaram do bar e aceitaram suas bebidas. O Boulder pairava no canto da sala como um urso pardo.

"Ao Carlo", disse Luke, levantando sua bebida, com um sorriso presunçoso no rosto. Inés fez tudo o que pôde para não fazer cara feia. Os três bateram seus copos e beberam. Luke foi até a janela com seu coquetel e exalou lentamente. Ele apreciou a vista.

"Sabe, eu cresci aqui em Chicago. Na Grand Avenue", disse Luke. "Eu mal reconheço mais esta cidade. As ruas costumavam cantar com energia, como jazz improvisado. Agora é tudo música de elevador sem alma. Sem vida e superficial. Como cirurgia plástica em um cadáver. Não há mais nada de autêntico nela."

Ele se virou para Inés e Miranda. "Como está a família?", perguntou.

"Você quer dizer, os Rotis?", disse Inés.

"Sim. A família. Eles estão bem?"

"Não estou aqui para falar sobre os Rotis."

"Bem, de certa forma, você está. Eles certamente fazem parte disso", disse Luke. Então ele olhou para Miranda. "Por que ela está aqui?"

"Já vou chegar nisso", disse Inés. "A vista *é* incrível." Ela apontou para a grande janela do escritório. "Não se esqueça. Você não teria isso sem mim."

"O que você e Carlo começaram foi uma pequena empresa familiar. Fui eu quem a transformou no Walmart."

"Eu posso causar problemas para você", disse Inés.

"Penas de ganso."

Inés estremeceu. "O quê?"

"Setenta por cento das penas de ganso neste país vêm da China. Alguns patos azarados estão prestes a morrer, eles os esquartejam, levam a carne para o mercado e enviam as penas para os bons e velhos Estados Unidos da América para encher nossos travesseiros e edredons.

"É um equívoco comum pensar que importamos a maior

parte das nossas coisas da China. Na verdade, eles são responsáveis por apenas cerca de quinze por cento do total das importações dos Estados Unidos — no mercado lícito."

Luke sorriu maliciosamente. "A China é, no entanto — e isso é difícil porque os economistas nunca podem ser muito precisos quando se trata do mercado negro —, mas a China é responsável por aproximadamente 80% do fornecimento de fentanil ilícito dos Estados Unidos.

"Para um humilde comerciante importador como eu, esses 80% são o meu ganha-pão. É um negócio em que esses malditos cartéis vêm tentando entrar há anos. Chegaram até a tentar sintetizar o seu próprio — com apenas uma fração da pureza." Luke sorriu com entusiasmo ao dizer isso.

"Os cartéis mexicanos estão tentando entrar no mercado. Eles querem meu contato. Eles querem meu negócio", disse Luke. "Eu confiava em Carlo. Você era apenas sua esposa e sua sócia."

"Então, você não confia em mim porque sou mulher ou porque sou mexicana?", perguntou Inés.

"Ambos, *mamacita*. Estou bem ciente de suas conexões com o Cartel de Sinaloa. Então, fiz um acordo com os Rotis. Você terá que conversar com eles sobre onde você se encaixa nisso."

"Você acha que pode me excluir?"

Luke apenas deu de ombros. "São apenas negócios."

"E se eu te excluir?"

Luke zombou.

"Esperanza é uma contrabandista", disse Inés.

Agora Miranda sabia por que Inés a trouxera junto. Era um blefe, mas talvez não fosse tão ruim assim. Se Luke pesquisasse o histórico de "Esperanza Del Castillo", veria que ela era uma contrabandista internacional de armas. Se alguém como "Esperanza" fizesse parceria com Inés, elas poderiam importar suas próprias drogas sem ele.

"Se você me excluir, vou diretamente aos chineses, vou oferecer preços mais baixos que os seus e usar a Esperanza para importar."

"Você está querendo uma guerra?"

"Você está?", disse Inés. "Se eu tenho tantas conexões com Sinaloa quanto você diz, soldados não serão um problema."

Luke fez uma pausa. "Os Rotis sabem disso?"

"Estou falando com você."

"O que você quer?"

"Agora que Carlo se foi, eu assumo a parte dele."

"A única pessoa a quem presto contas é ao pai do Carlo", disse Luke. Miranda inclinou a cabeça. *O pai do Carlo.* Mais uma indicação de que Frank Roti ainda estava vivo. "Não posso excluir os Rotis", disse Luke.

"Eu cuido da família Roti."

Mais uma vez, Luke fez uma pausa. Ele estalou a língua, olhou para Miranda e depois voltou a olhar para Inés. "Tudo bem. Fale com os Rotis. Respeitarei qualquer decisão que eles tomarem."

Após a reunião, Inés explicou a Miranda que, agora que Carlo havia partido, Luke (o corretor) e os Rotis (os distribuidores) estavam tentando excluí-la do negócio de drogas que ela basicamente havia construído para eles. Uma operadora independente latina (suas ligações com Sinaloa eram em grande parte falsas) precisava de força. Era aí que Carlo e sua equipe entravam. Era um casamento de conveniência. Um acordo comercial. Carlo era burro e louco o suficiente para Inés manipular para seus fins. Ela construiu uma rede de distribuição de cocaína, MDMA e heroína. Entra Luke com sua conexão na China para o fentanil. Foi aí que as coisas realmente decolaram. Luke conseguiu entrar nos Estados Unidos, mas sem Inés, ele era como um menino de

12 anos com o pau na mão, sem saber o que fazer com ele. Inés tinha a rede. Inés enriqueceu todo mundo — Luke, os Rotis —, mas agora que Carlo estava morto e o negócio já estava estabelecido, Luke e os Rotis acharam que não precisavam mais da empreendedora mexicana.

Então, ela levou Miranda, ou "Esperanza", como ela a conhecia, para a reunião. Ela blefou e Luke recuou. Agora, tudo o que Inés precisava fazer era conversar com a família Roti. Ela perguntou se Miranda iria com ela. A presença dela reforçaria a mentira de que elas estavam juntas nos negócios (e não eram apenas amigas coloridas que se conheceram há apenas um dia). Miranda fingiu hesitação antes de aceitar o convite.

"Você tem uma arma?", perguntou Inés.

"Posso conseguir uma", disse ela, sem mencionar a Glock 22 do FBI que estava em sua bolsa.

"Ótimo", disse Inés. "Vamos visitar minha sogra."

43

Após o encontro com Luke, Inés fez uma parada no bairro Little Village, em Chicago. Ela levou Miranda a um prédio sem janelas e sem identificação. Um esqueleto envolto em vestes como a Virgem de Guadalupe estava na frente da sala escura, iluminada por velas. Em uma das mãos, ela segurava um globo e, na outra, uma foice. Inés se ajoelhou e colocou algumas notas de cem dólares dobradas entre os doces, cigarros, garrafinhas de tequila e outras oferendas aos pés ossudos da figura.

Havia velas de cores diferentes acesas no altar. Douradas para dinheiro. Vermelhas para amor. Roxas para percepção psíquica. Verdes para justiça. Azuis para sabedoria. Brancas para pureza.

Inés acendeu uma vela preta. Preta para a destruição de seus inimigos. Preta para proteção contra o mal.

Foi quando estavam saindo do santuário de Santa Muerte que Miranda a prendeu.

. . .

A OPERAÇÃO SECRETA de Miranda estava indo melhor do que qualquer um no FBI jamais imaginou que fosse possível. Ela já havia prendido Inés e incriminado Luke Corrigan. Essas prisões seriam creditadas ao FBI. O acordo que Miranda fez com o departamento em troca de sua ajuda era que seu caso fosse Pat Roti e somente Pat Roti. Quanto ao FBI, eles estavam muito satisfeitos. Luke Corrigan não era um peixe pequeno e eles tinham uma gravação dele admitindo ter importado fentanil. Miranda estava começando a se aproximar da família Roti, mas não tinha certeza de quão perto estava do próprio Pat Roti.

Ela teria que continuar investigando.

Miranda estava na sala de observação do escritório regional do FBI em Chicago com a agente Kim. Ela observava Inés através do espelho de vidro unidirecional. Inés estava sentada na sala de interrogatório, batendo as unhas na mesa impacientemente. Era sempre estranho interrogar alguém com quem você acabara de dormir, mas Miranda tinha muita prática. Com exceção talvez de Camilla, ela nunca confiara em ninguém com quem dormira.

"Você está envolvida em tráfico de drogas, Inés. É uma prova irrefutável", disse Miranda, enquanto entrava na sala de interrogatório. "Eu estava com um microfone escondido durante toda a sua conversa com Luke." Ela permaneceu em pé, olhando para Inés.

Inés não olhou nos olhos de Miranda. Ela apenas continuou batendo as unhas.

"Luke. Ele também vai cair. E em breve, teremos os Rotis. São pessoas perigosas, Inés. Pessoas com influência. E por sua causa, muito em breve todos eles vão passar longos períodos em prisões federais. Como acha que eles se vão sentir em relação a isso? Como acha que eles se vão sentir em relação *a si*? Tem de nos ajudar para que possamos ajudá-la. É a sua única opção."

De Inés, nada. Apenas o som de suas unhas batendo na mesa.

"Luke Corrigan disse que a única pessoa a quem ele responde é o 'velho do Carlo'. O que ele quis dizer com isso?"

Finalmente, Inés parou de bater as unhas na mesa. Ela balançou a cabeça e olhou Miranda nos olhos. "Sua vadia estúpida. Você não tem ideia do que está se metendo."

Ela voltou a bater as unhas na mesa. Não disse mais nada.

Miranda voltou para a sala de observação. "Se Frank Roti ainda está vivo, quem era o cara encontrado torturado e assassinado em 1967?", perguntou Miranda a Kim. Inés era visível através do espelho unidirecional na sala de interrogatório, com a boca fechada mais do que uma armadilha de aço.

Miranda e Kim decidiram adiar a prisão de Luke até que Miranda visitasse Fiona Roti. A única coisa que Miranda sabia com certeza era que Inés estava certa. Ela não tinha ideia do que estava se metendo.

Se soubesse, teria pegado o próximo voo de volta para Los Angeles.

44

Fiona Roti morava em uma casa colonial de classe média nos subúrbios de Chicago. O FBI de Chicago emprestou a Miranda um BMW apreendido. Ela precisava parecer adequada ao papel. Ela estacionou o carro na garagem atrás do Cadillac de Fiona Roti. Saiu do BMW, aproximou-se da porta da frente e se preparou.

Quando Fiona Roti atendeu a porta, lágrimas escorriam pelo rosto de Miranda. Fiona a observou com indiferença. Se ficou surpresa, não demonstrou. Ela tinha um ótimo poker face. Estava na casa dos setenta, mas parecia mais jovem. Seu cabelo era castanho escuro e ralo no topo. Sua pele era notavelmente lisa para uma mulher de sua idade. Seu corpo era redondo, mas firme. Assim como seus olhos.

"Meu nome é Esperanza", disse Miranda entre lágrimas. "E eu amava seu filho."

Depois de um momento avaliando Miranda friamente, Fiona deu um passo para o lado. "Por favor, entre, querida."

"Desculpe por ter vindo assim", disse Miranda, entrando na casa. "Mas estou muito abalada desde a morte de Carlo. Não consegui nem ir ao funeral."

"Você era amante dele?"

"Nós estávamos apaixonados", disse Miranda. "Carlo nunca amou Inés. Ele só ficou com ela por causa dos negócios."

"Os negócios?"

"Não estou aqui por causa disso. Não estou procurando dinheiro."

"Então por que você está aqui?"

"Acho que não sei", disse Miranda, baixando a cabeça. "Só sinto muita falta dele." Ela continuou, com lágrimas escorrendo pelo rosto.

"Tudo bem, querida. Sente-se", disse Fiona, indicando o sofá da sala. "Quer um chá? Algo mais forte?"

"O que você estiver tomando", disse Miranda.

Fiona desapareceu na cozinha. Os olhos de Miranda rapidamente avaliaram a sala. Em uma estante, ela avistou a fotografia de um homem que poderia ser um Pat Roti mais jovem.

Fiona voltou à sala com dois uísques irlandeses. Ela entregou um a Miranda. "Algo para aquecê-la." Elas brindaram e beberam.

"Quanto tempo você ficou com Carlo?"

"Alguns anos. Ele planejava deixar Inés assim que conseguisse livrá-la dos negócios, mas isso estava se mostrando mais complicado do que ele pensava."

"Ela é teimosa", disse Fiona. Ela tomou um gole de seu uísque. "Então, o que você quer de mim?"

Miranda deu de ombros. "Só conversar. Nunca conheci a família dele. Sinto muita falta dele e não tenho ninguém com quem conversar sobre ele."

"Eu entendo, querida."

"Ah, esse é o pai do Carlo?", perguntou Miranda, indicando a fotografia na estante que ela suspeitava ser um Pat Roti mais jovem.

Fiona virou-se e olhou para a fotografia. Um sorriso malicioso surgiu em seu rosto. Ela levantou-se sem responder e foi até a estante. Pegou um álbum antigo e voltou para Miranda. "Este é o álbum de bebê do Carlo", disse Fiona, abrindo o álbum sobre a mesa de centro. "Comecei a fazê-lo quando ele nasceu."

Na primeira página, havia impressões das mãos e dos pés do bebê Carlo. Uma mecha de seu cabelo preto. Havia fotos de seu primeiro dia de escola, primeira comunhão, primeira viagem à Disney World. Seu primeiro dente perdido.

Ela viu uma foto de um homem que parecia um Pat Roti mais jovem, com quem ela supôs ser o irmão mau. O pai de Carlo, Frank. Ele tinha pele clara e cabelo ruivo. "Quem é esse?", perguntou Miranda, indicando a fotografia.

"É o pai do Carlo, Frank, e o irmão dele, Pat."

Miranda ficou confusa. Ela já sabia que a fotografia era de Frank e Pat, mas quando Fiona os identificou, ela se confundiu. Ela apontou para o homem ruivo quando disse Pat e para o homem de cabelo escuro quando disse Frank. Pat Roti não era ruivo.

Talvez ela tivesse cometido um erro. Então, Miranda a testou. "Carlo não herdou o cabelo ruivo do pai."

"Cabelo ruivo é incomum na Itália. Algo como um por cento. Na Sicília, eles os chamam de *normanne*, ou normandos", disse Fiona, então seus olhos se voltaram para Miranda. "Mas o pai de Carlo não tinha cabelo ruivo."

Miranda sentiu um aperto no estômago. Lembrou-se de ter lido o relatório da autópsia do cadáver de Frank, queimado até ficar irreconhecível. Não restava nenhum fio de cabelo em sua cabeça.

E então ela se lembrou de algo que era, em muitos aspectos, mais assustador. Ela se lembrou da carteira de motorista do jovem Pat Roti. Aquela que ela havia encontrado no porão de Janelle. Ela presumiu que fosse falsa porque o garoto na foto não se parecia em nada com o Pat Roti que ela conhecia. A cor do cabelo dele estava listada como ruivo. E se não fosse falsa? E se aquele fosse o verdadeiro Pat Roti?

"Está começando a entender, agente Lopez?", disse Fiona.

Miranda congelou. Agora tudo fazia sentido — a habilidade incomum de Pat Roti de recrutar e controlar sociopatas.

Era a história de dois irmãos. Um bom e outro mau. Tão mau que era procurado por assassinato. Ele corria o risco de pegar pena de morte. Então, o irmão mau, para evitar a prisão, pendurou seu irmão bom, ruivo, em um gancho de carne e queimou seu cabelo, rosto e impressões digitais com um maçarico. Ele roubou sua identidade e embarcou para o Vietnã, onde ganhou fama como um assassino sociopata.

Sim, Pat Roti era um fantasma mesmo.

E Frank Roti era o filho da mãe que usava a pele dele.

A sala começou a girar. Miranda procurou sua bolsa, mas ela havia sumido. Fiona deve ter pegado. Quando ela fez isso? Tudo estava ficando confuso. O que estava acontecendo com ela?

"Você deve achar que somos realmente estúpidos", disse Fiona. Sua voz parecia distante, embora ela estivesse sentada a apenas alguns metros de distância. "Você achou que eu não saberia a identidade da vadia que matou nosso filho?" Fiona tomou um gole de seu copo de uísque e cruzou as pernas calmamente. "Então, agora que você sabe com quem está se metendo, só tenho uma pergunta para você." Ela colocou o copo na mesa de centro e se inclinou para frente. "Você corre rápido?"

Miranda ouviu o barulho de um motor de carro na rua.

"Devem ser os meninos", disse Fiona. "Mandei uma mensagem para eles quando estava colocando barbitúricos no seu uísque."

Miranda olhou para o copo vazio com pavor. Ela se levantou e se arrastou até a porta.

Ela viu os faróis se aproximando pela rua como os olhos de um dragão. Ela tropeçou até o BMW, abriu a porta e deslizou para o banco do passageiro. Ela apertou o botão de ignição, girou o volante e saiu imprudentemente da garagem, levantando grama e terra e derrubando a caixa de correio de Fiona. Ela colocou o carro em marcha quando um tiro soou atrás dela e quebrou a janela traseira do BMW. Os pneus do carro guincharam e levantaram poeira quando Miranda acelerou.

A estrada não ficava parada. Miranda lutou para manter o volante firme e a cabeça nivelada. Ela resistiu à vontade de fechar os olhos. Podia sentir os barbitúricos em seu organismo levando-a à inconsciência. Olhou pelo espelho retrovisor e viu um Suburban azul escuro em sua traseira. Uma figura sombria se debruçava pela janela do lado do passageiro. Os flashes do cano da arma iluminavam a pistola em sua mão.

Miranda desviou-se pelos subúrbios sonolentos, descendo ruas mal iluminadas, derrubando caixotes do lixo e sinais de trânsito. Ela tirou o iPhone do bolso e dividiu a sua atenção entre manter-se na estrada e marcar o número. Antes que pudesse terminar de marcar, o seu telefone tocou. O identificador de chamadas indicava: "NÚMERO DESCONHECIDO". Ela ignorou a chamada. Ganhou o volante, endireitando o carro antes que ele saísse da estrada. Ela retomou a ligação, mas foi interrompida novamente por uma chamada recebida. "NÚMERO DESCONHECIDO". Seu motor rugia enquanto tiros eram disparados atrás dela em rajadas violentas. Ela atendeu a chamada.

"Alô?"

"Alô, agente Lopez." Miranda não tinha certeza se era por causa das drogas ou se ela realmente estava ouvindo quem pensava estar ouvindo. "É Pat Roti", disse a voz.

"Pat Roti foi assassinado em 1967", disse Miranda.

A voz riu. "Eu sou o guardião do meu irmão?"

"Vá se foder", disse Miranda. Ela desligou o telefone e começou a discar novamente.

Atrás, o Suburban rugiu como um touro em fúria e bateu no para-choque dela. Seu pescoço se inclinou para trás, sua cabeça bateu no encosto e o telefone escorregou de suas mãos. Ela sacudiu a névoa, tentando se concentrar. Com uma mão no volante e os olhos na estrada, ela se inclinou para a frente e procurou o telefone na escuridão abaixo dela. O Suburban bateu no para-choque traseiro novamente. O corpo de Miranda foi jogado violentamente contra o banco e ela sentiu uma dor aguda na coluna. O atirador pendurado na janela colocou um novo pente na arma e disparou outra rajada de balas. As balas passaram zunindo por sua cabeça e perfuraram o para-brisa. Ela sentiu seu corpo ser jogado para frente e uma dor ardente no ombro direito. Seu braço escorregou do volante. Ela não conseguia movê-lo. Ela viu o sangue escorrendo pelo lado direito do corpo. Ela havia sido atingida.

E ainda assim, as drogas a faziam dormir.

Ela virou o volante para a direita e subiu a rampa de saída da I-290. Ela precisava sair dessas ruas escuras e silenciosas. Ir para algum lugar público. Eles não iriam atirar nela em uma área populosa.

Buzinas soavam e pneus guinchavam. Ela acelerava para o leste na I-290 Oeste, desviando do trânsito. O Suburban continuava em perseguição obstinada. Ela cruzou o canteiro central e entrou na I-290 Leste. Podia ver a paisagem urbana de Chicago no horizonte, brilhando como um farol. Ela acelerou de forma imprudente. Onde estava a maldita polícia rodoviária quando se precisava dela? Outros motoristas ligariam para a polícia. Ela só precisava aguentar um pouco mais.

"Não entre docilmente nessa boa noite", disse Camilla. Miranda olhou para o assento ao lado dela e viu Camilla olhando para ela. Seu cabelo era brilhante e escuro. Sua pele era negra e macia. Ela não havia mudado nada desde o dia em que

Miranda a perdeu. Ela era radiantemente bela. E, por alguma razão, a mente drogada de Miranda a fez recitar Dylan Thomas.

A cabeça de Miranda começou a cair. O carro voltou a atravessar o canteiro central e entrou na pista oeste. "Raiva."

À frente, Miranda viu uma luz.

"Fúria contra o fim da luz."

Miranda acelerou em direção à luz ofuscante.

"Eu te amo", disse Miranda para Camilla, enquanto o feixe de luz se dividia em dois, uma buzina soava e Miranda fechava os olhos.

Miranda bateu de frente em um caminhão de lixo. O caminhão tentou desviar, mas acabou esmagando o BMW sob seus pneus como uma lata de refrigerante, reduzindo o veículo a uma pilha fumegante de destroços de aço.

O SANTO CEIFADOR

45

Depois que Cal atirou em Jim Snodgrass nas margens da Ilha Walpole, ele escondeu o barco de caça aos patos de Snodgrass no pântano. Cal e Eva o usaram para cruzar de volta para os Estados Unidos. Uma vez lá, Cal usou dinheiro para comprar uma Ford F150 1991 que tinha visto anunciada na garagem de alguém.

Foram dois dias de viagem até Los Angeles. Quando chegaram, Cal e Eva se esconderam no antigo armazém de Sly. Após o assassinato de Sly, a ATF levou seu sistema de vigilância como prova, mas as portas blindadas e a câmera da campainha ainda estavam lá. Eles também deixaram os jogos de fliperama — Pac-Man, Space Invaders, Galaxian — e a rampa de skate. Cal não sabia de onde Sly estava tirando a eletricidade, mas a ATF não a havia desligado. Cal foi à loja de ferragens e trocou as fechaduras, e logo ele e Eva tinham sua própria fortaleza.

Era sexta-feira à noite. Cal disse a Eva que ia sair e que voltaria mais tarde. Ele dirigiu até uma lanchonete e pediu cem hambúrgueres para viagem. Levou os hambúrgueres para Skid Row e os distribuiu para as pessoas que estavam lá.

Cal conhecia um ex-fuzileiro naval que morava em Skid Row. Cal sentava-se com ele, às vezes por horas. Eles nunca trocaram uma única palavra, mas Cal sentia que se conheciam. Realmente se entendiam. Não precisavam de palavras.

Era assim que ele se sentia agora quando estava com Eva. O silêncio entre eles era confortável. No caminho de volta para Los Angeles, os dois mal conversaram. Não precisavam.

Quando Cal voltou ao armazém, encontrou Eva metodicamente desmontando e limpando suas armas. Ao observá-la, ela o lembrou de si mesmo. Ele tentara torná-la autossuficiente, mas acabara fazendo com que ela se tornasse igual a ele.

E isso o assustava.

Eva estava ciente de como Cal a havia mudado. Ela se lembrou de seu livro de virologia e pensou que Cal não era diferente de um tipo de vírus.

Não era bom, não era mau.

Mas contagioso.

Ela se lembrou de ter lido que alguns cientistas viam as epidemias e pandemias virais como uma forma da natureza reagir contra a ambição excessiva da humanidade. A superpopulação e o desmatamento criavam as condições ideais para que um vírus se formasse, se espalhasse e matasse, como uma forma de controle populacional, devolvendo o meio ambiente a um nível de estabilidade.

Cal era estabilidade. Cal era equilíbrio.

Em algum lugar entre um santo e um monstro.

E agora eu também sou, pensou Eva.

Cal não sabia ao certo por que voltou ao apartamento de Miranda. Ela estava morta. Ele não sabia ao certo como se sentia em relação a isso. Não era nada novo. A morte figurava amplamente em sua vida cotidiana.

Parte dele queria saber por que ela havia sido morta. O que ela havia descoberto que ameaçava tanto Pat Roti? As notícias eram escassas em detalhes, apenas relatando que uma agente da ATF havia sido morta em uma colisão frontal com um caminhão basculante. Ela estava dirigindo na contramão na rodovia. As autoridades não informaram se ela estava embriagada, apenas que a investigação estava em andamento. Cal conhecia Miranda bem o suficiente para entender que não se tratava de um acidente aleatório.

Ele esperou do outro lado da rua do prédio onde ela morava. Dali, tinha uma visão clara da recepção através da janela do saguão do prédio. Um único porteiro estava na recepção. Cal esperou até que o porteiro fosse chamado, então se aproximou. A porta exigia um chaveiro eletrônico para entrar, mas ainda tinha uma fechadura antiga como backup. Cal não teve problema em arrombar a fechadura. Ele entrou no prédio sem ser visto e subiu as escadas até o andar de Miranda, arrombou a fechadura do apartamento dela e entrou.

Ele não tinha certeza do que estava procurando. Alguma pista do motivo da morte dela. Ele não tinha ideia do que poderia ser.

Não demorou muito para encontrar uma caixa de arquivos na sala de estar. Ao vasculhá-la, os pelos da nuca se arrepiaram. O nome "Roti" aparecia repetidamente. Miranda estava investigando todos da família de Pat Roti.

Os olhos de Cal se voltaram para a porta. Havia passos no corredor acarpetado do lado de fora, imperceptíveis para todos, exceto para os ouvidos mais treinados. O fato de serem tão silenciosos indicava a Cal que não se tratava apenas de um transeunte. Era alguém tentando esconder sua aproximação. Era alguém que estava lá para encontrá-lo.

Cal se aproximou da porta do apartamento, ficou de lado, estendeu a mão e girou lentamente a maçaneta. Ele esperou um momento. Ele sabia que a pessoa do lado de fora teria visto a maçaneta girar e esperaria a porta se abrir. Quando isso não aconteceu, ela se preocuparia por ter sido descoberta. E foi exatamente isso que aconteceu.

A pessoa do lado de fora chutou a porta para abri-la. Um homem de terno com uma Glock 19M levantada invadiu o quarto. "Agente federal!", gritou ele. Ele avistou Cal por cima do ombro, mas era tarde demais. Cal torceu o pulso do homem, desarmando-o da pistola, e deu-lhe um joelhada no estômago. O homem de terno caiu para a frente, ofegando por ar.

Cal saiu para o corredor. Se esse homem fosse realmente um agente federal, ele teria chamado reforços antes de entrar no apartamento. Cal estimou que o tempo médio de resposta da polícia nessa área era de aproximadamente cinco minutos. Cal tinha tempo mais do que suficiente para fugir sem deixar rastros. Por outro lado, se o homem fosse realmente um dos capangas de Pat Roti, Cal poderia esperar mais resistência.

Mas nada que ele não pudesse lidar.

Cal puxou o ferrolho da Glock. Ele desceu as escadas até o saguão. Estava tudo silencioso. O cara devia ser do ATF, como ele disse, o que significava que Cal tinha tempo de sobra para fugir. Ele enfiou a Glock no cós da calça e saiu para a rua.

Os carros da polícia surgiram do nada. Eles aceleraram e o cercaram por todos os lados. As portas dos carros se abriram e policiais uniformizados apontaram suas armas de serviço. As sirenes da polícia estavam desligadas, o que significava que, quando o cara da ATF os avisou pelo rádio, eles estavam prontos para agir. Não era apenas uma operação de vigilância da ATF, era uma armadilha. Eles estavam esperando por ele. Cal estava tão concentrado em invadir o apartamento de Miranda que não havia considerado que estava caindo em uma armadilha. Por que ele consideraria? Miranda já estava morta. Que motivo a ATF teria para vigiar o apartamento dela?

"Olá, Cal", disse Shackelford ao se aproximar. "Estávamos esperando por você."

46

Disseram a Cal que ele não estava preso, mas mesmo assim o algemaram.

"Para nossa segurança", disse Shackelford. "Você tem uma certa reputação."

Eles o levaram para um dos sedãs não identificados da ATF. "Cuidado com a cabeça", disse Shackelford enquanto o guiava para o banco de trás e fechava a porta. Shackelford sentou-se no banco do motorista e levou Cal de volta para o escritório da ATF em Glendale.

Eles o levaram para a sala de interrogatório e foi lá que ele viu um fantasma.

Miranda certamente parecia melhor do que o BMW que ela estava dirigindo, mas não muito. Seus dois olhos estavam roxos e seu nariz estava inchado. Ela se apoiava em muletas porque sua perna direita estava quebrada. Ela usava uma cinta para suas costelas fraturadas e seu ombro direito estava engessado.

"Parece pior do que realmente é", disse Miranda.

"Melhor do que morta", disse Cal.

"Informação errada", explicou Shackelford. "Para manter meu agente seguro. Prendemos Fiona Roti, mas ainda não conseguimos conectar nada disso a Pat Roti, ou 'Frank', ou quem quer que ele seja."

"O quê?", disse Cal.

"É uma longa história", disse Miranda.

"Ele ainda está à solta", disse Shackelford. "E, pelo que entendi, ele é extremamente perigoso. Decidi que seria melhor se ele pensasse que Miranda estava morta. Caso contrário, ele poderia tentar terminar o serviço."

Cal assentiu. "Então, o que você quer comigo?", perguntou ele a Miranda.

"Achei que você gostaria de estar aqui para isso", disse Miranda.

"Para quê?", perguntou Cal.

PAT ROTI TROUXE seu advogado com ele desta vez. Ele esperou na sala de interrogatório da ATF, batendo o pé impacientemente.

"Não tenho tempo para isso!", gritou para quem quer que estivesse ouvindo através do vidro espelhado. Ele estava muito nervoso. Irritado e indignado. Mas quando a porta da sala de interrogatório se abriu e ele viu Miranda ali, com seus gessos e muletas, empalideceu. Seus olhos se arregalaram. Ele ficou muito quieto e silencioso.

Miranda mancou pelo piso de linóleo, deliberadamente sem pressa, e sentou-se à mesa de entrevistas em frente a Pat Roti.

"Sr. Roti", disse ela. "É um prazer vê-lo novamente."

A garganta de Pat Roti ficou repentinamente muito seca.

"Vejo que você trouxe seu advogado desta vez", disse Miranda, acenando para o advogado com um sorriso irônico. "Gostaria de saber se você prefere falar em particular. Você sabe, sem gravar?"

"De jeito nenhum", disse o advogado de Roti. "Que diabos é isso?"

Pat Roti tentou falar, mas precisou limpar a garganta.

"Você parece com sede. Gostaria de um copo d'água?", perguntou Miranda. "Podemos trazer um copo d'água para o Sr. Roti, por favor?", ela chamou pelo espelho unidirecional.

Miranda inclinou-se para a frente e bateu com a caneta na mesa de entrevistas. "Agora, Frank, como eu estava dizendo..."

"Pat", disse o advogado.

Miranda olhou para ele. "Desculpe?"

"Você o chamou de 'Frank'. O nome do meu cliente é Pat. Puxa vida. Você sabe em que entrevista está? Isso é inacreditável!"

Miranda sorriu presunçosamente para Roti. "Meu erro. *Pat*."

Nesse momento, a porta da sala de interrogatório se abriu. Cal entrou com um copo de água. Os olhos de Roti se fixaram nele como lasers. Cal colocou cuidadosamente o copo de água sobre a mesa à frente de Roti.

"Saia." Roti estava falando com seu advogado, mas seus olhos continuavam fixos em Cal.

"Sr. Roti. Devo desaconselhá-lo..."

"Saia!" Roti gritou. Era a primeira vez que Miranda o via perder a calma. O advogado abaixou a cabeça como um aluno repreendido, juntou suas coisas, levantou-se, passou por Cal e saiu pela porta.

Miranda acenou com a cabeça para o espelho unidirecional e a luz vermelha da câmera no canto do teto se apagou.

"Extraoficial", disse Miranda a Roti.

"Nada é confidencial em uma delegacia de polícia", disse Roti. "Mas acho que talvez devêssemos conversar." Ele ainda estava olhando furioso para Cal.

"É o seguinte", disse Miranda. "Eu sei quem você é. Você é Frank Roti. Você sabe que eu sei disso. Você sabe que eu sei que, em 1967, você torturou e assassinou seu próprio irmão, roubou sua identidade e foi enviado para o Vietnã. Eu sei que Carlo era seu filho, não seu sobrinho. E que Fiona é sua esposa. A propósito, como você acha que ela está gostando de ficar presa no MCC Chicago?"

"É uma história e tanto", disse Roti, tomando um longo e lento gole do copo de plástico. "E tenho certeza de que você tem provas para comprovar isso?"

"Agora entendo por que você cremou Carlo. Não dá para obter DNA de cinzas", disse Miranda.

"Isso nunca vai parar", disse Roti de repente. Ele estava falando com Cal. Ele mal se incomodava com Miranda. Ela ainda era apenas uma mosca irritante, zumbindo. Mas a presença de Cal na sala estava pesando muito sobre Roti. "Não por causa do que você sabe, mas por causa do que você traiu. Você partiu meu coração."

Houve um momento de silêncio tenso. Os olhos de Pat e Cal estavam fixos um no outro, cheios de raiva mútua. Finalmente, Miranda quebrou o silêncio.

"Como eu estava dizendo, eu entendo por que você mandou cremar Carlo. Também vi que você mandou seus advogados apagar o registro criminal de Carlo. Através do que eu presumo ter sido algum acordo secreto de alto nível ou uma invasão cibernética extraordinária, você conseguiu remover o DNA de Carlo do banco de dados do FBI. Devo dizer que estou impressionada pra caramba. Eu vi de onde você veio em Chicago. Para chegar onde você está agora. Sentado aqui com um terno de três mil dólares. Poderoso. Intocável. Isso não é pouca coisa."

"Já terminamos?", perguntou Roti, impaciente.

"Quase", disse Miranda. "Depois que prendemos Fiona, conseguimos um mandado para revistar a casa dela e registramos isso como prova."

Miranda colocou o álbum de bebê de Carlo sobre a mesa. Os

olhos de Pat Roti se arregalaram quando Miranda abriu o álbum na segunda página e ele viu que Fiona havia guardado uma mecha do cabelo do bebê Carlo.

"Quanto você quer apostar que esse cabelo combina com o seu DNA, Frank?", perguntou Miranda.

"Primeiro, você precisaria ter meu DNA..."

Antes que Pat pudesse pensar em pegá-lo, Cal agarrou o copo de papel que Pat havia usado para beber e o colocou em um saco de provas.

Miranda sorriu. Pat Roti zombou.

"Agora terminamos", disse Miranda.

47

Do lado de fora do prédio da ATF, Miranda e Cal observaram o Mercedes preto de Roti parar. Eles viram Victor, "O Diabo Vermelho", sair do banco do motorista, dar a volta e abrir a porta traseira do passageiro para Roti.

Victor olhou nos olhos de Cal e sorriu, depois voltou para o banco do motorista e foi embora.

"Assim que pegarmos Roti, o contrato contra você não valerá mais do que o papel em que está impresso", disse Miranda.

Naquela noite, os três saíram para jantar em um restaurante chamado Yamashiro, em Hollywood Hills. O local era uma recriação de um castelo medieval japonês com vistas espetaculares da cidade. Miranda ficou surpresa quando Cal escolheu o lugar.

"Eles filmaram parte de *Kill Bill* aqui", disse Cal.

Parecia apropriado jantar lá naquela noite. Guerreiros comemorando sua vitória.

Sentaram-se a uma mesa no pátio interno do jardim, ao lado de plantas japonesas esculpidas e um lago com carpas, e por algumas horas foi como se Miranda não tivesse sofrido um acidente de carro na semana anterior que quase acabou com sua vida e a deixou manca para sempre, e Cal não fosse um assassino sociopata fugindo de seu antigo chefe, e Eva não fosse uma jovem assassina em ascensão sendo caçada por traficantes sexuais de Los Angeles.

Eles estavam muito longe de ser a maldita Família Brady, mas entre os Mai Tais, os rolos Darth Vader e os bifes com sal do Himalaia, sentiam-se estranhamente como uma família.

Miranda jurou que até viu Cal sorrir.

MIRANDA DEIXOU CAL e Eva dormirem em sua casa naquela noite. Roti estava nas cordas e Cal logo estaria livre. Sem Roti atrás dele, Cal poderia fazer o que fazia de melhor. Ele cuidaria do Sindicato de Los Angeles e então Eva também estaria livre.

Miranda acordou às quatro da manhã. Normalmente, ela aproveitaria essas primeiras horas do dia para se exercitar, mas suas lesões recentes tornaram isso impossível. Miranda se recusou a dormir até mais tarde. Era importante para ela manter sua rotina. Em vez de musculação ou corrida, Miranda saiu para uma caminhada matinal. Ela gostava dessa hora do dia. Era um momento raro de tranquilidade nas ruas do centro de Los Angeles. A troca de turno, por assim dizer. Os viciados e os malucos tinham voltado para seus buracos, mas os trabalhadores ainda não tinham acordado. As ruas pertenciam a Miranda.

Ela mancou pela South Broadway. Cinemas decadentes erguiam-se como cadáveres mumificados. Fantasmas de grandeza. *Que cidade maravilhosa esta já foi*, pensou ela. *Que cidade maravilhosa poderia ter sido.*

Se não fosse pela decadência.

Ela voltou para seu apartamento por volta das cinco da

manhã. Eva ainda estava cochilando, mas Cal estava acordado e perguntou se ela queria café da manhã.

"Parece ótimo", disse Miranda.

Ela tomou banho e, em seguida, os três comeram ovos mexidos com pimentão, cebola e cogumelos, acompanhados de abacate, salsa e tortilhas de milho quentes. Miranda ficou surpresa. Cal era um cozinheiro e tanto. Ela achava que não deveria se surpreender com o fato de Cal ser habilidoso com as mãos, mas a comida perdeu um pouco do seu apelo quando ela imaginou quantos corpos aquelas mesmas mãos haviam descartado.

Depois do café da manhã, ela vestiu um terno azul-marinho e se maquiou. Ela detestava usar maquiagem, mas hoje era um grande dia. Hoje era o dia em que eles receberiam o mandado para prender Pat, também conhecido como Frank Roti, pela tortura e assassinato de seu irmão, juntamente com uma série de outros assassinatos pelos quais Frank Roti havia sido acusado nos anos 60.

Hoje, ela iria extirpar a podridão.

Miranda chegou ao trabalho por volta das 7h30. Sua reunião com Shackelford estava marcada para as 9h, então ela ficou surpresa quando ele a chamou para ir ao seu escritório. Quando Miranda entrou mancando no escritório de Shackelford, ela soube imediatamente que algo estava errado. Era a expressão em seu rosto. Como se ele tivesse acabado de comer algo nojento.

"Acabou", disse Shackelford.

"O quê?", disse Miranda.

"O caso Roti. Recebemos ordens para abandoná-lo."

"Isso é besteira. Nós o pegamos."

"Minhas mãos estão atadas", disse Shackelford. "Isso veio de cima. Recebemos instruções para entregar todas as nossas provas ao procurador-geral."

Miranda balançou a cabeça. "Não vou fazer isso."

"Miranda. Isso vem do próprio presidente dos Estados Unidos. Não há nada que você possa fazer. Roti vai sair."

Miranda sentiu a raiva fervendo dentro dela. Antes que percebesse o que estava fazendo, ela quebrou a muleta em uma das cadeiras do escritório de Shackelford, partindo-a ao meio.

Miranda saiu mancando da sala, com um ar lamentável.

48

Naquela mesma manhã, Eva foi dar um passeio até o Grand Central Market. Cal se ofereceu para acompanhá-la, mas Eva disse que não era necessário. Pelo que sabiam, Roti estava acabado e Los Angeles era uma cidade grande. As chances de encontrar Giselle eram mínimas.

Além disso, ela agora sabia cuidar de si mesma.

O Grand Central Market era um mercado coberto ao ar livre no coração do centro de Los Angeles. Não tinha nada a ver com os mercados ao ar livre a que ela estava acostumada em sua cidade natal. Havia barracas de comida tailandesa, chinesa, japonesa, peruana e mexicana, e embora a culinária parecesse autêntica, os preços eram exorbitantes. Havia uma delicatessen judaica, uma lanchonete gourmet, um lugar que vendia apenas pratos com ovos chamado "Eggslut", uma pizzaria gourmet e uma loja de queijos gourmet. Havia letreiros de néon, bares de vinho, bares de cerveja artesanal, bares de sucos e cafeterias personalizadas. O lugar era muito mais limpo do que os mercados aos quais Eva estava acostumada. Polido e estéril. Corporativo e falso.

Eva estava nos Estados Unidos há tempo suficiente para

saber que não gostava dos norteamericanos. Ela os achava falsos. Seus valores retrógrados. Tudo parecia artificial nos Estados Unidos.

Sua obsessão por pele bronzeada, dentes brancos e retos e sorrisos. Lifting de bumbum, implantes mamários e Botox. Sua insatisfação com o corpo e obsessão por ser magro. Perder peso não era tão difícil. Tente se mudar para o bairro da Cidade do México.

E "dizer a verdade". Esse era um termo que ela havia lido em revistas e ouvido repetidamente na televisão desde que chegou aos Estados Unidos. Além disso, "viva sua vida da melhor maneira possível". É uma besteira.

A verdade é subjetiva.

A verdade é enganosa.

E as pessoas podem ser dissimuladas.

Será que esses norte-americanos não sabem que as pessoas escondem segundas intenções?

Ninguém é completamente sincero.

E se você sente que precisa "dizer a sua verdade", é porque não sabe qual é a verdade.

Malditos norte-americanos. Superalimentados e entediados. Nada mais para fazer além de reclamar, reclamar, reclamar.

Ela estava em uma barraca de frutas superfaturada quando o policial de Los Angeles interrompeu seus pensamentos. "Com licença, moça?", ele disse. "Preciso que você venha comigo."

No início, ela não tinha certeza se ele estava falando com ela. Ele era um gringo. Mais jovem, talvez com cerca de trinta anos. Ele sorriu agradavelmente. Isso a deixou tensa. Ela não confiava em um policial que sorria.

"Miranda me enviou para buscá-la", disse ele.

Eva relaxou ao ouvir isso.

"Por aqui", disse ele.

Eva o seguiu para fora do mercado até a Hill Street, onde um carro da polícia estava esperando. Ele abriu a porta traseira. O parceiro do gringo estava sentado no banco do passageiro da frente. Ele era um pocho. "Bom dia", disse ele, enquanto Eva se sentava no banco de trás.

O policial gringo entrou no banco do motorista e seguiu para o norte, na direção oposta ao apartamento de Miranda. "Para onde você está me levando?", perguntou Eva. "Miranda nos deu um endereço para levá-la. Não sabemos nada além disso. Estamos apenas seguindo ordens."

Eva sentiu a tensão voltar e imediatamente se arrependeu de ter entrado no carro. Ela sentou-se rígida no banco de trás. Ela pensou em todas as possibilidades. Ambos tinham armas e eram maiores do que ela, mas provavelmente a subestimavam. Ela teria o elemento surpresa. Ela tinha certeza de que poderia derrotá-los.

Mas, com sorte, não chegaria a esse ponto. Com sorte, eles estavam dizendo a verdade e Miranda realmente os havia enviado.

O carro entrou em uma garagem subterrânea e desceu as rampas até o térreo, que estava vazio, exceto por uma limusine Cadillac Escalade rosa brilhante fosca.

Engraçado, ela não conseguia imaginar Miranda dirigindo um desses.

Mas Giselle, sim. Aquela vadia cafona com certeza dirigiria, então fazia sentido quando ela saiu da parte de trás do veículo com Teddy, que estava fabuloso com seu rifle FN F2000 bullpup, e quatro outros capangas armados.

Os policiais saíram da viatura e o policial pocho se aproximou da porta de Eva.

Dois policiais eram uma coisa, mas a adição de Giselle e Teddy e uma comitiva de mercenários armados com submetralhadoras atrapalhou o plano de fuga de Eva.

Mas que se dane.

O policial pocho abriu a porta e Eva lhe deu um soco nas bolas. O policial pocho engasgou e caiu. Eva saiu do carro e o policial gringo correu em direção a ela. Ela se agachou, girou rapidamente o corpo, deu um soco nas costelas dele e ouviu algo quebrar. Ele se inclinou para a frente e se protegeu. Eva teria se virado e corrido, mas os capangas de Giselle já estavam em cima dela. Ela era rápida e ágil, escapou dos golpes deles e desviou dos socos.

Teddy acertou-lhe na têmpora com a sua bullpup. Uma dor quente e vertiginosa sacudiu-lhe o crânio e ela caiu no chão. Os capangas de Giselle imobilizaram-na.

"Bem, isso foi inesperado", disse Giselle. Eva lutou desesperadamente para se soltar. "Eu consegui o endereço de onde você estava hospedada com Pat Roti. Eu trouxe as armas extras por recomendação de Pat Roti, para o caso de você estar acompanhada. Ele recomendou que esperássemos até você ficar sozinha para te capturar. Achei que fosse exagero, mas, caramba, garota. Ainda bem que eu o ouvi."

Eles arrastaram Eva para a parte de trás da limusine Escalade rosa.

E assim, Eva era prisioneira novamente.

Você só consegue mais do que resiste.

49

"Isso nunca vai acabar."

Foi tudo o que Cal disse quando Miranda lhe contou a notícia de que as acusações contra Roti haviam sido retiradas. O próprio Roti havia ligado para Cal momentos antes para contar o que havia feito com Eva. Como ele a havia entregado para Giselle.

Cal saiu do apartamento sem dizer para onde estava indo.

50

A limusine Escalade rosa fosca subiu a Mulholland Drive nas colinas de Hollywood. Eva estava sentada no banco de trás, presa entre dois capangas. Giselle estava sentada à sua frente, ao lado de outro capanga armado. Teddy estava sentado atrás de Giselle, no banco da frente, ao lado do motorista.

"Eu achava que você era um cordeiro", disse Giselle. "Quando te conheci, nunca pensei que você duraria. Como eu estava errada.

"As pessoas costumavam pensar que eu era um cordeiro. Talvez cordeiro não seja a palavra certa. Mais como um sapo." Giselle sorriu. "Quando eu era mais jovem, tinha acne grave em todo o rosto. Eu nunca gostava de sair em público porque, se alguém olhava para mim, eu sempre achava que estava olhando para minha acne, e se alguém não olhava para mim, eu achava que era por causa da minha acne. Conforme fui crescendo, minha pele ficou limpa e os homens começaram a me achar atraente. Comecei a gostar de sair em público porque, se um homem olhava para mim, eu sabia que era porque queria transar comigo. Se uma mulher olhava para mim, era porque queria *ser* eu. E se não olhavam para mim, bem, era porque não queriam ser pegos olhando."

A limusine fez uma curva fechada à esquerda e todos se inclinaram para a direita. "Quando um homem me levava para a cama, ele achava que estava transando comigo, quando, na verdade, era eu quem estava transando com ele. Se ele fosse rico, eu transava com ele para tirar seu dinheiro. Se ele fosse influente, eu transava com ele para tirar seu poder. A prostituta que ele mantinha em segredo, seu segredinho sujo, era minha vantagem. Esse é o segredo da vida. O que ninguém vai te dizer: transa, mas não seja transado. Simples assim."

Giselle fez uma pausa e olhou para Eva por um momento. "Fui levada a essa profissão da mesma forma que você. Sem entrar em detalhes, isso aconteceu contra a minha vontade. A mulher que me forçou a isso era uma salvadorenha muito temida, chamada La Loba. A loba. No começo, eu a odiava. Eu fantasiava com todas as maneiras como gostaria de matá-la. Tenho certeza de que ela podia ver isso nos meus olhos, da mesma forma que posso ver nos seus olhos agora. Mas então, uma coisa estranha aconteceu. Passei a respeitá-la. Eventualmente, de uma forma distorcida, acho que você poderia dizer que até passei a amá-la." A limusine seguiu Mulholland por uma curva íngreme à esquerda. Eva sentiu-se desequilibrada.

Giselle acendeu um cigarro e abriu a janela. "La Loba. A loba. Você sabia que, entre os lobos, a competição para se tornar a fêmea alfa é mais acirrada do que para os machos alfa? Os machos definem seu status por meio de ameaças, mas as fêmeas chegam a derramar sangue. O macho alfa sabe quando é derrotado, quando se deitar e se submeter, mas a rainha não abrirá mão de sua coroa até morrer. E não importa o quanto o novo alfa ame a antiga rainha, respeite a antiga rainha, ela sabe que isso deve ser feito. Porque só pode haver uma La Loba."

Os olhos de Giselle se desviaram da janela escura. Eles

ficaram distantes. "Eu a envenenei. Foi terrível de ver. Ela sofreu horrivelmente antes de morrer. Eu não queria isso. Eu sabia que precisava ser feito, mas nunca quis que ela sofresse. Nunca vou me perdoar por isso, mas acho que era a única maneira."

Seus olhos voltaram a se concentrar em Eva. "Sim. Eu pensei que você fosse um cordeiro." Ela abriu a janela e jogou a cinza do cigarro. "Mas, ao que parece, você é uma loba." Ela deu uma tragada. "E eu a respeito por isso. Mas não cometeria o mesmo erro que cometi com La Loba", disse Giselle. "Serei rápida. Você não sofrerá."

Eva decidiu que sua melhor chance de escapar era pegar uma das submetralhadoras desses capangas e incendiar o interior do Escalade como um foguete. Não seria fácil. A vantagem de Eva sobre seus adversários muito mais fortes era sua velocidade, que foi praticamente neutralizada pelo espaço confinado da cabine do Escalade. Esses capangas estavam em alerta máximo depois de verem o que ela fez com aqueles dois idiotas da polícia de Los Angeles.

Ela esperaria pela próxima curva fechada que a Mulholland Drive lhes apresentasse. Quando os capangas estivessem desequilibrados, ela agiria.

Eles passaram os momentos seguintes em silêncio, com a limusine atravessando a cordilheira de Santa Monica. Ela lançava olhares periódicos por cima do ombro de Giselle, através do para-brisa, para a estrada à frente. Esperando o momento certo. Finalmente, à frente, Eva viu sua oportunidade. A estrada subia, virava à esquerda e depois à direita.

Ela calculou os segundos em sua cabeça. 5... 4... 3... 2...

"O que você está olhando?", disse Giselle, olhando por cima do ombro e pela janela.

1.

A limusine subiu e virou à esquerda. Eva deu uma cotovelada na maçã do rosto do guarda à sua direita, depois deu um soco com o punho direito no queixo do cara à sua esquerda. Ela agarrou a submetralhadora pendurada no peito dele. O capanga do outro lado de Eva saltou para frente, derrubou-a e arrancou a submetralhadora de suas mãos. Ela se contorceu impotente sob o domínio dele.

Giselle sorriu. "Ainda posso mudar de ideia sobre o sofrimento."

O MOTOCICLISTA USAVA um capacete modular preto com viseira escura. Ele acelerou pela estrada sinuosa e montanhosa, com vista para o horizonte de Los Angeles. Luminoso e vasto. O motor da Harley roncava enquanto ele se aproximava da limusine Escalade rosa. O motociclista se perguntou se eles já o tinham visto pelos espelhos.

"TEDDY?", disse Giselle.

"Estou vendo ele", disse Teddy do banco da frente. Ele preparou sua bullpup. "Alguma ideia de quem possa ser?"

Giselle tinha uma ideia. "É o cara sobre o qual Pat Roti nos alertou. Tem que ser. Ele veio atrás dela de novo." Giselle olhou para Eva, cujos braços agora estavam amarrados atrás das costas.

"Como diabos ele nos encontrou?", disse Teddy.

"Não importa agora. Não brinque com esse cara."

"Entendido", disse Teddy. "Senhores, atirem nele!"

O motociclista estava a cerca de seis metros atrás do Escalade. Os atiradores se penduraram nas janelas do veículo como parasitas e abriram fogo. As balas dançavam no asfalto e zuniam sobre o capacete modular do motociclista como os Blue Angels.

O motociclista virou bruscamente o guidão para a direita, desviando do ataque. A moto derrapou para fora da estrada, desceu uma ravina rochosa íngreme e desapareceu em um denso bosque de sicômoros.Os atiradores voltaram para seus assentos.

"Foi fácil", disse Teddy.

Eva olhou para trás, preocupada, para o bosque que desaparecia na curva.

O MOTOCICLISTA SACUDIU A POEIRA, levantou-se e voltou a montar na sua Harley. A moto rugiu ao subir a ravina rochosa de volta à estrada. Esta parte da Mulholland Drive era remota, mas em breve o Escalade chegaria a áreas mais populosas. A sua janela de oportunidade para um resgate estava a fechar-se rapidamente.

O motociclista girou o acelerador. Sua Harley rugiu a toda velocidade, descendo a estrada sinuosa e tortuosa a velocidades além do perigoso. O velocímetro ultrapassava os 160 km/h. Parecia que ele poderia sair da estrada a qualquer momento.

O Escalade apareceu à frente como um búfalo preguiçoso no caminho de um leão em carga. As janelas do Escalade baixaram mais uma vez e os atiradores se projetaram como presas de cachorro. O motociclista levantou uma pistola automática Skorpion e disparou contra o Escalade. As balas ricochetearam no aço rosa e quebraram os vidros escuros das janelas.

Os grupos trocaram tiros enquanto passavam em alta velocidade por baixo de casas palafitas e do letreiro HOLLYWOOD. Eles ziguezagueavam pelo trânsito e pelas buzinas estridentes. Seu desfile letal entrou em um pequeno bairro de ruas estreitas, casas cercadas e carros estacionados lado a lado, que se alinhavam em ambos os lados da estrada.

O Escalade atropelou lixeiras de plástico estacionadas na entrada de uma garagem, virou à esquerda e se deparou com os faróis de um SUV. O motorista do Escalade rapidamente virou o volante para a direita e saiu da estrada. O motociclista continuou sua perseguição obstinada. As armas disparavam enquanto o Escalade passava por cima de pedras e terra, entre árvores e arbustos.

O motociclista parou ao lado do SUV e apontou sua metralhadora para a janela do lado do motorista. O motorista do Escalade virou o volante para a esquerda, batendo no motociclista. Lutando pelo domínio.

O motociclista disparou uma rajada de balas em direção ao Escalade. O motorista virou o volante e fez o Escalade girar de frente para um carvalho grosso. Sua carroceria metálica se amassou com o impacto e o motor gemeu, soltou fumaça e morreu.

O motociclista passou rapidamente pelo Escalade, lutando para se manter em pé e dirigir em linha reta. Ele não estava mais dirigindo a moto — a moto estava dirigindo ele.

Da parte de trás do SUV acidentado, Eva perdeu o motociclista de vista ao subir uma ladeira e então ouviu um barulho alto.

Giselle, Teddy e seus homens saíram dos destroços do Escalade. Giselle examinou os destroços e balançou a cabeça. "Eu adorava aquele carro", disse ela. "Encontrem aquele idiota e matem-no, por favor."

Teddy assentiu. Ele abriu a parte de trás do Escalade e distribuiu walkie-talkies. Ele deixou um homem para trás com Giselle e Eva, então ele e os outros três se dirigiram para a elevação próxima. Eles encontraram os destroços em chamas da Harley Davidson do motociclista. A Skorpion estava no chão, com o carregador vazio. Eles examinaram a área arborizada ao redor.

Havia sangue na terra.

Ele estava ferido.

O rastro levava adiante a um assustador conjunto de estruturas abandonadas. Uma cidade fantasma. Ou melhor, um zoológico fantasma.

"Parece que ele fugiu para o antigo zoológico de Los Angeles", disse Teddy para Giselle pelo walkie-talkie. "Fique onde está."

Um zoológico abandonado e coberto de grafites nas profundezas do Griffith Park. Gaiolas enferrujadas. Teddy e seus homens entraram furtivamente no antigo zoológico, com as armas em punho.

"Ele está perto", disse Teddy. "Encontrem-no."

Os homens se espalharam.

Cavernas falsas construídas em concreto. Jornais velhos e lixo espalhados pelo chão. Um dos atiradores de Teddy patrulhava a área. Ele examinou cada entrada das cavernas. Ele prestou pouca atenção ao cobertor sujo que estava no chão, entre o lixo. Por baixo dele, o motociclista atacou, derrubando o atirador. Ele rapidamente colocou o atirador debaixo do cobertor.

O motociclista entrou calmamente em uma das cavernas, jogando o walkie-talkie do atirador na entrada.

Nas jaulas dos animais, Teddy falou em seu walkie-talkie. "Confirme sua presença."

O walkie-talkie de Teddy respondeu com um chiado.

"Becker, tudo limpo."

"Sims, tudo bem."

"Moreno? Você me ouviu?", disse Teddy em seu walkie-talkie.

Nada.

"Vou dar uma olhada", disse Sims.

Sims entrou na exposição da caverna. Ele avistou o walkie-talkie de Moreno na frente da caverna.

Ele se aproximou, pegou o aparelho, olhou para ele com curiosidade, mas antes que pudesse ligar, o motociclista saltou da caverna e puxou Sims de volta para a escuridão.

Nas jaulas dos animais, Teddy começava a ficar preocupado. "Sims? Onde você está? Fale comigo."

Sims estava inconsciente. O motociclista ouviu a voz nervosa de Teddy pelo walkie-talkie de Sims. Ele se moveu por uma escada de serviço. Escura. Cavernosa. Grafites de todas as cores cobriam as paredes. Grunge chique.

"Sims, você está me ouvindo?", perguntou Becker enquanto descia as escadas. Ele ouviu alguém assobiar. Becker se virou quando o motociclista se aproximou dele. O motociclista envolveu o braço em torno do pescoço de Becker, cortando seu oxigênio até que seu mundo escurecesse. O motociclista largou o corpo de Becker e pegou sua submetralhadora HK MP5.

O motociclista se aproximou cautelosamente das gaiolas dos animais, arma na mão. Teddy saltou. Derrubou a arma da mão dele. Agarrou o motociclista e o empurrou para dentro de uma das gaiolas dos animais.

Os dois homens trocaram golpes brutais naquele espaço apertado. Teddy era um brutamontes, duas vezes maior que o motociclista. Ele deu um gancho baixo, quebrando as costelas do motociclista.

O motociclista ficou ferido. Teddy o imobilizou com uma chave de estrangulamento. Apertou. O motociclista chutou e se debateu, enfraquecendo sob o aperto letal de Teddy.

O motociclista pressionou os pés contra a parede oposta e empurrou Teddy contra as grades. De novo. De novo. O aperto de Teddy afrouxou. O motociclista se soltou. Ofegando sob seu capacete modular, ele saiu cambaleando da jaula, batendo a porta com grades atrás de si.

O motociclista pegou um cano de chumbo enferrujado do chão cheio de lixo e o enfiou na maçaneta da porta da jaula, trancando Teddy lá dentro. Teddy olhou para o motociclista através das grades como um animal feroz.

O motociclista tirou o capacete e a primeira coisa que Teddy notou foi seu cabelo ruivo brilhante. Victor prendeu a respiração.

Teddy apertou os olhos através das grades. Este não era o cara sobre o qual Pat Roti os havia alertado.

Victor levantou a MP5 e atirou sem piedade na jaula, perfurando Teddy com chumbo.

ERA UMA NOITE AGRADÁVEL. O ar estava refrescante, a 15 graus, e um vento fresco e revigorante soprava através das árvores, banhando tudo com os aromas da natureza. Giselle agachou-se em seu vestido prateado justo atrás de uma árvore. Ela observava Eva, sentada sozinha ao lado do Escalade amassado. Os faróis do veículo danificado estavam acesos como um farol. Depois que Giselle não conseguiu falar com Teddy pelo walkie-talkie, ela algemou Eva à maçaneta da porta e se retirou para a floresta escura com seu único segurança restante.

O caçador ainda estava lá fora. Então, Eva seria a isca.

Giselle observou o homem ruivo emergir da escuridão. Observou-o ficar ameaçadoramente sobre Eva. Giselle reconheceu-o. Era um homem de Pat Roti.

Que diabos está acontecendo?

Giselle observou o homem ruivo e Eva trocarem palavras. Então, o homem ruivo apontou a MP5 para Eva. Eva desviou o rosto e ele puxou o gatilho.

Ele disparou uma única rajada rápida, que libertou o pulso algemado de Eva da porta do carro. Então o homem ruivo entregou a arma a Eva. Giselle franziu a testa enquanto observava Eva contornar a frente do Escalade e atirar nos faróis.

Então tudo ficou muito escuro. Giselle não conseguia mais ver Eva.

"Mate-a! Vá!" Giselle sussurrou para seu último capanga, enquanto se virava e corria. Ela ouviu uma rápida rajada de tiros, olhou para trás por cima do ombro e viu seu último atirador cair morto.

Giselle não teve a chance de perceber como a noite estava agradável. Ela estava muito preocupada com o medo. O gosto dele. Como algo amargo e negro alojado no fundo de sua garganta.

Giselle não conseguiu fugir dele. Embora tenha tentado. Ela correu freneticamente e sem rumo pela floresta escura.

Ela avistou Eva e a arma que ela segurava apenas uma fração de segundo antes da bala atingir sua testa, mas foi tempo suficiente para ela sentir aquele gosto.

Eva olhou para o corpo morto de Giselle, viu o medo congelado em seu rosto e decidiu que a vadia tinha se safado facilmente.

Porque era uma noite muito agradável para morrer.

Victor emergiu da noite escura e ficou ao lado de Eva, sobre o corpo de Giselle. Ele tirou seu iPhone do bolso, apontou a câmera para o cadáver de Giselle, tirou uma foto e a enviou.

Cal estava escondido no armazém de Sly e era lá que ele estava quando seu celular descartável vibrou. Ele olhou para a foto de Giselle na tela. Olhos arregalados de surpresa. Um único buraco vermelho na testa dela.

Confirmação.

Depois que Giselle levou Eva, Cal ligou para Roti para fazer um acordo. Era simples. *Eu por ela.*

Em troca da segurança de Eva, Cal se entregaria. Mas, para que Eva estivesse realmente segura, Giselle precisava morrer. Cal acabara de receber a confirmação de que Roti havia cumprido o que prometeu. Agora era hora de Cal cumprir sua parte do acordo. Porque isso nunca acabaria.

A menos que Cal acabasse com isso.

O diabo deve ter sua libra de carne.

Miranda encontrou Cal no armazém de Sly. Ele disse que precisava ir. Pediu que ela cuidasse de Eva. Miranda seguiu Cal até o estacionamento, onde ele havia deixado sua F150.

"Aonde você está indo?", perguntou Miranda.

Cal não respondeu, mas Miranda entendeu.

"Quem é essa garota para você? Por que você está fazendo tudo isso por ela?"

"Não é só por ela", disse Cal. "É por todos aqueles que eu não salvei. E todos aqueles que eu poderia ter poupado." Ele olhou Miranda nos olhos.

"Eu luto pelos mortos."

52

Era noite. Victor esperava com um grupo de homens armados ao redor de seus SUVs escuros. Eles estavam estacionados do lado de fora de uma cabana velha no final de uma longa estrada em algum lugar nas profundezas da floresta do Griffith Park. Cal chegou em sua picape. Ele saiu do veículo e levantou os braços. Um dos homens de Victor — um cara corpulento, barbudo e de aparência eslava — o revistou.

O eslavo tirou o celular descartável de Cal do bolso. Não encontrando mais nada com ele, ele devolveu o celular a Victor. Victor olhou para o celular, um pouco desapontado por não terem encontrado mais nada. Por Cal não ter vindo para lutar.

Ele se sentiu decepcionado.

Ele acenou para seus homens. Eles se aproximaram de Cal e o espancaram brutalmente. Cal caiu no chão e se encolheu, absorvendo os golpes. Victor se virou e voltou para a cabana. Os homens agarraram Cal pelos braços e o arrastaram.

A cabana estava vazia, exceto por uma mesa, algumas cadeiras e um gerador de gás portátil com cabos de ligação. Eles trouxeram Cal para dentro, jogaram-no em uma cadeira e amarraram suas mãos e pernas.

Victor ficou em pé diante dele. "Qual é o seu mantra?", perguntou Victor.

Cal abaixou a cabeça e não respondeu. Victor sorriu. "Eu esperava que você dissesse isso."

Victor começou a espancar Cal brutalmente.

EVA VOLTOU AO apartamento de Miranda e encontrou o lugar vazio. Ela ligou para Miranda e Miranda disse que estava no armazém. Eva pegou um ônibus para o Arts District. Ela bateu forte na porta reforçada do armazém. Miranda a deixou entrar e trancou a porta atrás dela.

"Onde está Cal?", perguntou Eva.

Miranda olhou para Eva com tristeza.

PAT ROTI DIRIGIA seu Mercedes preto por uma estrada secundária arborizada no Griffith Park. Seu celular tocou e ele atendeu a ligação.

"Não sei por quanto tempo ele vai aguentar", disse Victor.

"Chegarei em breve. Mantenha-o vivo até lá", disse Pat Roti.

Victor encerrou a ligação. Ele olhou com inveja para Cal, brutalmente espancado e amarrado à cadeira. "Você sempre foi o favorito dele", disse Victor. "O corpo humano aguenta cerca de cinquenta volts de eletricidade." Victor pegou os cabos de bateria. "Qual é o seu mantra?"

Os olhos de Cal estavam distantes. Ele se encolheu na cadeira, cansado, resignado ao seu destino, e não disse nada.

Victor enfiou os cabos de ligação nas costelas de Cal, eletrocutando-o. Cal suportou a tortura. No gerador a gás, o medidor subiu para "30 V". Victor retirou os cabos de ligação. Cal recuperou o fôlego.

"Antes de acabar com sua vida, quero que você saiba que a garota também vai morrer", disse Victor.

A vida voltou aos olhos de Cal. Ele ergueu a cabeça e olhou para Victor com raiva. "Você me deu sua palavra", disse Cal.

"E você me deu a sua. Qual é o nosso mantra? Diga!", disse Victor.

Cal cerrou os dentes. Fez uma careta. "Eu servirei", disse Cal.

"Eu servirei", repetiu Victor.

Victor pressionou os cabos de ligação nas costelas de Cal novamente. Manteve-os ali. Os olhos de Cal lacrimejaram, suas veias saltaram. Ele cerrou os dentes com tanta força que parecia que eles iriam quebrar. O medidor subiu para "40 V".

"Você traiu nosso mantra, então eu vou trair você!", gritou Victor.

Victor tirou os cabos de ligação. Agonizando, Cal inspirou ar, lutando contra a vontade de desmaiar de dor.

"A garota vai morrer", disse Victor. "E você será quem a matará."

Victor enfiou os cabos de ligação nas costelas de Cal. Cal gritou quando o medidor atingiu "50 V" e então ele não gritou mais.

Porque Cal estava morto.

Cal acordou no bairro. A princípio, ele não reconheceu o ambiente ao seu redor. Os prédios haviam sido restaurados. Eles estavam brilhantes e polidos sob o sol quente. As ruas estavam limpas e iluminadas por velas, e ladeadas por altares decorativos com flores mexicanas.

Havia moradores. Maquiados com maquiagem de caveira de açúcar, vestidos de flamenco e coroas de flores ou trajes de mariachi e cartolas ou chapéus trilby. Eles comiam, bebiam, dançavam, celebravam e se divertiam.

E tudo o que Cal sentia era calor. Tudo o que ele sentia era o cheiro das flores e das árvores e a doçura da vida.

Aqui, nem mesmo a tequila queimava.

Os moradores do bairro sorriam quando o viam.

"¡Bienvenido a casa, Padre!"

Havia crianças jogando futebol em um campo gramado. Não eram crianças que ele conhecia, mas crianças.

Havia um homem no jardim do senhor Vasquez que se parecia com o senhor Vasquez, mas não era ele. O jardim era abundante e exuberante.

Havia um jovem na barraca da DVD Kid, vendendo flores, doces e tequila.

Então Cal viu Maria. Ela usava um longo manto vermelho e maquiagem de caveira mexicana e sorriu calorosamente para ele. Ela pegou Cal pela mão.

Ela o levou para longe da festa e, enquanto se afastavam, ele sentiu o calor se esvaindo dele. Sentiu algo frio no peito. Sentiu antes mesmo de ver.

A igreja que Cal estava reconstruindo. Ela se erguia como um templo escuro, sombrio e em ruínas. Ela emitia uma luz negra brilhante. Cal parou onde estava. Maria olhou para ele. Os olhos de Cal estavam arregalados como os de uma criança assustada. Ele balançou a cabeça lentamente. "Não quero entrar lá."

"Mis ventanas", disse ela. Ela puxou Cal para frente e, embora Cal tentasse resistir, ele se sentiu irreversivelmente atraído por aquele lugar escuro. Como um alcoólatra pela garrafa, ou o avarento pelo dinheiro, ou uma mariposa pela chama. Ela o conduziu para dentro da igreja escura. Ela estendeu o braço, curvou um dedo e apontou para a frente da nave.

Havia uma janela.

Cal balançou a cabeça. "Não quero", disse ele.

Maria sorriu, gentilmente pegou sua mão e o levou até a janela. Cal ficou parado no parapeito. Ele tentou resistir, mas foi inútil. Suas mãos se moveram em direção à maçaneta, quase que por conta própria. Porque era sua mente, apenas a parte que ele não conseguia controlar. Todo o seu peito estava congelando. O cheiro de gelo picava suas narinas.

Ele levantou a janela.

A parte dele que não conseguia controlar levantou a perna por cima do parapeito e passou por ela. Maria seguiu atrás dele. Eles entraram em uma masmorra silenciosa, em preto e branco, como os pesadelos em claro-escuro que atormentavam os clarividentes mesmo antes do advento do cinema. Ela o levou para dentro daquela masmorra silenciosa. Ele nem conseguia ouvir seus passos no chão frio e duro e percebeu que poucas coisas são mais horripilantes do que o silêncio perfeito e absoluto. A única coisa para lhe fazer companhia eram seus próprios pensamentos. O maior castigo para um pecador é permitir que apenas o tempo e o silêncio encham sua cabeça com suas próprias reflexões.

Maria conduziu Cal por uma escada até um lugar mais escuro. Um lugar de sons. Um lugar de espelhos negros que não refletiam luz. Abrigando apenas sombras. Esse lugar era frio, mas não de uma forma sensorial. Ele o descreveria como atômico — se as almas tivessem átomos —, um frio que nenhum calor poderia combater.

Um frio do ser.

"Não quero estar aqui", disse Cal, assustado.

Maria o guiou pelo labirinto confuso de espelhos escuros. À medida que se moviam, as sombras nos espelhos ganhavam dimensão e massa. A cartografia desconhecida de seus rostos borrados se transformou em identidades — mapas dos pecados de Cal.

E esses mapas eram rostos. Vítimas. Cada uma pertencendo a uma vida que Cal havia acabado.

As almas assassinadas alcançavam-no através dos seus espelhos negros com dedos garraados e nervosos.

Maria o conduziu adiante. As mãos com garras das vítimas de Cal, alcançando-o e puxando-o para trás. Seus gemidos vingativos, implacáveis.

A palma da mão de Maria ficou fria.

Espinhos negros se projetavam de seu couro cabeludo. Uma coroa gótica. Seu esqueleto sugou sua pele para dentro em uma inspiração lenta e repugnante. Sua maquiagem se fundiu com seus ossos até que ela se tornou apenas um esqueleto vestido com uma túnica e pintado, coroado com espinhos, e ela não era mais Maria.

E ela nunca tinha sido Maria, Cal percebeu.

Ela o levou até outra janela. Ela brilhava com luz no lugar escuro.

"Eles estarão aqui", disse a Senhora Ossuda. "Esperando por você."

Ela soltou a mão dele. Cal olhou para suas vítimas. Ele não queria dizer "desculpe". De que adiantaria?

Além disso, ele não estava.

A maioria delas merecia o que recebeu. O que ele lhes deu. Então, ele disse tudo o que queria dizer. "Vejo vocês em breve."

E então, ele atravessou a janela iluminada.

54

Cal respirou fundo. Os cabos de bateria de Victor tinham desfibrilado seu coração. Ele ainda estava na cadeira da cabana. Ele achou que tinha ficado morto por menos de um minuto.

"Você não pode morrer tão facilmente", disse Victor.

Cal estava tonto, confuso, lutando para permanecer consciente.

"Sabemos onde a garota está. Meus homens a seguiram até um armazém no Arts District. Mas o lugar está fortificado." Victor balançou o celular na frente de Cal. "Ligue para eles e diga para deixarem meus homens entrarem, e tudo isso pode acabar. Vou acabar com o seu sofrimento."

"Deixe-me falar com Pat Roti", disse Cal, ofegante.

Victor o chocou. Ele gritou. A dor era insuportável.

"Você sabe o que é isso?", perguntou Victor, enquanto pegava uma bolsa sobre a mesa e abria o zíper. Dentro havia cinco seringas.

"Claro que sabe. Costumávamos usar isso nos interrogatórios o tempo todo", disse Victor. "Adrenalina. Seu coração não vai parar. Você não vai desmaiar. Você não vai morrer. Não até que eu permita. Você sabe como sou eficaz em 'interrogatórios aprimorados'. Minha taxa de sucesso é de noventa e nove por cento. Por que você não poupa a si mesmo da dor?" Victor ofereceu o telefone. "Ligue para eles."

Cal encolheu-se e abanou a cabeça. "Onde está Pat Roti?", perguntou Cal. Victor ignorou a pergunta.

"Noventa e nove por cento", Victor repetiu. "Você realmente quer acabar como aquele? Você se lembra dele, não é? Munique. Cinco anos atrás. Um jihadista idiota. Trabalhamos com ele por dias, mas ele não revelou os outros membros de sua célula."

Cal se lembrava do terrorista. Ele era jovem, talvez com 21 anos. Iraquiano. Não importava o que fizessem com ele, ele não falava. Cal se lembrava do olhar vazio em seus olhos. Não havia nada por trás deles. Como um manequim de shopping ou uma estátua de cera.

"Não me faça fazer com você o que fiz com ele", disse Victor, desembainhando uma faca.

Após quatro dias de interrogatório infrutífero, Victor castrou o jovem terrorista.

"Não vou cortar seu pênis. Ainda não. Primeiro, vou cortar sua língua."

Pela janela, o Mercedes de Roti apareceu no final da longa estrada. Estava se aproximando da cabana. "Você queria falar com Pat?", disse Victor. "Bem, aqui está ele. Última chance. Decida-se, porque em um minuto você não poderá mais falar", disse Victor, empunhando a faca.

Ele pensou na sala com os espelhos pretos. Todas as vidas que ele havia tirado. *Quantas mais?* ele se perguntou. Quantas mais o esperariam do outro lado? Todos morrem.

"Ok", disse Cal, fraco. Sua voz falhou. "Eu ligarei."

Victor sorriu triunfante. Era isso que ele queria. Não apenas matar Cal, mas *destruí-lo*.

Os homens de Victor desamarraram as mãos de Cal. Cal pegou o telefone.

MIRANDA OUVIU ALGO do lado de fora. Ela olhou pela câmera da campainha e viu os homens de Victor. Eram cinco, armados com armas pesadas. Ela ligou para a ATF.

Enquanto isso, Eva contou a Miranda sobre a bolsa de armas de Cal. As duas vasculharam a bolsa. Elas podiam estar em desvantagem numérica, mas com certeza não estavam em desvantagem em termos de armas. Miranda se armou com o rifle AKM. Eva ficou com a carabina M4.

Miranda ficou chocada com o pequeno arsenal que Cal carregava consigo. Onde diabos ele tinha conseguido tudo isso? Havia material ilegal suficiente para condená-lo a várias penas perpétuas. E isso sem ela saber do Semtex.

O explosivo plástico, inventado no final da década de 1950 por dois cientistas na Tchecoslováquia, era o material preferido dos militantes islâmicos no Oriente Médio, bem como do Exército Republicano Irlandês Provisório. Era relativamente fácil de usar e os cães farejadores tinham dificuldade em detectá-lo. Em dezembro de 1988, 340 gramas de Semtex derrubaram um Boeing 747 sobre Lockerbie, na Escócia.

Em resumo, o Semtex tinha a reputação de ser o explosivo preferido dos terroristas.

Portanto, foi bom que Miranda não tenha encontrado o Semtex.

OS HOMENS DE Victor desamarraram as mãos de Cal.

. . .

Foi bom que Cal o tivesse equipado com um celular e um detonador elétrico. Ele colou tudo com fita adesiva e prendeu a um ímã industrial.

Cal pegou o telefone.

Foi bom que Cal tenha levado o Semtex com ele para o rancho em Malibu quando resgatou Eva.

Cal discou o telefone.

E quando Cal estava em Malibu, foi bom ele ter prendido a bomba de Semtex no chassi do Mercedes de Roti.

Cal apertou o botão "Enviar" no telefone e rezou para que a bomba estivesse onde ele a havia deixado.

Roti estava sentado no banco de trás do Mercedes. Ele estava de mau humor. Era verdade que ele via Cal como uma espécie de filho. Ele nunca gostava de matar seus filhos.

Sob os pés de Roti, a bomba Semtex com o gatilho do celular recebeu a ligação de Cal e o Mercedes explodiu em uma enorme bola de fogo.

Roti foi instantaneamente vaporizado.

Victor e seus homens correram para os destroços. Metal retorcido e óleo em chamas. Cadáveres carbonizados.

Victor absorveu tudo. Chocado. Então...

Um sorriso cruel se formou no rosto de Victor.

Victor olhou para trás, para dentro da cabine, onde Cal saltou de uma janela e fugiu para a floresta.

"Encontrem-no!", disse Victor aos seus homens. "Matem-no!"

Cal fugiu pela floresta, quebrando galhos, tropeçando nos arbustos, cambaleando no escuro. Victor e seus homens perseguiram Cal, atirando cegamente em sua direção.

Cal chegou a um penhasco íngreme. Olhou para trás. Victor e seus homens estavam se aproximando.

Cal deu um passo à frente e tropeçou no terreno rochoso. Victor e seus homens emergiram da floresta. Viram o corpo de Cal cair violentamente em um desfiladeiro rochoso.

Cal reuniu a pouca força que lhe restava e se levantou. Ele cambaleou até a estrada próxima.

Um Ford Mustang se aproximava. O motorista — um cara branco com cabelo espetado — parou o carro. "Ei, cara. Você está bem?"

Os homens de Victor dispararam uma rajada de balas da floresta. Eles erraram Cal, passando por cima de sua cabeça, e atingiram o motorista. Cal se escondeu no Mustang.

Victor e seus homens assistiram impotentes enquanto Cal acelerava no Mustang.

Então, estranhamente, Victor deu uma risada.

Os homens de Victor olharam para ele nervosamente. "Chefe?", disse um deles. "Você está bem?"

"O rei está morto", disse Victor. "Todos saudem o rei."

55

Depois de escapar da cabana, Cal estava em péssimo estado. Ele mal conseguiu voltar ao armazém. Ele encontrou cinco dos homens de Victor do lado de fora, sendo interrogados por Miranda e outros agentes da ATF. Eles alegaram que eram soldados particulares. Eles tinham licença para portar armas de fogo, mas isso não explicava o que estavam fazendo naquela hora da noite do lado de fora do armazém.

Eva avistou Cal estacionado na rua com o Mustang. Miranda ficou para trás com seus colegas para interrogar os homens de Victor, enquanto Eva levava Cal de volta para o apartamento de Miranda.

Ela preparou um banho de gelo para Cal. Seu corpo inchado e machucado manchou a água de rosa com sangue. Ela voltou para fora e abandonou o Mustang. Quando voltou ao apartamento de Miranda, Cal já tinha saído da banheira e se vestido.

"Devemos voltar para o México", disse ele.

Eva balançou a cabeça. "Não posso voltar."

"Por que não?"

"Porque eu saí. Cheguei aos Estados Unidos. Agora, este é o meu lar."

"Lar não é um lugar. Você não pode deixá-lo para trás, assim como não pode fugir da sua própria sombra. Ele sempre fará parte de você", disse Cal. "Você pode ficar em Los Angeles, se quiser. Tenho certeza de que Miranda pode ajudá-la com a cidadania."

"O que você vai fazer?", perguntou Eva.

"Irei para onde você for", disse Cal. "A escolha é sua."

NA MANHÃ SEGUINTE, Miranda levou Cal ao escritório da ATF para se encontrar com Shackelford. Agora que Roti estava morto, Shackelford queria saber tudo o que pudesse sobre esse novo cara. Ele queria saber sobre "O Diabo Vermelho".

O mantra de Cal e Victor era: "Eu servirei". Eles eram servos de Roti. Seus anjos da morte. Como samurais leais ao seu senhor. Mas Cal havia quebrado seu juramento. Ele o quebrou porque não aguentava mais. Matar sem questionar, sem saber o motivo.

Mas Cal ainda tinha seus princípios. Omertà. Roti havia incutido isso nele. Ele costumava citar uma fonte desconhecida: "Quem recorre à lei contra seu semelhante é um tolo ou um covarde. Quem não consegue cuidar de si mesmo sem a proteção da polícia é ambos. É covardia trair um criminoso à justiça, mesmo que suas ofensas sejam contra você mesmo, assim como não é vingar uma ofensa com violência. É covarde e desprezível um homem ferido trair o nome de seu agressor, porque se ele se recuperar, ele naturalmente esperará se vingar."

Cal não contou nada a Shackelford.

Shackelford pretendia ficar de olho em Cal. É por isso que Cal não contou a Miranda para onde ele e Eva estavam indo. Embora ele tivesse certeza de que ela poderia ter adivinhado.

Ele agradeceu a ela por tudo e se despediu. Miranda se perguntou se voltaria a ver Cal. Parte dela sabia que provavelmente seria melhor se não o visse. Mas, estranhamente, outra parte dela sentiria sua falta. Ela não sabia dizer exatamente por quê. Talvez fosse sua lealdade à garota. Talvez Eva fosse a única coisa boa nele. E ela se consolava com o fato de que, enquanto ele estivesse por perto, Eva estaria segura.

Cal comprou duas passagens de primeira classe para a Cidade do México. Era a primeira vez que Eva entrava em um avião. Do alto, o mundo parecia uma pintura. A jovem e bonita comissária de bordo era muito simpática e agradável. Eva se perguntou se poderia conseguir um emprego como comissária de bordo, mas decidiu que, como a maioria das coisas na vida, isso provavelmente era apenas para pessoas com formação acadêmica, e ficou desanimada.

Mas então percebeu que *estava* voltando para casa com uma educação, de certa forma.

Quantos estudantes do ensino médio eram proficientes com uma AKM russa, uma M4 americana, uma Skorpion tchecoslovaca e tantas outras armas? Quantos graduados universitários conheciam Krav Maga ou a localização de todos os pontos de pressão de nocaute no corpo humano?

Pela primeira vez na vida, ela não se sentia inferior. Não se sentia impotente ou em desvantagem.

Ela olhou para Cal de seu assento acolchoado no avião. Não era que ele fosse uma pessoa infeliz. Era mais como se ele estivesse totalmente livre de sentimentos. Livre da felicidade ou da tristeza. Da ansiedade ou do medo. E talvez da alegria também. Talvez isso fizesse parte do acordo.

Ela afundou no assento, olhou pela janela para o mundo pintado que passava abaixo dela e contemplou o presente que ele lhe dera.

À medida que desciam para a Cidade do México, o mundo

ficava mais próximo e a pintura se transformava em realidade. Ela podia ver as favelas de casas apertadas onde havia crescido, nos arredores da cidade. Uma selva labiríntica e sombria, conhecida apenas pelos iniciados.

Eles pousaram no Aeroporto Internacional da Cidade do México às seis da tarde e pegaram um táxi para o bairro. Rostos familiares ficaram boquiabertos. "¡Bienvenido a casa, Padre!" Eles voltaram para a casa de Maria. Tudo estava exatamente como eles haviam deixado. Eva foi até a estante de livros de Harry Potter e encontrou as janelas que havia pintado para Maria — "mis *ventanas*" — e seus olhos se encheram de lágrimas.

Parecia que nada havia mudado. E, de alguma forma, parecia que tudo havia mudado.

Ao pôr do sol, eles caminharam até a antiga igreja. Ela continuava em obras. Apenas parcialmente reconstruída.

Eva olhou para Cal. "Devemos terminá-la", disse ela.

Se havia um lado positivo na traição de Cal, para Victor, era o que ele herdaria após a morte de Roti. O filho verdadeiro de Roti, Carlo, era um bandido, um traficante de drogas. Ele não estava qualificado para administrar uma empresa militar privada de bilhões de dólares.

Mas alguém herdaria o império de Roti.

Na visão de Victor, tudo se resumia a ele ou Cal. Eles eram os melhores dos melhores, os mais confiáveis de Roti e, por mais que Victor odiasse admitir, ele suspeitava que Roti favorecia Cal. Ele não sabia bem por quê, mas tinha suas teorias. Ele suspeitava que fosse porque Victor gostava um pouco demais do seu trabalho. Para Victor, o trabalho era algo que ele *queria* fazer. Já para Cal, era algo que ele precisava fazer. Como respirar. Não era algo que lhe dava prazer. Não como para Victor.

Victor gostava de machucar outras pessoas. Victor gostava de matar.

E agora que Pat Roti estava morto, Victor acabara de herdar a empresa militar privada mais poderosa do mundo.

Após a morte de Roti, Victor tirou Cal da cabeça. Cal era problema de Roti, não dele. Victor tinha preocupações mais importantes.

Como se estabelecer como o novo chefe da empresa de Roti.

Mas, nas semanas seguintes, ele lutou para se firmar. Ele não conseguia entender o porquê.

Os russos precisavam silenciar um desertor do FSB em Londres e estavam procurando contratar um prestador de serviços externo.

Membros da família real saudita queriam secretamente que alguns líderes da Al-Qaeda desaparecessem, mas não podiam agir sem incomodar outros membros da família.

E a CIA era uma mina de ouro. Não faltavam trabalhos no México ou no Oriente Médio. E eles sempre precisavam de interrogadores externos. Pessoas que pudessem realizar o tipo de interrogatório avançado que eles não tinham permissão para fazer.

Mas nenhum dos contratos foi para Victor.

Victor estava errado. Cal *era* o seu problema. Pat Roti deixou um grande vazio. A sua reputação era excelente e o seu controlo sobre a organização era absoluto. Mas o homem que o matou ainda andava à solta. Os clientes em potencial não confiavam na operação de Victor. Eles não achavam que Victor pudesse controlar seus homens. E se outro operador desertasse? O tipo de pessoa que precisava dos serviços de Victor também era o tipo de pessoa que não podia se dar ao luxo de ter seus segredos revelados. Eles precisavam de segurança total. Precisavam saber que o homem no comando tinha controle absoluto.

Cal estava se tornando um exemplo brilhante da incapacidade de Victor de gerenciar.

Cada respiração de Cal era ruim para os negócios.

Victor convocou uma reunião com seus sete melhores assassinos — ex-membros de forças especiais de todo o mundo. Provavelmente os melhores assassinos do mundo. Cada um deles custava alguns milhões. Mas Cal não era um alvo fácil, então Victor não iria arriscar.

Todos conheciam Cal, seja por trabalhos anteriores ou pela reputação. Depois que todos se reuniram e foram informados sobre a operação, Victor tinha apenas uma pergunta.

"Quando foi a última vez que vocês foram à igreja?"

Cal e Eva estavam morando no bairro há várias semanas. No início, Cal era muito cauteloso. Ele não sabia se Victor iria atrás dele, mas com o passar do tempo, Cal percebeu que Victor havia seguido em frente. Com Roti morto, não havia mais dinheiro a ser ganho matando-o, então que motivo Victor teria para continuar caçando-os? Claro, havia a animosidade pessoal. Victor se sentia traído por Cal. Sentia que Cal havia traído seu mantra, mas agora que Roti estava morto, Victor também não tinha mais seu mantra. Ele era como Cal agora. Ninguém para servir. Além disso, Victor nunca foi muito sentimental. Não quando havia dinheiro a ser ganho em outro lugar. Portanto, Cal não ficou surpreso quando semanas se passaram e Victor não veio atrás dele.

Cal presumiu que ele e Eva estavam a salvo.

Eva estava andando pela rua com um macacão coberto de tinta. Ela estava voltando da igreja depois de comprar suprimentos, carregando um galão de tinta em cada mão. Quando chegou à igreja, encontrou Victor esperando do lado de fora, fumando um cigarro. Ele deu uma tragada. A ponta brilhava tão vermelha quanto seu cabelo.

Eva deixou cair os galões de tinta e se virou para correr, mas foi agarrada pelos homens de Victor. Ela chutou e se debateu enquanto eles a arrastavam para dentro da igreja.

Cal estava ajudando o senhor Vasquez no jardim — eles iriam fazer caldo de vegetais para o centro comunitário de refeições naquela noite — quando o DVD Kid correu e contou a Cal sobre os estranhos que haviam sido vistos no bairro.

Ele contou a Cal o que eles tinham feito com Eva.

Cal ficou muito quieto, e o DVD Kid viu aquela escuridão nos olhos de Cal novamente, borbulhando à superfície.

57

Seu codinome era Reaper. Victor era o Red Devil. Cal era o Reaper. Não havia dois nomes mais temidos e respeitados entre os mercenários ao redor do mundo.

O ASSASSINO COM o codinome Uriel patrulhava o mercado negro. Ele estava equipado com um fone de ouvido e um rádio AN/PRC-126. Ele usava um colete à prova de balas e carregava um rifle HK 416 com uma mira holográfica presa sob o casaco.

"Ei, gringo! Eu tenho o que você está procurando!", disse o DVD Kid, acenando para Uriel se aproximar de sua barraca. Ele exibiu seus produtos.

"Tenho estimulantes, calmantes. Posso arranjar garotas... garotos. Tenho os novos Nikes. Que tal umas joias?" O DVD Kid exibiu suas joias falsas e chamativas.

Uriel conferiu as estátuas em tamanho real da Santa Muerte e da Morte que estavam ao redor da barraca do Kid.

"Ou um DVD? Tenho filmes que ainda nem chegaram aos cinemas."

Uriel resmungou. "Dá o fora", disse ele, virando as costas.

De repente, uma das estátuas do Ceifador ganhou vida, envolvendo o pescoço de Uriel com sua foice. A estátua cortou sua garganta.

Eva estava algemada a um cano no quarto de Cal, na antiga igreja. Victor estava parado perto da parede em ruínas com vista para o pátio abaixo, com os braços cruzados atrás das costas e o peito estufado, como um general em pé sobre um campo de batalha. Seus homens estavam lá fora. Caçando.

Victor levou o rádio aos lábios. "Entrem em contato", disse ele.

Seus homens responderam de seus vários locais pelo bairro com seus códigos de chamada.

"Michael, tudo tranquilo."

"Gabriel, tudo tranquilo."

"Raphael, tudo tranquilo."

"Selaphiel, tudo tranquilo."

"Barachiel, tudo bem."

O assassino com o codinome Raguel estava revistando a horta comunitária do senhor Vasquez quando a ligação de Victor chegou em seu fone de ouvido.

"Raguel, tudo limpo", disse ele.

"Uriel, responda", disse Victor pelo rádio.

Houve silêncio. Victor sorriu maliciosamente. "Olá, Ceifador", disse Victor.

Por todo o bairro, os homens de Victor ficaram tensos quando a voz de Cal encheu seus fones de ouvido. "Todos vocês sabem quem eu sou", disse ele. "Eu só quero a garota. Estou dando a todos vocês esta única chance de irem embora. Se ficarem, matarei cada um de vocês."

"Você realmente acha que pode fazer isso?", disse Victor pelo rádio.

"Estou atrás de um dos seus assassinos agora", disse Cal.

Os assassinos de Victor que estavam patrulhando verificaram suas costas em uma enxurrada de respostas assustadas.

"Michael, tudo limpo."

"Gabriel. Ele não está aqui."

"Raphael. Não está aqui."

"Selaphiel, tudo limpo."

"Barachiel. Não está aqui."

Restando apenas...

Raguel, no jardim comunitário. Ele se virou lentamente e se viu diante de...

Um galpão fechado.

"Merda", murmurou Raguel.

Raguel descarregou sua submetralhadora MP5 no galpão, depois se aproximou cautelosamente e abriu lentamente a porta.

O galpão estava vazio.

O rosto de Raguel ficou sério. "Oh, merda..."

Cal surgiu dos pés de milho atrás de Raguel, ainda usando a máscara de caveira do Ceifador, empunhando uma tesoura de jardinagem.

Os gritos horrorizados de Raguel ecoaram nos fones de ouvido.

Para os ouvintes — Michael, Gabriel, Raphael, Selaphiel, Barachiel e Victor — a reação foi unânime. Puro terror.

Seus rádios ficaram em silêncio. Então Cal falou. Sua voz soava como algo sendo arrastado pelo cascalho.

"Bem-vindos ao inferno", disse ele.

Os homens de Victor se reagruparam do lado de fora da igreja. Victor ficou acima deles no quarto de Cal com Eva. "É guerra psicológica", disse Victor em seu rádio. "Não deixem ele entrar na cabeça de vocês."

Os mercenários assumiram suas posições ao redor da entrada da igreja. Se Cal quisesse salvar Eva, teria que passar por eles.

Eles examinaram os arredores. Avistaram o DVD Kid e seus amigos se movendo entre os becos e passagens estreitas ao redor da igreja. Os mercenários estavam no centro do bairro labiríntico. Um labirinto de metal corrugado, lojas do mercado negro, concreto em ruínas e decadência urbana. Eles estavam cercados pelos passos apressados e caóticos dos moradores locais.

"Não gosto disso", disse Raphael. "O que diabos eles estão fazendo?"

"Correr como ratos de rua. Esqueça-os", disse Barachiel. "Alguém vê o Ceifador?"

E então, de repente, as luzes da rua se apagaram.

Os mercenários colocaram seus óculos de visão noturna. Eles examinaram o perímetro do pátio da igreja com suas armas. "Se alguma coisa vier nessa direção, atirem", disse Gabriel.

Mas tudo ficou muito quieto e silencioso. Não havia mais movimento entre os becos. Não se ouvia mais o barulho de tênis no asfalto.

Cal apareceu a cerca de dez metros dos mercenários. Ele estava diante da igreja com a máscara de caveira, como um profeta do apocalipse. Em uma mão, ele empunhava o rifle HK 416 de Uriel. Na outra, ele erguia a cabeça decepada de Raguel.

Os assassinos congelaram em seus lugares por um momento de choque. Então, fogos de artifício explodiram ao redor deles. Uma exibição deslumbrante de vermelhos e amarelos ardentes. O DVD Kid e sua turma tinham feito um bom trabalho, correndo entre as vielas e colocando fogos de artifício ao redor da igreja. Cal tinha dito a eles que queria que fizessem um show.

Os fogos de artifício fizeram com que os óculos de visão

noturna dos mercenários se apagassem. Quando os mercenários arrancaram os óculos de suas cabeças, Cal já havia atirado em Michael e desaparecido de volta no labirinto.

O céu estava em chamas.

Os fogos de artifício estalavam, ensurdecedores, como os ossos de gigantes.

Os sentidos de Barachiel, Selaphiel, Gabriel e Raphael foram prejudicados pelas luzes, sons, terror psicológico e...

Um objeto voou pelo ar e atingiu Selaphiel no ombro. Selaphiel se virou e viu a cabeça decepada de Raguel no chão, olhando para ele.

Cal atirou em Selaphiel de um beco quando ele não estava olhando.

Da igreja, Victor viu Selaphiel cair e ouviu Cal em seu ouvido. "Você está ficando sem anjos", disse Cal.

O rosto de Victor ficou sério. Ele podia sentir as paredes se fechando.

"Recuem", disse Victor em seu rádio. Barachiel, Raphael e Gabriel recuaram para dentro da igreja.

Cal atravessou o pátio e entrou na igreja. A nave escura e semiacabada brilhava em azul escuro. Objetos e paredes estavam destruídos, irregulares, projetando-se para fora em ângulos ofensivos e desorientadores.

As paredes tinham sido pintadas com tinta que brilhava no escuro para retratar uma paisagem noturna. Azuis profundos, pretos e roxos se misturavam para formar algo sombrio, vasto e belo. Eva tinha transformado o lugar em uma exposição de arte.

Cal ouviu Victor em seu rádio. "Quem é ela, Reaper? Quem é essa garota para você?"

Cal percorreu o labirinto escuro e deslumbrante da alma de Eva. Em algum lugar entre um sonho e um pesadelo.

"Foi assim que encontramos o lugar", disse Victor. "A garota tem talento. É uma pena. Uma pena que você tenha entrado na vida dela. Uma pena que tudo que você toca morre."

Cal se abaixou quando Raphael surgiu da escuridão e disparou tiros suprimidos de sua HK 416. Cal se levantou, mas Raphael havia desaparecido de volta nas sombras.

"Pelo menos você conseguiu ver", disse Victor no rádio de Cal. "Não havia nenhum desenho pendurado na geladeira do papai para ela, não é? Você estava ocupado demais matando tudo que tinha um coração batendo. Eu me pergunto como ela se sentia tão sozinha no mundo?"

Victor riu cruelmente. Cal cerrou os dentes — o instinto assassino tomando conta dele. Ele percebeu o menor movimento nas sombras. Levantou seu rifle e apertou o gatilho. O corpo de Raphael, atingido no abdômen, cambaleou para dentro do brilho azul.

Cal agarrou Raphael, jogou-o contra a parede e apertou o gatilho até esvaziar o pente. Cal gritou, enfurecido.

Ele ouviu Victor rir no rádio. "O que foi, Ceifador? Estou te incomodando?"

BARACHIEL OUVIU OS TIROS. Entrou na nave. Encontrou o corpo crivado de balas de Raphael. Barachiel examinou a área ao seu redor. Azuis profundos e brilhantes e pretos escuros como tinta.

Cal emergiu de um canto escuro atrás de Barachiel. O quadro brilhante e pintado, sua camuflagem. Cal cortou os tendões das pernas e braços de Barachiel, prendendo-o contra a parede.

Cal esfaqueou Barachiel no coração, prendendo-o contra a parede, e então desapareceu nas sombras tão rapidamente quanto havia aparecido.

· · ·

GABRIEL ESTAVA COM Victor e Eva no quarto de Cal. "Estamos no território dele", disse Victor. "Ele tem a vantagem. Precisamos que as luzes voltem."

Gabriel assentiu. Ele colocou seus óculos de visão noturna e desceu para a nave. Ele passou por cima do corpo crivado de balas de Raphael. Passou pelo cadáver cortado de Barachiel preso à parede com uma faca Ka-Bar.

Gabriel desceu uma escada escura até o porão. Estava completamente escuro. Ele tateou ao redor, sentindo as paredes, e encontrou o que procurava: o disjuntor.

Gabriel acionou os interruptores, acendendo as luzes e revelando Cal, espreitando como um morcego.

Uma enxurrada de socos.

Batidas de carne.

Estalo de ossos.

Cal e Gabriel lutaram corpo a corpo.

NO ANDAR DE CIMA, no quarto de Cal, Eva lutava contra o cano de aço ao qual estava algemada. Ela o pisava repetidamente com a sola do pé, desejando que Cal não tivesse reconstruído a igreja com uma fundação tão resistente. O cano não se movia.

"Pare com isso", disse Victor, aproximando-se dela. Ela deu um chute lateral em sua virilha, tirando-lhe o fôlego. Ele olhou para ela, com os olhos arregalados e surpresos.

Eva voltou a chutar o tubo.

Victor marchou para a nave. Parou diante do corpo crivado de balas de Raphael. Viu o cadáver empalado de Barachiel. Olhou para fora da porta. Os corpos de Michael e Selaphiel. A cabeça decepada de Uriel. Eles estavam levando uma surra.

"Que se dane", disse Victor.

Ele puxou o pino de uma granada incendiária vermelha.

· · ·

No PORÃO, Cal tinha Gabriel em uma chave de estrangulamento. Ele apertou quando o teto começou a queimar. Gabriel lutou, ainda com alguma força para lutar. A madeira acima deles rangeu, pronta para ceder a qualquer momento. Cal saltou para fora do caminho quando o teto desabou em uma chuva de detritos em chamas, esmagando Gabriel.

Cal rastejou através da fumaça ofuscante e sufocante até a nave. O fogo rugia ao seu redor.

"Eva!", ele gritou.

Ele ouviu a voz dela acima dele. Abafada pelas chamas crepitantes. Cal apertou os olhos e tropeçou pelo fogo, ofegante, sem ar.

No quarto de Cal, Eva tossia e se contorcia enquanto a fumaça invadia o quarto por baixo da porta trancada. Ela chutava desesperadamente o cano ao qual sua mão estava algemada.

Cal, ofegante, enfraquecido, mal conseguindo ficar de pé. Ele alcançou a maçaneta. Ela queimou sua mão. Ele bateu desesperadamente na porta em chamas. Muito fraco para arrombá-la. Suas pernas cederam. O fogo crepitava. Ele caiu no chão. Seus olhos se fecharam.

E ele não conseguia mais respirar.

Do LADO DE fora da igreja, os moradores do bairro observavam a igreja queimar. Eles viram movimento na porta. Era Eva, com o pulso algemado a um cano quebrado. Ela estava arrastando Cal para fora da igreja.

Cal lentamente recuperou a consciência. "Você me salvou", disse ele, olhando para Eva. Eles trocaram um sorriso e ela o ajudou a se levantar.

Uma bala atingiu Cal no ombro. Outra atingiu seu quadril.

"Não!", gritou Eva quando Cal caiu.

Victor marchou em direção a ele com uma pistola. Arrancou Eva de Cal. "Você não deveria ter voltado, Ceifador", disse Victor.

Cal olhou para Victor. "Esse não é mais o meu nome."

"Isso mesmo", disse Victor. "Agora você não é nada." Victor apontou a pistola para a cabeça de Cal.

"Não", disse Cal, olhando através de Victor. "Eu sou o Padre."

Uma garrafa se estilhaçou na nuca de Victor. Victor se virou e viu a multidão. Um tiro soou em algum lugar. A bala se alojou no lado de Victor, abaixo de seu colete à prova de balas. Ele deixou cair a arma.

Victor tentou levantar a arma, mas foi atingido por uma enxurrada de garrafas, pedras, canos, facas e mais tiros. O DVD Kid, o líder tatuado da gangue, o Florista, o Senhor Vasquez, os garotos do futebol do bairro e outros rostos conhecidos do bairro lutaram pelo seu Padre.

Um tiro atingiu a perna de Victor. Ele caiu de joelhos.

Cal se levantou com dificuldade e mancou até ele. Pegou a arma de Victor e apontou para ele. Victor olhou para Cal com raiva e rosnou.

"Eu não vou servir", disse Cal, e puxou o gatilho.

O fogo queimou durante toda a noite. Por fim, reduziu-se a um brilho quente. E a noite finalmente ficou tranquila.

Nos três meses seguintes, Cal e Eva reconstruíram a igreja. No início, trabalharam sozinhos, mas então aconteceu algo engraçado. O bairro se uniu.

Quando terminaram, não era bem uma igreja. Ou melhor, não era *apenas* uma igreja.

Era muito mais do que isso.

Parte centro comunitário. Parte museu cultural. Parte centro espiritual. Um lugar para os moradores se reunirem.

Do lado de fora da porta da frente, Cal afixou as regras em espanhol: *1) Sem armas. 2) Sem drogas. 3) Sem violência.*

Dentro da igreja, havia murais e objetos culturais específicos do bairro: Santa Muerte, Nossa Senhora de Guadalupe, Jesus Cristo, Jesús Malverde. Havia barracas de mantimentos e mulheres idosas jogando cartas. Um tatuador montou sua loja em um canto. Mariachis se apresentavam. A luz do sol brilhava através de uma abertura no telhado sobre uma horta comunitária, cuidada pelo senhor Vasquez.

Lá fora, Cal jogava futebol com as crianças do bairro. Perto dali, Eva terminava um mural na fachada da igreja reformada.

Era uma representação do bairro — o bom, o ruim e o feio. Intitulado em letras grandes: "Hogar".

"Lar".

Ray Valetta recebeu a ligação por volta das quatro da manhã.

Outro corpo havia sido encontrado. Desta vez, em um armazém discreto perto do aeroporto. A polícia de Boston estava no local com uma equipe forense. O modus operandi era o mesmo. A vítima era um homem branco na casa dos sessenta anos. Ele havia sido baleado e moedas foram colocadas sobre seus olhos.

Era o cartão de visita de um homem que o FBI havia apelidado de o assassino mais ousado, porém indescritível, da história dos Estados Unidos.

Dado Veiga. "O Barqueiro".

Ray Valetta era o superintendente do Departamento de Serviços Investigativos da Polícia de Boston, o que era apenas uma maneira elegante de dizer chefe de detetives. Ele havia emitido ordens especiais para ser notificado imediatamente sempre que O Barqueiro atacasse. Não importava a hora do dia.

Valetta não estava dormindo muito bem naqueles dias.

Ele entrou no sombrio armazém, bebendo seu café Dunkin'. A CSU estava recolhendo provas forenses da cena do crime.

Valetta estava preocupado. A Dunkin' lhe dera um café com sabor. Avelã francesa ou algo assim. Ele detestava café com sabor. Ele tomava café puro e sem açúcar.

Os caras da CSU acenaram para Valetta. Valetta viu o rosto da vítima e de repente ficou nervoso.

E Valetta *nunca* parecia nervoso.

"Colhemos impressões digitais. Estamos trabalhando na identificação", disse o cara da CSU.

"O nome dele é Jack Caine", respondeu Valetta.

Valetta e a vítima se conheciam há muito tempo. Ambos nasceram e foram criados em Boston. Jack em Southie e Valetta em North End. Eles se conheciam desde crianças. Serviu juntos no exército.

Eles não eram amigos.

Mas a filha de Valetta estava desaparecida. Ela foi vista pela última vez com Jack Caine. Agora, Jack estava morto nas mãos de uma das pessoas mais perigosas que Valetta já havia encontrado.

E sua filha ainda estava desaparecida.

Valetta sentiu-se mal, e não era por causa do café com avelã.

"O senhor o conhece?", perguntou o agente da CSU.

Valetta assentiu. "Ele era um criminoso de pouca monta que se tornou boxeador profissional."

"Parente mais próximo?"

"Ele tem um filho. Um veterinário. O nome dele é Caleb Caine."

"Caleb Caine?"

Valetta fez uma careta. "Ele é conhecido como Cal."

~

Cal retornará em
Bastardo

AGRADECIMENTOS

Gostaria de agradecer à minha família.

Gostaria de agradecer ao meu amigo e colaborador, John Glenn, por dedicar seu tempo e talento para tornar este livro melhor e por sempre apoiar meu trabalho.

Gostaria de agradecer à minha irmã, Annie Davidson, por suas incríveis habilidades de edição e marketing.

SOBRE O AUTOR

Alex Davidson é um roteirista, dramaturgo e autor best-seller nº 1 da Amazon, vencedor de vários prêmios. Ele obteve seu mestrado em escrita dramática pela Tisch School of the Arts da NYU em 2009.